WORLD TEACHER 6
이 세 계 식 교 육 에 이 전 트

네코 코이치 지음 Nardack 일러스트
이승원 옮김

성장의 순간——

리스 *Wreath*

물론이죠!
저는…… 시리우스 님의
제자니까요.

《레우스 *Reus*》

에밀리아 *Emilia*

누나,
할 수 있지?

전직 최강 에이전트의 약동─

전부 격추하는데……
1분 정도 걸렸나.
실력이 좀 녹슬었는걸.

시리우스 *Sirius*

네코 코이치 지음
Nardack 일러스트
이승원 옮김

6

CONTENTS

Illust : Nardack

노엘 가족과 헤어지고 에리나 식당에서 출발한 우리는 조그마한 마을에 도착했다.

그곳은 리스가 모친과 어린 시절을 같이 보낸 마을이다. 그리고 리스가 예전에 살았던 건물의 뒤편에 그것은 있었다.

"저게 로라 씨의 무덤이야?"

"응. 이곳에 어머님이 잠들어계셔."

리스가 마을을 떠난 후에도 이 마을의 지인이 때때로 살펴봐 줬는지, 그곳에는 잘 손질된 조그마한 무덤이 있었다.

"잠시만 기다려줘. 어머님에게 보고할 일이 잔뜩 있거든."

무덤 앞에 선 리스는 기도하듯 눈을 감은 채, 마음속으로 자신의 모친에게 지금까지 있었던 일을 보고하고 있는 것 같았다.

하지만 보고할 일이 많은지 시간이 꽤 걸렸다. 기다리는 건 딱히 문제될 게 없지만, 리스가 쓴웃음을 짓거나 볼을 붉히는 게 좀 신경이 쓰였다. 대체 뭘 보고하고 있는 걸까.

잠시 후, 개인적인 보고를 마친 리스는 근처에서 따온 꽃을 무덤 앞에 놓으면서 몸을 일으켰다.

"……이제 됐어?"

"응. 오래 걸려서 미안해."

"신경 쓰지 마. 다음은 우리 차례군."

"예. 그럼 저부터 할게요. 처음 뵙겠습니다, 로라 씨. 제 이름은 에밀리아라고 해요. 리스의 친구이자…….”

그리고 에밀리아를 비롯해, 레우스와 호쿠토가 간단하게 자기소개를 마친 후, 내 차례가 됐다.

“처음 뵙겠습니다, 로라 씨. 저는 시리우스라고 합니다. 현재 당신의 자녀분을 지켜보고 있는 사람입니다.”

남매는 차분한 분위기 속에서 자기소개를 했지만, 나만 진지한 표정으로 무덤에…… 로라에게 보고를 했다.

“이제부터 저희는 따님과 함께 이 세상을 돌아볼 예정입니다. 위험한 일도 많겠지만, 걱정하지 마십시오. 당신의 딸인 페어리스는 제가 반드시 지키겠습니다.”

그것은 리스의 어머니만이 아니라 나 자신에게 하는 맹세 같은 것이다.

남매와 마찬가지로 소중한 제자이자 때때로 비정해지는 나를 따라주는 리스를 스승으로서…… 아니, 남자로서 반드시 지켜줄 생각이다.

게다가…… 그녀의 가족이 나에게 맡긴 소중한 여성이기도 하니까 말이다.

솔직히 말해 리스한테 무슨 일이 생겼다간, 그녀를 눈에 넣어도 아프지 않을 만큼 사랑하는 그녀의 아버지와 언니가 나를 죽이려들 것 같은 생각이 들었다.

내가 할 말을 다하고 돌아서보니, 등 뒤에 서 있던 리스의 얼굴이 새빨개져 있었다.

“리스 누나, 괜찮아? 얼굴이 새빨개.”

"괘, 괜찮아! 좀 부끄럽다고나 할까, 기쁘다고나 할까……."

"저도 시리우스 님에게 저런 말을 듣고 싶어요."

"멍!"

무덤 앞에서 떠들어선 안 된다고 생각하지만, 리스가 즐거워 보이니 분명 로라도 용서해줄 것이다.

나는 자연스럽게 웃고 있는 제자들을 보며 만족한 후, 다시 한 번 무덤을 향해 고개를 숙였다.

《아드로드 대륙》

리스의 모친인 로라의 성묘를 마친 우리는 그 마을에서 하루 묵은 후에 다시 여행을 떠났다.

리스가 태어난 곳이기에 며칠은 묵을까도 했지만…….

'이제 이곳에는 미련도 없고, 어머님도 분명 빨리 가라고 말할 것 같으니까 개의치 마. 게다가 에밀리아와 레우스의 마을도 빨리 찾아야 하잖아.'

딱히 서둘러야 하는 여행은 아니지만, 그렇다고 일부러 느릿느릿 돌아다닐 이유도 없기에 리스의 호의에 따르기로 했다.

그 후, 며칠 동안 이동한 우리는 아드로드 대륙의 정기편이 있는 항구 마을에 도착했다.

활기가 넘치는 항구마을에 도착한 우리는 숙소를 확보해서 마차를 맡긴 후, 호쿠토 덕분에 주목을 받으면서 마을을 걸어 다녔다. 참고로 호쿠토를 보고 넙죽 엎드리는 늑대 수인도 있었지만, 이미 몇 번이나 봤던 광경이기에 익숙해졌다.

그런 식으로 여러 가게를 둘러보며 다양한 배가 정박되어 있는 항구까지 견학할 즈음, 레우스가 뭔가를 눈치채며 입을 열었다.

"저기, 형님. 우리 마차는 어떻게 옮길 거야? 이 항구에 있는 정기선에 싣는 건 무리일 거야."

"그래요. 이제 저희의 집이나 마찬가지니까, 두고 가는 건 좀 그래요."

"이미 다 생각해뒀어. 자아, 이걸 봐."

"아, 그건 언니의……."

내가 꺼낸 것은 소개장이다.

그 소개장에는 엘리시온의 문양 모양 도장이 찍혀 있었으며, 이 항구마을에 있는 가장 큰 배에 탈 수 있는 승선권 같은 것이기도 하다.

엘리시온을 출발하기 전, 리스의 가족인 리펠 공주와 카디어스에게 여행 일정을 설명했더니 바로 이걸 준비해줬다.

"이게 있으면 마차도 실을 수 있는 대형선에 탈 수 있어. 모처럼의 호의니까 사양하지 말고 이용하자."

"역시 리펠 누나야. 배에 타는 건 처음이라서 엄청 기대돼."

"저도 기대돼요."

피아와 라이오르와 만났을 때는 '에어 스텝'으로 공중을 뛰어다니며 바다를 건넜다.

솔직히 그 이동은 여러모로 사기 같은 것이니, 우리는 이번에 야말로 본격적으로 아드로드 대륙에 발을 디딜 생각이다.

이대로 항구를 산책하다 엘리시온의 문양이 새겨진 커다란 배를 발견한 나는 부두에 서 있던 선장에게 소개장과 리펠 공주에게 받은 망토를 보여줬다.

그 결과…… 바로 허락을 받았다. 아니, 오히려 우리가 오기만 기다리고 있었다고 한다.

"당신이 시리우스 님이신가요? 폐하께서 직접 의뢰를 하셨습니다. 저희가 책임을 지고 당신 일행을 안전히 아드로드로 모시도록 하겠습니다."

"으······ 죄송해요."

선장은 미소를 지으며 우리를 맞이했지만, 내 뒤편에 있던 리스는 작은 목소리로 사과했다. 가족이 피해를 끼친 것 같아서 미안하다고 생각하는 것 같았다.

배는 내일 아침에 출발하며, 마차도 그때 가지고 오면 바로 실어준다고 한다.

"그럼 배에 타시는 분은 사람 넷에 종마가 한 마리, 그리고 마차가 한 대······. 마차의 크기와 무게는 어떻게 되는지 아시나요?"

"크기와 무게는 평범한 마차와 별 차이 없어요. 최악의 경우, 튜브라고 하는 도구를 장착하면 물에 뜨니까, 배로 견인하면 될 겁니다."

"그게 진짜로 마차예요? 아, 아무튼 딱히 문제는 없을 것 같으니 내일 아침에 다시 와주십시오."

"예. 그런데 저희를 어떻게 알아본 거죠?"

소개장과 망토를 보여주기 전부터 우리를 알아보고 있었던 것 같기에, 조금 흥미가 생겼다.

내가 선장에게 보여준 편지에는 우리의 특징이 알기 쉽게 적혀 있지만······ 조금 딴죽을 걸 곳이 있었다.

커다란 늑대 종마와 두 은랑족을 데리고 다니는 흑발 청년······ 거기까지는 좋다.

하지만 리스는 성녀라고 해도 과언이 아닐 만큼 자애와 포용력을 겸비한, 멋진 여성이라고 적혀 있었다.

학교에서 그렇게 불리니 성녀라는 건 맞지만, 이건 좀 지나치다는 생각이 들어서 고개를 갸웃거렸다. 리스를 엄청 칭찬하는 데다 글씨체 또한 강력한 게, 리펠 공주와는 달랐기에 아마 카디어스가 직접 쓴 것 같았다.

리스는 편지를 보고 머리를 감싸 쥐더니, 숙소에 돌아가서 근황 보고 및 항의 내용이 담긴 편지를 써서 보냈다.

다음 날 아침…… 가르간 상회의 지점에 엘리시온으로 편지를 전해달라는 의뢰를 한 후, 우리와 마차를 실은 배가 해상으로 출발했다.

날씨가 쾌청한 가운데, 나는 기분 좋은 햇살과 바닷바람을 느끼면서 배의 난간을 움켜쥔 채 느긋하게 바다를 쳐다보았다.

"우와~! 최고야!"

그리고 배 중앙에 세워진 커다란 돛대의 꼭대기에서는 레우스가 큰 소리를 내면서 떠들어대고 있었다. 안전 로프도 메지 않고 불안정한 곳에 두 발로 서 있었지만, 레우스의 균형 감각이라면 딱히 문제는 없을 것이다.

호쿠토는 갑판 한편을 차지하더니 햇볕을 쬐고 있었다. 참고로 정기편인 이 배에 탄 다른 승객과 뱃사람들이 흥미롭다는 듯이 호쿠토를 쳐다보고 있지만, 무서운지 아무도 다가오지 않았다. 바람에 털이 흐트러지고 있으니, 나중에 빗질을 해줘야겠다.

리스는 내 옆에 서더니, 눈을 감으며 기분 좋은 듯이 바닷바람을 느끼고 있었다. 리스의 푸른 머리카락이 바람에 휘날리는 모습은 아름다웠으며, 한동안 눈을 뗄 수 없었다. 이 광경…… 리펠 공주와 카디어스가 보면 난리법석을 떨 것 같았다.

그런 한심한 생각을 하고 있는 내 시선을 눈치챈 리스는 뭔가를 깨달은 것처럼 나에게 질문을 던졌다.

"그러고 보니 아버님에게서 배를 타면 뱃멀미라는 병에 걸린다는 이야기를 들은 적이 있는데, 우리는 괜찮을까?"

"다들 멀쩡한 걸 보면 괜찮을 거야. 애초에 뱃멀미라는 건……."

간단히 설명을 해주자, 뱃멀미란 배의 흔들림에 의해 평행감각이 흐트러지면서 일어나는 증상이다.

하지만 내 제자들은 그 평행감각을 단련했기 때문에, 뱃멀미에 걸릴 가능성은 낮다. 리스는 내 설명을 듣더니 탄성을 터뜨리면서 몇 번이나 고개를 끄덕였다.

리스는 여전히 병이나 치료에 관해서는 매우 탐욕적이었다.

치료마법에 관해서는 나를 아득히 뛰어넘었으니, 이대로 계속 공부를 한다면 세상에 이름을 남기는 의사가 될지도 모른다. 그녀의 목표가 그것인지는 알 수 없지만, 목표를 발견했다면 최선을 다해 응원해주고 싶다.

"사람의 몸은 불가사의하네. 그럼 에밀리아는 좀 다른 걸까?"

"에밀리아 말이구나. 확실히 좀 이상하기는 했어."

"응. 배에 타자마자 몸이 안 좋은지, 멍해 보인다고나 할까……
바로 지금처럼 말이야."

평소 같으면 내 곁에 있을 에밀리아가 지금은 반대편 난간에

서 바다를 멍하니 쳐다보고 있었다.

그런 그녀의 등에서는 애수가 흘러나오고 있었기에, 나는 리스에게서 떨어진 후, 에밀리아의 옆에 섰다. 참고로 리스는 내 뒤편에서 응원이라도 하듯 주먹을 말아 쥐고 있었다.

"아…… 시리우스 님."

"왜 그래? 혹시 고민이라도 있어?"

"그런 건…… 아, 맞아요. 실은 저 자신이 너무 한심해서요……."

"이유를 들려주지 않겠어?"

내가 그렇게 말하자, 에밀리아는 고개를 살며시 끄덕인 후, 지평선을 응시하면서 천천히 이야기를 시작했다.

"이제부터 저희가 향하는 곳은 저와 레우스가 살았던 은랑족 마을……이죠?"

"그래. 너희 부모님과 동료들의 무덤을 만들어주기 위해서이기도 하지만, 나는 너희 부모님에게 보고도 하고 싶어. 너희의 주인인 시리우스라고 합니다…… 하고 말이야."

"시리우스 님의 마음은 정말 기뻐요. 하지만 저는 제 고향이, 사랑하는 가족과 함께 살았던 그곳이 지금은 어디에 있는지도 몰라요. 그게 너무 한심해요……."

"고향이 마물에게 습격을 당할 때까지, 에밀리아는 마을 밖으로 나가본 적도 없지? 그러니 모르는 것도 당연하다고 생각해."

"예. 제 생각이 지나치다는 건 알고 있어요. 하지만 원래라면 저희가 안내를 해드려야 하는데……."

아마 가족들이 살해당했던 마을에 돌아간다는 상황 때문에 그녀의 감정이 불안정해지면서, 필요 이상으로 고민에 잠겨 있는 것 같았다.

그리고 무엇보다, 부모님이 눈앞에서 마물에게 먹히는 광경을 보고 만 에밀리아에게 있어, 고향의 비극은 마음의 상처로서 깊숙하게 남아 있는 것이다.

이것은 내가 무슨 말을 한들 극복할 수 있는 게 아니며, 에밀리아가 직접 극복해야만 한다.

하지만 고향은 고사하고 아드로드 대륙에도 도착하지 않았으니, 벌써부터 그런 고민을 하는 건 성급하다고 생각한다.

아무튼 그녀를 일단 진정시키기 위해 머리를 쓰다듬어주자, 에밀리아는 꼬리를 흔들었다. 하지만 평소처럼 힘차게 꼬리를 흔들지 않는 걸 보면, 아직 기운이 없는 것 같았다.

"자아, 자기 자신을 탓할 시간이 있으면, 이제부터 뭘 할 건지나 생각해봐. 벌써부터 그렇게 정신적으로 궁지에 몰려 있다간 몸도 나빠질 거야. 그럼 나도 곤란해."

"곤란……한가요? 후후, 주인님에게 걱정을 끼쳐서야 시종으로서 실격이겠죠. 에리나 씨에게 혼날 거예요."

"맞아. 좀 더 즐거운 생각을 하면서 마음을 풀어. 내가 해줄 일은 없어? 있으면 말해봐."

"정말인가요? 그럼…… 좀 더 쓰다듬어주세요."

"알았어. 그건 그렇고, 거의 매일 쓰다듬어주는데 너는 질리지 않는 거야?"

"시리우스 님의 상냥함을 느낄 수 있는 이 손길에 질릴 리가

17

없잖아요."

　꼬리를 평소처럼 흔들어대는 걸 보니, 이제 좀 기운을 찾은 것 같았다. 고개를 돌려보니, 리스가 나를 쳐다보며 만족스럽다는 듯이 고개를 끄덕이고 있었다.

　나는 그 후로 한동안 에밀리아의 어리광을 받아주고 있었지만…….

　"시리우스 님, 어깨를 빌려도 될까요?"

　"응. 그렇게 해."

　"시리우스 님, 나중에 머리를 빗겨주시지 않겠어요?"

　"좋아."

　"시리우스 님, 어깨를 깨물어도 될까요?"

　"미안하지만, 그건 안 돼."

　"예……."

　……위험했다.

　은랑족은 애증의 증표로서 상대방의 어깨를 살며시 깨무는 습성이 있으며, 그 사랑이 깊어질수록 세게 문다고 한다. 그러니 에밀리아가 지금 나를 깨물었다간, 피가 나는 정도가 아니라 어깨가 뜯겨져 나갈 것 같은 느낌이 들었다.

　내 말을 듣고 아쉬워하면서도 내 어깨에 기댄 에밀리아의 머리를 쓰다듬어주고 있을 때, 레우스의 큰 목소리가 들렸다.

　"형님! 저기 좀 봐! 저쪽에서 엄청 커다란 물고기가 헤엄치고 있어!"

　"저 애는 정말…… 그래도 이건 이것대로 행복하네요."

모처럼의 좋은 분위기가 박살 나자, 에밀리아는 언짢은 듯한 어조로 그렇게 중얼거렸다. 하지만 곧 미소를 지으며 내 팔을 꼭 끌어안았다.

에밀리아는 평소 모습으로 되돌아온 것 같지만, 고향에 다가가다 보면 또 정신적으로 흐트러질 가능성은 충분히 있다.

하지만 언젠가 마주해야만 하는 일이니, 어떻게든 극복해줬으면 좋겠다. 어쩌면 거친 방식을 동원해야 할지도 모르니, 여러모로 각오를 해둬야 할 것 같다.

아드로드 대륙이 메리페스트 대륙과 크게 다른 점은 대륙 곳곳에 광대한 숲이 존재한다는 점이다.

인구비율은 인간족보다 수인이 많으며, 각양각색의 종족이 살고 있다.

대략적으로 설명하자면 메리페스트 대륙은 인간족이 많고, 아드로드 대륙은 수인이 많다고 보면 된다.

그런 아드로드 대륙의 현관이라 할 수 있는 메지르나라는 항구 마을에 배가 도착했다. 하지만 저녁 늦게 도착했기에 이 날은 정보 수집 같은 것은 하지 않고 바로 여관을 찾아서 쉬기로 했다.

처음으로 배를 타보고 흥분한 탓인지, 제자들은 침대에 들어가자마자 바로 잠에 빠져들었다. 하지만…… 에밀리아는 또 밤에 내 침대에 몰래 숨어들었기에, 나는 평소처럼 그녀의 머리를 쓰다듬어주며 먼저 재웠다.

다음 날, 여관에 마차를 맡긴 우리는 정보 수집을 하면서 마을을 산책했다.

이 마을의 모험가 길드에 얼굴을 비추고, 신기한 식재료나 마도구가 줄지어 놓여 있는 노점을 둘러보다 보니 점심때가 되었다. 그래서 우리는 산책을 중단하고 근처에 있는 식당에서 식사를 하기로 했다.

"맛있기는 한데, 향신료를 너무 많이 쓴 것 같아."

"식재료 자체의 맛보다 향신료의 맛이 메인인 것 같군요. 시리우스 님의 요리와는 다르게, 섬세함이 부족해요."

"대륙과 문화의 차이가 잘 드러나고 있는걸. 그건 그렇고 이 향신료…… 어쩌면 그걸 만들 수 있을지도 몰라."

"오오! 형님, 또 새로운 요리가 생각난 거야?"

"어디까지나 가능성이 있다는 것뿐이야. 우선 여러모로 시험해볼 테니까, 좀 기다려봐."

"""예~."""

아이들처럼 한 목소리로 대답을 하는 제자들을 향해 쓴웃음을 지으면서 식사를 마친 후, 주문한 과일 음료를 마시며 지금까지 모은 정보를 정리했다.

한나절 동안 모험가 길드와 마을 안을 돌아다니면서 은랑족에 대해 알아본 결과…….

"촌락의 위치에 관한 정보는 거의 없었군."

"동쪽이나 서쪽에 있을지도 모른다, 같은 애매한 정보뿐이었어요."

은랑족의 숫자는 상당하지만, 숲속 깊숙한 곳에서 살고 있기 때문에 그들에 관한 정보는 거의 알려지지 않았다.

게다가 마을을 돌아다닐 때마다 호쿠토가 주목을 모았으며, 에밀리아와 레우스를 쳐다보는 이도 적지 않았다. 그들 중에는 노예 상인도 있었으며, 나에게 두 사람을 팔라는 제안을 한 녀석도 있었다.

"거기, 형씨. 은랑족을 끌고 다니는 걸 보니 꽤 솜씨가 좋은 것 같은걸. 괜찮다면 은랑족을 팔지 않겠어? 형씨가 제시하는 가격에 사겠어."

"신기한 예속의 목걸이잖아. 외모도 반반하고, 털도 윤기가 흐르네. 여자는 30, 남자는 20에 어때?"

"어이, 거기 너. 귀족인지 뭔지는 모르겠지만, 그 은랑족을 두고 빨리 꺼져…… 커억?!"

남매가 목에 한 초커를 예속의 목걸이라고 여긴 건지, 그들을 내 노예라고 여기는 것 같았다.

예의가 바른 녀석에게는 딱 잘라 거절했고, 시비를 거는 녀석들은 인정사정없이 날려버렸다. 하지만 남매들의 반응이 여러모로 신경 쓰였다.

"저는 시리우스 님의 노예나 다름없어요."

"형님의 곁에 있을 수만 있다면 뭐든 상관없어."

두 사람은 태연한 어조로 그런 소리를 해댄 것이다.

짜증나는 녀석들은 호쿠토에게 처리를 맡기며 정보를 수집했지만, 역시 은랑족에 관한 정보는 적었다.

"가장 유력한 건 서쪽 숲에서 목격됐다는 정보군. 좀 더 정보를 모아보고, 수확이 없다면 거기에 가보기로 할까."

"그럼 그때부터는 저희가 나서야겠군요."

"응. 너희의 감과 후각으로 찾아보자. 동족인 너희를 본 상대방이 모습을 드러낼 가능성도 있으니까 말이야."

"응. 우리한테 맡기라고!"

우리는 그런 식으로 앞으로 어떻게 할지 의논하며 이 마을의 슬럼가를 나아갔다.

멍청한 녀석들이 시비를 걸어올 가능성이 크지만, 이런 장소에서 뜻밖의 정보를 얻거나, 정보로 먹고 사는 녀석들이 이런 곳에 있을 가능성이 있다.

게다가 제자들도 충분히 성장했으니, 새로운 방면으로 공부를 시킬 겸 데려왔다. 이렇게 치안이 나쁜 장소에는 독자적인 룰이 있으며, 그걸 모르면 다가가지 않거나 절대 혼자 가지 말라고 말해뒀다.

"여기서부터는 귀찮은 녀석들이 늘어나니까, 볼일이 없을 때는 가지 마."

"알았어. 그런데 시리우스 씨는 어째서 그런 걸 잘 아는 거야?"

"옛날에 이런저런 일이 있었거든. 그런 건 나중에 가르쳐줄게. 아무튼 지금은 나한테서 너무 떨어지지…… 에밀리아, 왜 그래?"

"시리우스 님. 저쪽에서……."

"누나도 느꼈어? 그럼 틀림없겠네."

슬럼가에 들어가려던 순간, 남매는 어느 방향을 쳐다보며 꼼짝도 하지 않았다.

이런 장소는 위생이 좋지 않으니, 어쩌면 좋지 않은 냄새가 남도는 걸지도 모른다고 생각했다. 하지만 남매의 진지한 표정을 보니 그런 건 아닌 듯싶었다.

마치 뭔가에 이끌리듯 남매가 걸음을 옮기자, 나와 리스는 주위를 경계하면서 그들의 뒤를 따랐다.

그대로 잠시 동안 걸음을 옮긴 남매는 슬럼에서 조금 떨어진 곳에 있는 건물 틈새의 통로 앞에서 멈춰 섰다. 그리고 아무렇게나 버려져 있는 폐자재들을 쳐다보았다.

"······그쪽에 뭔가가 있는 거야?"

"예. 죄송해요. 하지만 너무 신경 쓰여서요."

"형님, 저쪽이야!"

레우스가 진지한 표정을 지으며 손가락으로 가리킨 곳에는 폐자재만이 떨어져 있었다. 하지만 유심히 보니, 그 뒤편에는 사람의 다리 같은 것이 있었다.

"저 사람에게서 저희와 같은 냄새가 나요. 아마 은랑족일 거예요."

"형님, 저기······."

"그래. 너희가 하고 싶은 대로 해."

"감사합니다."

내가 고개를 끄덕이자, 남매는 천천히 걸음을 옮겼다. 그곳에는 은색 머리카락과 늑대 꼬리를 가진 20대 후반의 여성이 쓰러져 있었다.

외모를 보아하니 은랑족이 틀림없으며, 처음 만났을 적의 남매와 마찬가지로 예속의 목걸이를 찬 탓인지 꽤 쇠약해져 있었다.

다행히 험한 짓을 당한 것 같지는 않지만, 맨발에서 피가 흘러나오는 걸 보면 노예 상인에게서 도망친 것 같았다.

그리고 여성의 곁에는 다섯 살 정도로 보이는 남자애가 있었으며, 여성과 비슷한 외모를 지닌 데다 필사적으로 그 여성에게 말을 거는 걸 보면 두 사람은 모자지간 같았다. 어린애는 목걸이를 하고 있지 않았지만, 모친의 곁을 떠나지 않으니 목걸이를 채울 필요는 없다고 판단한 것이리라.

그런 은랑족 모자는 느닷없이 나타난 우리를 보고 놀랐다. 그리고 모친은 아이를 감싸려는 듯이 꼭 끌어안으며 경계심에 찬 표정을 지었다.

"누, 누구야?!"

"진정하세요. 저희는 당신들을 도우러 왔어요."

"우리를 잘 보라고."

"당신들은 혹시……."

"예. 은랑족이랍니다. 두 분을 돕고 싶으니, 상황을 설명해주지 않겠어요?"

"아아…… 다행이야. 누구신지 모르겠지만, 부탁이 있어요. 부디 이 애를 안전한 장소에……."

남매가 같은 종족이라는 걸 안 모친은 안심했지만, 곧 진지한 표정을 지으면서 안고 있던 아이를 에밀리아에게 내밀었다. 하지만…….

"싫어! 엄마와 같이 있을 거야!"

"안 돼. 너만이라도 도망치렴!"

아이는 모친에게서 떨어지지 않겠다는 듯이 필사적으로 붙어 있었다.

상황으로 추측을 할 때, 모친은 예속의 목걸이를 찬 자신은 도 망칠 수 없다는 걸 눈치채고, 아이만이라도 에밀리아에게 맡기 려는 것 같았다.

초면인 이에게 자기 자식을 맡기는 걸 보면, 은랑족의 특징인 동족간의 깊은 유대 때문이리라.

자신의 뜻을 굽히지 않는 그 모자를 본 에밀리아는 눈을 가늘 게 떴다.

"……엄마."

"누나, 서두르자."

"……그래요. 안심하세요. 저희는 당신들을 버릴 생각이 없어 요. 그러니 일단 차분하게 설명을 해주지 않겠어요?"

"안 돼요! 서두르지 않으면 그 사람들이…….."

모친이 허둥대며 언성을 높인 바로 그때, 호쿠토가 으르렁거 리기 시작했기에 '서치'를 써보니 이쪽으로 접근하는 반응을 다 섯 개 포착했다.

"레우스, 어느 쪽으로 할래?"

"많은 쪽이 좋아. 좀 짜증이 났거든."

"그럼 저쪽이군. 너무 심하게 하지는 마."

"알았어."

어느 쪽을 맡을지 정하고 흩어지자, 레우스 쪽으로는 세 명, 반대쪽으로 향한 내 앞에는 두 명의 남자가 나타났다.

"이 꼬맹이는 뭐야? 이딴 데 멀뚱히 서 있지 말고 빨리 꺼져."

"기다려봐. 이 녀석은 은랑족이잖아. 뒤편에 여자도 있어."

"거 잘됐네. 의뢰인의 조건에 딱 들어맞는걸!"

상대가 우리를 쳐다보는 사이에 나도 관찰을 해보니, 남자들의 손에 하나같이 조그마한 문신이 새겨져 있다는 사실을 눈치챘다.

어젯밤에 혼자서 몰래 여관을 빠져 나가 모은 정보에 따르면, 저 문신은 이 마을을 거점으로 삼고 있는 뒷조직의 일원이라는 증거다. 느닷없이 악당들과 얽히게 되어서 성가시기 그지없지만, 좀 신경 쓰이는 점도 있었다.

히죽히죽 웃으면서 다가오는 남자들을 향해 나와 레우스가 살기를 뿜자, 그들은 멈춰 섰다. 나는 그런 그들에게 질문을 던졌다.

"물어볼게 있어. 너희는 '도트리스'의 멤버 맞지?"

"어, 우리를 아냐? 알면 은랑족들을 두고 빨리 꺼져. 안 그러면 너희 전부 살아서 이 마을을 나가지 못할 거라고."

"아직 질문은 끝나지 않았어. 이 모자는 너희가 납치한 거냐? 그럼 이건 조직의 결정인 거지?"

"그딴 건 아무래도 상관없어. 험한 꼴을 당하기 전에……."

"미안하지만 중요한 질문이거든. 억지로라도 답해줘야겠어."

무기를 쥔 자세가 풋내기나 다름없는 데다 조직을 뒷배 삼아 거들먹거리는 걸 보면 우리의 적은 못 되는 것 같았다.

위기감을 전혀 느끼지 못하고 있는 그 녀석들의 품속으로 파고든 후, 남자 중 한 명을 기절하지 않을 만큼만 두들겨 패서 전투력을 빼앗았다. 그사이에 다른 한 명에게 다가갔지만, 어느새 다가온 호쿠토가 앞발을 휘둘러서 그자를 그대로 쓰러뜨렸다.

그렇게 이쪽을 정리하는 사이, 레우스도 많은 자들을 정리한 것 같았다.

레우스는 앞으로 파고들더니, 대검 '은아(銀牙)'를 휘둘러서 두 남자를 근처 건물을 향해 날려버렸다. 그리고 남은 한 남자가 휘두른 검을 주먹으로 쳐서 튕겨낸 후, 동요한 그자의 복부에 주먹을 꽂아서 기절시켰다.

레우스는 꽤 열 받았는지 힘 조절에 실패해서 상대방의 뼈에 금이 갈 정도로 세게 팼지만, 죽이지는 않았으니 별문제는 없을 것이다.

나는 레우스에게 바닥을 굴러다니고 있는 남자들을 묶으라고 말한 후, 아직도 신음을 흘리고 있는 남자의 머리카락을 움켜쥐고 들어 올렸다.

"험한 꼴을 당한 건 너희네. 자아, 아까 질문에 대답해주실까?"

"쿨럭! 우리에게 이런 짓을 했으니…… 무사할…….."

"무사할 수 없는 건 바로 너희야. 은랑족을 납치한 게 너희 조직의 결정인지, 아니면 너희 독단인지 빨리 말해. 빨리 말하지 않으면 네 인생은 지금 이 자리에서 끝날 거라고."

"크윽…… 의, 의뢰를 받았어. 여자 은랑족을 가지고 싶다며, 이 마을의 귀족이 우리에게 직접……."

"……좋아. 한동안 뻗어 있어."

마지막으로 필요한 정보를 들은 후, 나는 그 남자를 두들겨 패서 기절시켰다.

이렇게 안전은 확보됐지만, 조금 심했는지 은랑족 모자는 우리에게 완전히 겁먹고 말았다.

그래서 조금 떨어진 곳에서 지켜보고 있자, 에밀리아는 그 모자를 진정시키기 위해 미소를 지으며 말을 걸었다.

"저분은 제 주인님이며, 다른 한 사람은 제 동생이에요. 보다시피 저 남자들은 다 정리했으니 이제 안심하세요."

"당신들은…… 대체 누구야? 그리고 당신이 목에 찬 건, 혹시……."

"이건 단순한 액세서리예요. 그리고 유심히 보세요. 제가 험한 짓을 당한 것처럼 보이나요?"

"아…… 그렇게 보이진 않아. 그리고 당신은 정말 행복해 보여."

"예. 노예가 아니라 제 의지로 저분을 모시고 있답니다. 설명을 드리고 싶지만, 그 전에 우선 목걸이부터 벗겨드리는 편이 좋을 것 같네요."

에밀리아가 온화한 어조로 그렇게 말한 덕분인지, 모친은 서서히 긴장을 풀기 시작했다. 나는 그 틈에 에밀리아에게 아까 쓰러뜨린 남자한테서 회수한 열쇠를 건네줬다.

"에밀리아, 받아."

"감사합니다. 잠시만 움직이지 마세요."

에밀리아가 열쇠로 푼 목걸이가 지면에 떨어지자, 모친은 눈물을 흘리며 아이를 꼭 끌어안았다.

에밀리아는 그 광경을 눈부시다는 듯이 쳐다보고 있었다.

"응. 역시 부모자식은 같이 있어야 한다니깐."

"그래. 하지만 좀 성가신 일이 벌어질 것 같군."

나는 한숨을 내쉬면서 레우스가 묶어둔 남자들을 내려다보았다.

이 녀석들이 은랑족을 납치한 것은 어떤 귀족이 직접 의뢰했기 때문이며, 예의 그 조직이 관여했을 가능성은 낮다. 오히려 이런 걸 허용한다면 꽤나 얼간이 같은 조직이다.

이곳은 그렇게 큰 마을이 아니지만, 이 마을을 틀어쥐고 있는 조직이라면 은랑족을 건드리는 게 얼마나 위험한 짓인지 알 것이다. 그러니 이 남자들이 독단으로 저지른 일이 틀림없으리라.

이 남자들을 처리하는 것도 귀찮으니 그냥 이곳에 방치해둘 생각이지만, 거점으로 돌아가서 자기들이 유리하게 말을 둘러댈 가능성이 크다.

그러니 이 남자들을 끌고 그 조직의 거점에 가는 편이 좋을 것 같지만, 그 전에 저 모자의 이야기를 들어두는 편이 좋으리라.

리스는 모친의 상처 난 다리가 신경 쓰이는지, 에밀리아의 옆에 서서 치료를 해주고 싶다는 뜻을 밝혔다.

"저기, 괜찮다면 다리에 난 상처를 제가 치료해드려도 될까요?"

"그녀는 제 친구이니 믿어도 돼요. 당신의 몸에 난 상처가 신경 쓰이는 것 같으니, 치료를 받지 않겠어요?"

"아…… 응. 부탁해도 될까?"

"예!"

역시 동족이 설득한 덕분인지, 모친은 순순히 치료를 받았다.

리스가 마법을 발동시켜서 물로 모친의 다리를 감싸는 광경을 보면서, 나는 은랑족 모자가 경계하지 않도록 천천히 다가갔다.

"치료 도중에 이런 말을 해서 죄송하지만, 당신들은 저 남자들에게 납치당해서 이 마을에 온 거죠? 괜찮다면 자초지종을 들려주지 않겠습니까?"

"아, 그게, 사실 우리는……."

모친의 말에 따르면, 서쪽 숲에 이 모자가 사는 촌락이 있으며, 두 사람은 과일 같은 먹을 것을 구하기 위해 촌락에서 나와 숲을 산책하고 있었다고 한다.

하지만 그날에는 먹을 것을 좀처럼 찾을 수가 없어서 조금 먼 곳까지 나왔다가 이 남자들과 마주쳤고, 아이를 주로 노리는 다수의 남자들에게 밀린 그녀는 결국 붙잡히고 말았다.

예속의 목걸이가 채워진 채 이 마을에 끌려왔을 즈음 허를 찔러 도망치기는 했지만, 목걸이 때문에 쇠약해진 모친은 결국 힘이 바닥나고 말았다.

"목걸이가 하나밖에 없어서 이 애는 무사했지만, 제 곁을 떠나려고 하지 않아서……."

그래서 아이만은 도망치게 하기 위해 필사적으로 설득하고 있을 때, 우리가 나타난 것이다.

이런저런 일이 있기는 했지만 모자는 무사히 구출했고, 은랑족의 촌락이 어디에 있는지도 알았으니 그냥 잘된 일로 치기로 했다.

이것도 에밀리아와 레우스 덕분이니, 나중에 칭찬을 해줘야겠다.

아무튼 피해자의 언질도 들었으니, 이제 거리낌 없이 아지트에 쳐들어갈 수 있다.

"고마워요. 내일 촌락에 데려다드릴 테니, 오늘은 숙소에서 쉬세요."

"저기, 왜 저희를 구해준 건가요? 초면에 불과한데다, 보답할 것도 없는데……."

"자세한 이야기는 에밀리아한테 들으세요. 에밀리아, 리스. 이 두 사람을 부탁해."

"예. 그런데, 시리우스 님은 어디 가시나요?"

"우리와 같이 돌아가지는 않을 거야?"

"아직 처리해야 할 일이 남았거든. 하지만 이 두 사람은 빨리 휴식을 취하게 해야 할 것 같으니까, 일단 따로 행동하는 게 좋을 것 같아."

"그럼 나는 누나들과 함께 숙소로 돌아갈까?"

"그래. 레우스가 호위를……."

그러고 보니 나는 제자들에게 뒷세계 공부를 시키려고 슬럼가에 데리고 왔다.

에밀리아와 리스는 얽히게 하고 싶지 않지만, 레우스는 이런 일을 경험해두는 편이 좋을 것이다. 게다가 호위를 맡긴 이는 있으니까 말이다.

"아, 레우스는 나와 같이 가자. 호쿠토, 그녀들을 지켜줘."

"멍!"

"형님, 나는 같이 가는 거야? 헤헷, 좋아."

모친도 여자들과 같이 행동하는 편이 안심이 될 것이다.

나와 같이 가게 되어 희희낙락하고 있는 레우스를 대신해 호위를 맡은 호쿠토가 모자 앞에서 몸을 숙이더니, 등에 타라는 듯이 작은 울음소리를 냈다.

"이, 이분은 설마?! 그, 그런 황송한 행동을 할 수는 없어요! 저, 저는 걸어서……."

"마음은 고맙지만, 목걸이 때문에 지금도 지친 상태죠? 무리를 하지 않는 편이 좋을 거예요."

"멍!"

"아, 알았어요. 백랑 님의 뜻에 따르겠습니다."

왠지 모친이 부담을 느끼고 있는 것 같지만, 안전은 확보됐으니 그냥 넘어가야겠다.

호쿠토에게 저들을 맡기기로 하고, 우리 볼일도 빨리 처리하는 편이 좋을 것이다. 저 모자는 어제 납치를 당했다니, 내일 데려다주면 사태가 심각해지는 것을 아슬아슬하게 막을 수 있을 것이다.

자아, 진상을 안 그 녀석들이 어떤 표정을 지으려나.

"레우스, 가자."

"응!"

힘차게 대답을 한 레우스가 남자들을 끌어안자, 나는 '도트리스'의 거점을 향해 걸음을 옮겼다.

"형님. 우리는 어디 가는 거야?"

레우스는 꽁꽁 묶은 남자들을 가볍게 짊어진 채, 꼬리를 흔들면서 내 뒤를 따라오고 있었다.

우리가 이런 일로 따로 행동해야 할 때, 평소 에밀리아와 리스의 호위를 맡으며 같이 돌아가야 했던 레우스는 나와 같이 행동하게 된 것이 기쁜 걸지도 모른다.

지금 적들의 거점에 쳐들어가고 있는 거라는 걸 알려주면 기뻐할 것 같지만, 이번에는 네가 할 일이 거의 없을 거라고 생각한다.

"저 남자들의 거점에 향하고 있는 건데, 너는 아무 말도 하지 말고 그냥 내 뒤편에 서 있기만 하면 돼."

"으음, 형님이 혼자서 쓸어버리려는 거야?"

"아…… 착각을 하고 있는 것 같은데, 나는 그 거점을 박살 내려는 게 아냐. 그냥 이야기를 하러 가는 거라고."

"뭐?! 이딴 녀석들의 거점을 말이야?"

레우스는 경멸에 찬 눈빛으로 그 남자들을 노려보았다. 동족을 납치한 저 녀석들한테 화가 단단히 난 것 같았다.

하지만 아까 대화로 볼 때, '도트리스'는 이 일과 상관이 없을 가능성이 크며, 나쁜 건 이 남자에게 의뢰를 한 귀족이다. 말단 조직원의 악행만으로 조직 전체를 평가하는 것도 그렇지만, 이 딴 조직을 하나하나 박살 내고 다녔다간 한도 끝도 없다.

그리고 레우스는 바보에 우직해 보이지만, 절대 머리가 나쁘지는 않다.

레우스에게 모든 적을 전부 박살 낼 필요는 없다는 걸 이해시키려면…….

"잘 들어, 레우스. 무슨 일이든 전부 힘으로 해결하려고 했다간, 도적이란 도적은 전부 박살 내버리는 라이오르나 마찬가지라고."

"그, 그건 안 돼! 앞으로는 조심할게."

엄연한 사실이니 사과하지는 않을 거야…… 할아버지.

나는 상황을 어느 정도 이해한 듯한 레우스에게 이번 의도를 설명해준 후, 내 방식을 뒤편에서 지켜보라고 말했다.

"우리라면 그 정도 조직을 박살 내는 건 간단하겠지만, 이런 세계와 접점을 만들어 살아가는 방법 또한 있다는 걸 네가 알아줬으면 해. 언젠가 쓸모가 있을지도 모르니까, 이참에 경험을 해두는 편도 괜찮을 거야."

"지켜보는 것도 훈련인 거구나. 알았어."

나는 의욕이 넘치는 레우스를 달래면서 슬럼가에서 조금 떨어진 곳에 있는 뒷골목으로 들어갔다. 그곳에는 눈에 잘 띄지 않는 조그마한 술집이 있었다. 저곳이 도트리스의 거점이라는 건 어제 이미 파악해뒀다.

술집에 다가가자, 입구 근처의 의자에 앉아서 술을 마시던 남자들이 우리를 노려보았다. 그리고 주위 건물의 뒤편에 숨어서 보초를 서고 있는 이들의 기척도 느껴졌다. 뭐, 저들의 동료인 남자들을 짊어지고 나타났으니 이런 반응을 보이는 것도 당연했다.

"형님…… 두 명 정도 숨어 있어. 코와 기척으로 확인했으니까 틀림없을 거야."

"나도 느꼈어. 이제부터 무슨 일이 벌어지든 대응할 수 있도록 집중해."

작은 목소리로 숨어 있는 녀석들이 몇 명인지 이야기를 하며 술집 입구로 향하자, 술집 앞에 앉아 있던 남자 한 명이 일어서서 우리에게 다가왔다.

"어이어이, 이런 곳에…… 꼬맹이가 이런 곳에 뭘 하러 온 거야……."

비틀거리는 움직임은 술 주정뱅이 같지만…… 저건 연기다.

술에 취한 것은 틀림없지만, 눈동자 안에 이성이 존재했다. 아무래도 이 녀석은 괜한 녀석들이 술집에 드나드는 걸 막는 역할을 맡고 있는 것 같았다.

"아, 여기 있는 사람들과 중요한 이야기를 좀 할까 해서요. 어라, 소매에 뭐가 묻었네요."

나는 그렇게 말하며 그의 소매를 털어주는 척을 하며 상대에게 동화 한 닢을 쥐어줬다.

그러자 주정뱅이는 코웃음을 치면서 물러서더니, 다시 자리에 앉아서 술을 마셨다.

저 남자가 다가온 것은 방문자가 주정뱅이 따위에게 겁을 먹는지 확인하기 위해서이며, 동화는 돈을 아끼는지 아닌지 확인하기 위한 입장료 같은 것이리라.

또 시비를 걸지는 않는 걸 확인하고 술집 안에 들어가 보니 아직 해가 지지 않아서 그런지 사람이 적었으며, 테이블 몇 개에 사람 몇 명만 앉아 있었다. 일단 이 가게 주인과 접촉하기 위해 카운터로 향하자, 레우스가 작은 목소리로 나에게 귓속말을 했다.

"형님, 진짜로 여기가 조직의 소굴이 맞는 거야? 이 녀석들을 잡고 있는데도 우리를 공격하거나 아무 소리도 하지 않잖아."

"이런 데서 난리를 쳤다간 거점이 여기라는 걸 밝히는 거나 다름없잖아? 공격을 할 거라면 아마 더 안쪽으로 들어간 후에 할 거야. 그러니 긴장을 풀지 마."

"알았어."

어쩌면 이 남자들은 조직에 있어서 내버려도 될 만큼 졸개일지도 모른다.

술집 분위기와 인기척으로 볼 때 이곳이 조직의 거점인 건 틀림없기에, 나는 은화 한 닢을 카운터에 두면서 주문했다. 참고로 레우스는 내 옆에서 신기한 듯이 주위를 둘러보고 있었다.

"마스터. 도트리엄과 리스리트를 하나씩 부탁해."

"돌아가. 우리 가게에서는 그런 술을 안 판다고."

"그럼 도트리엄을 8할로 부탁해."

"……잠깐 기다려."

가게 주인이 인상을 쓰면서 안쪽으로 들어가는 걸 보면, 아무래도 조직에 접촉하는데 성공한 것 같았다.

이 술집에는 이 마을 특유의 술이 있지만, 그중에 메뉴에 없는 술을 주문하는 게 비밀 암호다. 그리고 조직에 접촉하고 싶다는 뜻을 알리는 표시이기도 했다.

정보상의 이야기에 따르면, 도트리엄의 비율이 면회에 대한 중요도를 가리킨다고 한다. 실은 최대치인 10할이라고 말하고 싶었지만, 최악의 사태는 피했으니 8할로 해뒀다.

잠시 후, 가게 주인이 남자 한 명을 데리고 왔다. 우리는 그 남자에게 안내를 받으면서 가게 안쪽으로 이어지는 문을 지났다.

어둑어둑한 계단을 내려가 보니 문이 여러 개 있었으며, 우리는 그중 하나를 통과했다.

소파 두 개와 책상 하나만 있는 그 살풍경한 방의 어둠과 그림자 속에 사람들이 숨어 있는 게 느껴졌다. 하지만 우리는 눈치채지 못한 척했다.

이미 한쪽 소파에는 한 남자가 앉아 있었으며, 뒤편에는 비서로 보이는 여성이 서 있었다. 나는 맞은편 소파에 앉았으며, 레우스는 남자들을 바닥에 내던지고 내 뒤편에 섰다.

눈매가 날카로운 걸 보면, 눈앞의 남자는 나를 얕보는 것 같지 않았다.

"들은 대로 젊은걸. 그런데 무슨 일로 찾아온 거지?"

"용건을 밝히기 전에 먼저 알려드릴 게 있습니다. 우선 저희에게 시비를 건 저 남자들을 반환하러 왔습니다."

"응? 아…… 확실히 우리 일원이 맞군. 눈에 익지는 않은 걸 보면, 신참인가?"

소파에 앉은 남자가 자신의 뒤편을 향해 그렇게 말하자, 여성은 고개를 끄덕였다.

"예. 하지만 들어오자마자 모습을 감췄기에, 죽은 줄 알았습니다."

"그래? 뭐, 우리 젊은 녀석들이 폐를 끼친 것 같은데, 왜 일부러 반환하러 온 거지? 위자료라도 뜯으려는 거냐?"

그 순간, 주위에 숨어 있던 자들이 살기를 뿜었기에 레우스는 무심코 검을 움켜쥐었지만, 나는 경계심을 풀라는 의미가 담긴 시선을 보냈다. 살기를 뿜었다고 날뛰었다간 교섭을 할 수 없으니까 말이다.

"돈은 필요 없습니다. 이건 어디까지나 덤이며, 본론은 당신에게 중요한 보고와 개인적인 부탁을 하러 온 거죠."

"보고와 부탁? 외부인에게 보고를 받게 되다니, 우리도 참 갈 때까지 갔군. 대체 뭘 보고하려는 거지?"

"저 남자들이 숲에서 은랑족을 납치했습니다."

"뭐?!"

그 남자는 깜짝 놀라면서 몸을 일으키더니, 바닥을 굴러다니고 있는 부하들을 쳐다보았다.

방금까지만 해도 여유가 넘치던 그는 미심쩍은 눈길로 우리를 쳐다보았지만, 은랑족인 레우스를 보고 내 말을 사실이라고 믿은 것 같았다.

"어이! 저 녀석을 깨워!"

남자가 지시를 내리자, 소파 뒤편에 있던 여성이 주전자의 물을 뿌리고 뺨을 때려서 그 남자를 깨웠다. 꽤 난폭하지만, 상황을 생각해보면 그럴 만도 했다.

"으…… 리, 리더?"

"어이, 저 녀석들에게 무슨 짓을 했지?"

"그, 그래, 리더! 거금을 벌 기회를 잡았는데, 저 꼬맹이들이 방해를 했다고!"

"흐음…… 그 기회가 뭔데? 말해봐."

"은랑족이야! 우리에게 의뢰를 한 귀족이 은랑족 여성을 잡아오면 금화를 50닢이나 주겠다고 했어!"

"……그래서, 잡아온 거냐?"

"숲을 뒤지다 우연히 발견했어. 그래서 마을에 끌고 왔는데 도망쳐서 찾다 보니 저 꼬맹이가…….."

"이제 됐어. 잠이나 자."

이 남자가 조직의 윗사람이라는 게 확인됐을 뿐만 아니라, 리더의 유도 덕분에 내 보고가 사실이라는 점도 판명됐다.

리더는 어이없어 하면서 동료의 얼굴을 걷어차 다시 기절시키더니, 한숨을 내쉬면서 소파에 앉았다.

"이 멍청이들은 외지인이었지?"

"예. 얼마 전에 다른 대륙에서 온 자들입니다. 그래서 이 사태가 얼마나 심각한지 이해하지 못한 것 같군요."

"빌어먹을! 빨리 돌려보내야 해…….."

리더가 이렇게 허둥대는 건 바로 은랑족을 납치했기 때문이다.

은랑족은 동족간의 유대가 깊으며, 동료와 가족을 무엇보다 소중히 여기는 종족이다. 한 번 부부가 되면 두 번 다시 헤어지지 않을 정도다.

　과거에 어떤 나라의 왕족이 욕망 때문에 은랑족 여성을 유괴했는데, 그 여성을 되찾기 위해 백 명도 안 되는 은랑족이 그 나라에 쳐들어왔다고 한다.

　은랑족이라는 종족은 기본적으로 신체능력이 뛰어나기에, 수많은 병사들을 해치웠다고 한다.

　수적 우세로 어찌어찌 그들을 쫓아내기는 했지만, 그 나라는 약체화되었다. 그리고 전투의 방아쇠가 된 왕족의 악행이 만천하에 알려지면서, 최종적으로 그 나라는 멸망했다.

　그 후, 은랑족을 억지로 납치하는 건 금기시됐다. 만약 데리고 다니려면 은랑족 본인과 깊은 유대를 쌓아야 하며, 가족으로 인정받아야만 하는 것이다.

　마을에서 만났던 노예 상인이 나에게 '솜씨가 좋다'고 말한 것은 그런 의미다. 한 번 유대를 맺으면, 은랑족 본인이 동족에게 잘 설명을 해서 습격을 당할 확률을 줄일 수 있는 것이다.

　그것은 아드로드 대륙에 널리 알려진 이야기지만, 리더와 저 여성의 대화를 들어보니 부하들은 몰랐던 것 같았다.

　이대로 있다간 며칠 안에 납치된 동료들을 되찾기 위해 은랑족이 이 마을에 쳐들어올지도 모른다. 그러니 리더가 저렇게 초조해 하는 것이다.

　아무튼 현재 상황을 이해한 것 같으니, 나는 다음 이야기를 꺼냈다.

"그러니 저희는 그들을 쓰러뜨리고 은랑족을 보호했습니다. 당신들 조직에 싸움을 건 게 아니라는 건 이해하셨을 거라 생각합니다."

"그래. 고마워. 자칫하면 우리 몰래 이 바보들이 의뢰인에게 은랑족을 넘겨줬을지도 몰라. 그렇게 됐다면 돌이킬 수 없는 사태가 벌어졌을지도 모르지."

"그리고 부탁이라는 건 납치당한 은랑족을 저희가 데려다주고 싶다는 겁니다."

"……이유가 뭐지? 너희에게는 아무런 이익도 없을 텐데?"

"제 뒤편에 있는 그는 은랑족입니다. 저는 개인적인 이유로 그와 함께 성장해왔고, 지금은 가족 같은 존재죠. 동족을 위해 걱정하고 있는 그를 위해 제가 나서는 건 이상한 일이 아닐 텐데요?"

실은 은랑족의 촌락에 가고 싶을 뿐이지만, 나에게 있어 남매는 없어서는 안 되는 존재이니 방금 한 말은 거짓말이 아니다. 물론 리스와 호쿠토도 나에게 있어 소중한 동료다.

레우스는 입을 다물고 있지만, 내 말을 듣고 미소를 필사적으로 참고 있었다. 하지만 남들 몰래 꼬리를 열심히 흔들어대는 걸 보면 그런 노력은 딱히 의미가 없어 보였다.

"내일 아침에 이 마을을 떠나 촌락으로 향할 겁니다. 납치당한 은랑족에게 길안내를 부탁할 것이며, 동족에게 자초지종을 설명하죠. 서로에게 있어 나쁠 게 없는 이야기일 텐데요?"

"네가 그 은랑족을 데리고 도망칠 가능성도 있을 텐데? 동족이 있으니 친해지는 것도 어렵지 않겠지."

"그럼 여기에 올 필요가 없었겠죠. 이곳에 온 건 당신들에게 정보 제공과 부탁…… 뒤처리를 의뢰하기 위해서입니다."

"안 그래도 뒤처리는 할 생각이야."

내가 이곳에 온 가장 큰 이유는 레우스에게 뒷세계를 경험하게 하는 것도 있지만, 실은 그것 이외에도 이유가 두 개 정도 더 있다.

하나는 방금 말한 것처럼 이 조직에 보고를 하는 것이다.

도트리스는 뒷조직이지만 어느 정도 룰을 지키고 있으며, 또한 외지인들이 악행을 못하도록 이 마을의 질서를 지키고 있다. 한심한 말단 조직원의 실수 때문에 박살 나게 두는 것은 아쉽다는 생각이 들었다.

그리고 또 하나의 이유는 원흉을 처리하는 것이다.

은랑족을 납치한 건 저쪽에 뻗어 있는 남자들이지만, 애초에 이 일을 의뢰한 자가 문제인 것이다.

그 녀석을 내버려 뒀다간 같은 문제가 또 발생할 수도 있으니, 깔끔하게 처리를 해야 한다. 내 동료 중에 은랑족이 있는 이상, 위험의 싹을 제거하는 편이 나을 것이다.

내가 해도 되지만 내일 이 마을을 출발해야 하는데다, 이 조직의 체면을 구기고 마을을 위험에 빠뜨리려 한 멍청이는 이 마을 사람들이 처리하는 게 나을 것이다.

"의뢰인은 아드로드에 사는 자가 아니거나, 은랑족에게 흥미가 있는 귀족이나 상류층 사람이겠죠. 누구일지 얼추 짐작이 되지 않나요?"

"뭐, 저 멍청이들을 막아준 답례 삼아 가르쳐주지. 실은 이미 그런 짓을 할 법한 녀석과 접촉했어. 며칠 전, 은랑족을 손에 넣고 싶다면서 찾아온 귀족이 있었거든. 이미 이유를 설명하고 거절했는데, 그 멍청이는 이해를 못한 거지."

리더의 설명에 따르면, 그 귀족은 다른 대륙 출신 귀족이며, 일부러 아드로드 대륙에 올 정도로 은랑족에게 욕심을 내고 있는 것 같았다. 그런 녀석을 말로 설득할 수 있을 리가 없다.

결국 그 귀족은 포기하지 않았고, 모험가 같은 이들에게 계속 접촉하면서 의뢰를 받아줄 자를 찾았다. 이 대륙에서 그 의뢰를 받아줄 멍청이는 없다고 생각했지만, 보다 못한 도트리스가 나설 작정이었던 것 같았다.

"문제를 일으킬 것 같으니 협박 겸 충고를 해줄 생각이었는데, 아무것도 모르는 내 아랫것들이 그 의뢰를 맡았을 뿐만 아니라 이렇게 빨리 은랑족을 잡아올 줄은 몰랐다고."

"운이 나빴다……고 말할 수밖에 없겠군요. 그럼 귀족 쪽은 당신에게 맡기기로 하고, 납치당한 은랑족 쪽은 어떻게 하겠습니까?"

"……어쩔 수 없지. 생각해보면 그들도 자기 동포를 납치한 인간족을 보고 싶지는 않을 테니, 동족을 데리고 있는 너한테 부탁하는 게 최선일 것 같군. 반드시 데려다줄 거지?"

"맡겨주세요. 그럼 이만 실례하죠."

원래라면 저자도 나를 신뢰할 리가 없지만, 그 정도로 은랑족에 관한 문제는 섬세한 것이다.

미움을 받고 있는 자신들이 데려다주는 것보다, 동족을 데리고 있는 우리에게 맡기는 편이 원만하게 일이 처리될 가능성이 크다고 생각한 것이리라.

아무튼 언질도 들었으니, 뒷일은 저들에게 맡기면 될 것이다.

교섭을 마치고 자리에서 일어서려 할 때, 리더가 동화 한 닢을 나한테 던졌기에 그것을 움켜잡았다.

"나는 남에게 빚을 지지 않아. 입장료를 돌려주지. 그리고 정보제공에는 정보로 보답하겠어."

예상대로 빚은 깔끔하게 청산하는 성격이군. 정보를 제공해준 보람이 있었다.

"아까 이야기했던 귀족이 질 나쁜 모험가를 모으고 있다더군. 그리고 너희는 오늘 낮에 마을 안을 돌아다녔지. 내 말이 무슨 뜻인지 짐작이 될 텐데?"

"예상은 했습니다만, 이렇게 빠르게 행동할 줄은 몰랐어요."

"그 정도로 은랑족을 탐낸다는 거지. 하아, 그 열의를 좀 다른 데 쓰라고. 아, 설명을 할 필요도 없겠지만, 그 녀석들 중에 우리 동료는 없어. 아니, 설령 있더라도 그딴 녀석이 어찌 되든 내 알 바는 아니지."

"알았습니다. 그럼 인정사정 봐주지 않아도 되겠군요."

"좋을 대로 해. 어이, 이 바보들이 알고 있는 걸 전부 토해내게 해. 봐줄 필요는 없어."

리더는 빚을 갚았다고 생각하는 건지 우리를 무시하며 지시를 내렸고, 나와 레우스는 자리를 비켜줬다.

거점인 술집을 나서고 사람들로 북적대는 길로 돌아가자, 레우스는 긴장이 풀렸는지 한숨을 내쉬었다. 역시 입 다물고 남의 이야기를 듣는 것에 익숙하지 않은 것 같았다.

"수고했어. 이제 편하게 행동해도 돼, 레우스. 그리고 뒷조직과의 교섭을 보니 어때?"

"형님이 우리를 가족이라 말해줘서 정말 기뻤어."

"그게 아니라, 그냥 날뛰는 것 이외에도 방법이 있다는 건 이제 이해했지?"

"쉽지는 않은 것 같지만, 그래도 상대를 베거나 두들겨 패는 것 이외에도 여러 가지 방법이 있다는 건 알았어."

뒷조직과의 대화는 어려웠던 것 같지만, 레우스 나름대로 배운 바가 있는지 이를 씨익 드러내며 웃었다.

"나쁜 녀석들이라고 해서 전부 베어버리면 안 되는 구나. 완벽한 멍청이 이외에는 좀 생각해보고 벨게."

"뭐, 그걸 안 것만으로도 충분해. 잘 들어, 레우스. 네가 걸어가려 하는 길에는 다양한 경험이 필요해. 그러니까 내가 너를 이번에 데리고 간 거지만, 그래도 너무 서두를 필요는 없어. 한 걸음 한 걸음 착실하게 걸어가면서 성장하는 거야."

"응! 형님의 기대에 꼭 부응할게."

본능만으로 악을 벤다면 그 강검…… 아니, 폭주 라이오르나 다름없다.

하지만 레우스의 천성적인 감은 매우 뛰어나기 때문에, 본능에 따라 싸우는 것도 틀린 행동은 아니다. 여러모로 손이 많이 가는 제자지만, 장래가 기대되는 것은 틀림없다.

"하지만 형님. 그 녀석들이 만약 형님의 말을 무시하거나, 우리한테 달려들었으면 어떻게 했을 거야?"

"그랬다면 박살을 내버렸을 거야. 상황 파악도 못하며 욕망에 따라 행동하는 조직을 봐줄 필요는 없거든."

"역시 형님은 대단해."

"너희가 나쁜 짓을 했다면 몰라도, 아무 이유도 없이 너희를 노리는 상대는 봐주지 않을 거야."

"왠지 형님이 더 은랑족 같네."

나는 기뻐 죽겠다는 듯이 꼬리를 흔들어대는 레우스와 함께 걸으면서 숙소로 돌아갔다.

이 마을의 여관에서는 2인실을 두 개 빌렸지만, 먼저 돌아갔던 에밀리아 일행에게 방 하나를 4인실로 변경해달라는 부탁을 해뒀다.

참고로 호쿠토는 여관 안에 들어갈 수 없기 때문에, 마차 보초를 겸해 마구간에 대기시켜뒀다. 방에 돌아가기 전에 호쿠토를 보러 가니, 신의 사도라 불리는 그를 마구간의 말들도 경배하고 있었다.

나는 그런 기묘한 광경을 본 후, 여성진이 묵을 4인실에 노크를 했다. 그러자 에밀리아가 바로 문을 열어줬다.

"시리우스 님, 어서 오세요."

"다녀왔어. 내 볼일은 끝났는데, 너희 쪽은 어떻게 됐어?"

"아, 저희에 대해 설명을 해줬더니 은랑족 모자는 꽤 안심을
한 것 같아요. 지금은 리스에게 치료를 받은 후, 쉬고 있죠. 아
까 시리우스 님에게 고맙다는 말을 하고 싶다고 몇 번이나 말했
어요."

"그 사람들을 찾아낸 건 내가 아니라 너희니까 나한테 고마워할
필요는 없는데 말이야. 아무튼 일단 이야기를 한번 들어볼까."

내가 에밀리아에게 안내를 받으며 안으로 들어가자, 침대에
누워 있던 모친이 상반신을 일으키며 부드러운 미소를 지었다.
인간족에게 납치까지 당했으니 같은 인간족인 나를 기피할지도
모른다고 생각했지만, 그런 걱정을 할 필요는 없을 것 같았다.

옆 침대에는 리스와 은랑족의 아이가 앉아 있었으며, 노점에
서 나온 듯한 꼬치구이를 함께 먹고 있었다.

이것도 리스의 인덕인 걸까?

아직 만나고 한나절도 지나지 않았는데, 두 사람은 남매처럼
가까워 보였다.

"당신이 시리우스 군이지? 우리를 구해줘서 정말 고마워. 너
희 덕분에 나와 이 아이는 뿔뿔이 흩어지지 않게 됐어."

"두 사람을 찾아낸 사람도, 돕자고 말한 사람도 에밀리아와
레우스예요. 고맙다는 말은 저 두 사람에게 하세요."

"물론 할 거지만, 나는 시리우스 군에게도 고맙다는 말을 하

고 싶어. 왜냐면 당신은 우리 동료인 에밀리아와 레우스를 구해줬잖니. 일족을 대표해 당신에게 고마움을 표하고 싶어."

에밀리아한테서 내 이야기를 들은 건지, 남매를 구해준 것에 대해서도 고맙다는 말을 들었다. 역시 끈끈한 유대로 이어져 있다는 은랑족다웠다.

"저는 제가 하고 싶은 일을 했을 뿐이에요. 그런데 당신의 이름을 알려주지 않겠어요?"

"아, 미안해. 아직 이름도 밝히지 않았네. 내 이름은 에어리. 저 애는 쿠아드라고 해. 자아, 쿠아드. 은인인 저 형님들에게 인사를 하렴."

"응. 나는 쿠아드라고 해. 형, 구해줘서 고마워!"

에밀리아와 리스 덕분에 경계심을 푼 듯한 쿠아드는 순진무구한 미소를 지었다. 입가가 꼬치구이 기름으로 범벅이 되어 있기는 해도, 저 어린애를 지켜서 정말 다행이라고 진심으로 생각했다.

생각해보니, 남매를 비롯해 노엘의 딸인 노와르 등, 나를 처음 본 아이들은 하나같이 경계심을 품었기에 왠지 신선하게 느껴졌다.

아…… 옆에 있는 에밀리아가 만족스럽다는 듯이 고개를 끄덕이는 걸 보면, 미리 이런저런 이야기를 해둔 것 같았다. 무슨 말을 해둔 건지는 모르겠지만, 에어리가 아무 말도 하지 않는 걸 보면 딱히 신경 쓸 필요는 없을 것 같았다.

"이미 에밀리아에게서 들으셨겠지만, 제 이름은 시리우스예요."

"나는 레우스야. 에어리 씨, 쿠아드. 잘 부탁해."

"우후후. 나야말로 잘 부탁해. 그것보다 시리우스 군. 우리 앞에서 그렇게 딱딱한 태도를 취할 필요 없어. 동료를 구해준 당신은 우리에게 있어서도 가족이잖아."

"예! 시리우스 님은 저희의 주인님이자 가족이에요."

"내 형님이라고!"

행복해 하는 남매를 봐서 그런지, 모자는 나를 전혀 경계하지 않았다.

남매가 꼬리를 흔들면서 미소를 짓고 있던 나는 에어리가 레우스의 얼굴을 쳐다보면서 고개를 갸웃거리고 있다는 걸 눈치챘다.

"응? 내 얼굴에 뭐가 묻었어?"

"아, 미안해. 왠지 레우스를 전에 본 적이 있는 것 같아서 말이야. 혹시 성을 가르쳐주겠니?"

"실버리온이야. 그리고 우리 아버지는 촌락의 수장이었어."

"뭐?! 혹시 너희는 가브 씨의 손주인 거니?!"

에어리는 실버리온이라는 말을 듣더니 깜짝 놀랐지만, 남매는 가브라는 이름을 들어본 적이 없는지 고개만 갸웃거렸다.

"즉, 에어리 씨의 촌락에는 에밀리아와 레우스의 가족이 있다는 거군요?"

"가브 씨는 예전에 우리 촌락의 촌장이셨어. 몇 년 전, 자제분의 촌락이 마물에게 공격을 받아서 괴멸됐다는 이야기는 들었는데…… 너희는 살아 있었구나."

남매가 무사하다는 게 정말 기쁜 건지, 에어리는 눈물을 흘리면서 남매를 꼭 끌어안았다.

우연이라고는 해도, 은랑족 촌락만이 아니라 남매의 할아버지도 찾은 건가. 아무튼 에어리를 집에 데려다주면, 자연스레 남매가 살던 촌락의 위치도 판명될 것 같았다.

"너희 둘, 왜 그래? 영 반응이 밋밋한 것 같은데 말이야."

"아빠와 엄마한테서 할아버지가 있다는 이야기는 못 들었거든요."

"나도 마찬가지야. 에어리 씨, 그 가브 씨는 어떤 사람이야?"

"진짜로 모르는구나. 하지만 너희가 모르는 것도 무리는 아닐 거야. 가브 씨는 엄청 고집불통에 가족에 대한 이야기는 안 하거든. 예전에 술기운에 이야기를 해준 적이 있는데, 자제 분과는 대판 싸운 후로 연락을 취하지 않았다는 것 같아."

"저희의 할아버지……인 건가요."

"잘됐어, 누나! 우리한테 할아버지가 있었어!"

남매는 가족이 있다는 사실을 서서히 받아들이기 시작한 것인지, 나를 꼭 끌어안으면서 기뻐했다. 두 사람에게 가족이 있다는 게 판명되어서 나도 기쁘지만, 남매가 힘껏 끌어안아서 좀 아팠다.

"우후후, 시리우스 군은 두 사람에게 정말 사랑받고 있나 보네. 그리고 너희가 이 대륙에 온 이유는 에밀리아에게 들었어. 우리를 구해준 너희에게 보답하기 위해서라도, 우리는 협력을 아끼지 않을 거야."

"고마워요. 하지만 우선 당신들을 촌락에 데려다주는 게 우선

이에요."

"응. 안내라면 나한테 맡겨. 너희가 우리 촌락에 와줬으면 하거든. 언제 출발할 거야?"

"너무 서두를 필요는 없으니 오늘은 푹 쉬었다 가죠. 내일 아침에 출발하도록 해요."

"응, 좋아. 지금 출발해봤자 나는 짐만 될 거야. 오늘은 얌전히 잠을 차며 체력을 회복할게."

리스의 마법으로 부상이 치유되기는 했지만, 체력만은 마법으로도 되돌릴 수 없다. 에어리는 내일에 대비해 체력을 조금이라도 회복시키기 위해, 순순히 침대에 누웠다.

마음 같아서는 지금이라도 바로 돌아가고 싶겠지만, 우리에게 도움을 받아놓고 억지를 부리는 건 좀 그렇다고 생각하는 것 같았다. 쿠아드도 꼬치구이를 먹고 배가 부르니 잠이 몰려오는지, 모친의 옆에 누워서 곤히 잠들었다.

아직은 저녁때이니 우리가 휴식을 취하기에는 좀 일렀다. 일단 전원이 조용히 방에서 빠져나간 후, 문밖에서 앞으로 어떻게 할지 의논하기로 했다.

"오늘 안에 필요한 물품을 사두자. 나와 리스는 물건을 사러 갈 테니까, 에밀리아와 레우스는 저 두 사람을 지키고 있어."

"알았어요. 그럼 저는 에어리 씨를 위해 간단한 식사거리를 준비할게요. 레우스는 여기서 두 사람을 지키고 있어."

"응!"

도트리스의 정보에 따르면, 은랑족을 손에 넣고 싶어 하던 귀족이 모자를 빼앗기 위해 모험가를 모으고 있다고 한다. 남매를 데리고 돌아다녔다간 성가신 일이 벌어질 것 같았기에, 나는 리스와 둘이서 필요한 것들을 사오기로 했다.

우리가 이 여관에 묵고 있다는 게 알려지는 건 시간문제겠지만, 모자의 곁에는 남매도 있고, 밖에는 호쿠토도 있으니 별문제는 없을 것이다.

"일단 전투도 염두는 둬. 마을 안에서도 일을 벌일 정도의 명청이일 가능성이 크거든."

""""예.""""

에밀리아와 리스는 자연스럽게 사태를 파악했는지 뭐가 어떻게 되고 있는 건지 나에게 묻지 않았다. 이것도 두 사람이 성장했다는 증거이리라.

그리고 세세한 지시를 내린 후, 우리는 행동을 시작했다.

"그럼 가볼까. 그러고 보니 아까 먹던 꼬치구이 말인데, 맛있어 보였거든. 파는 곳에 안내해주지 않겠어?"

"좋아. 실은 나도 더 먹고 싶었어."

"다녀오세요. 리스도 즐겁게 갔다 와요."

"즐겁게…… 앗?!"

리스는 그제야 나와 단둘이 외출을 한다는 것을 눈치챈 것 같았다.

리스는 이게 데이트나 다름없다는 걸 깨달았는지 볼을 붉히면서 나를 쳐다보았다. 나는 그런 그녀를 에스코트하기 위해 손을 내밀었다.

"가자."

"으, 응! 에헤헤……."

리스는 내 손을 잡더니 약간 부끄러워하면서도 찬란한 미소를 지었다.

※ ※ ※ ※ ※

대부분의 이들이 잠들었을 한밤중…… 무기를 든 남자들이 사람들의 눈길을 피하려는 듯이 뒷골목으로 이동하며 어떤 여관으로 향하고 있었다.

그 숫자는 여덟 명이었으며, 다들 사냥감을 노리는 짐승 같은 눈빛을 머금고 있거나 후드를 깊이 눌러쓰고 있었다. 하나같이 평범한 모험가와는 이질적이었다.

"그런데…… 은랑족만 잡으라고 했지? 들은 이야기에 따르면 인간도 있는 것 같던데, 전원이 표적인 거야?"

"그래. 남자는 좀 거칠게 대해도 되지만, 여자는 상처를 내지 말라더군."

"그 외에도 늠름한 늑대도 있다더군. 그 녀석을 포획하면 비싸게 사주겠다고 했지."

"흥, 취향 한번 독특한 귀족 님이군."

목적을 생각하면 괜한 소리를 하지 않는 편이 좋겠지만, 이런 의뢰에 익숙한 그들은 잡담을 나누면서 걸음을 옮겼다.

의뢰를 마치면 보수를 받은 후, 바로 다른 대륙으로 도망칠 속

셈인 그들은 은랑족에 대해 알면서도 의뢰를 받아들인 쓰레기들이다.

"그건 그렇고, 이번 일은 꽤 손쉽겠는걸. 상대는 전부 꼬맹이니까, 우리가 다 같이 기습하면 금방 정리될 거 아냐."

"그러고 보니 은랑족 이외에도 예쁘장한 파란 머리 여자애도 있다던걸. 겸사겸사 걔도 잡자고."

"뭐야. 돈보다 여자가 좋은 거냐?"

"나도 돈보다 여자가 좋지만, 꼬맹이한테는 흥미 없어."

그리고 목적지가 보이기 시작하자, 남자들은 멈춰 서서 작전을 확인하듯 서로를 쳐다봤지만…… 그제야 문제가 발생했다는 사실을 눈치챘다.

"……잠깐만 있어봐. 그 녀석은 어디 간 거야?"

"으음…… 어라? 방금까지 내 뒤를 따라왔었는데…… 본 사람 없어?"

"그 녀석이라면 저쪽 구석에서 자고 있어. 그것보다…… 뒤편을 좀 보는 게 어때?"

"아앙? 뒤편———……."

남자들이 고개를 돌린 순간, 늠름한 늑대가 앞발을 휘둘렀다.

표적이 된 남자는 비명도 지르지 못하면서 그대로 바닥에 내동댕이쳐졌고, 다른 한 명은 꼬리에 맞고 튕겨져 날아갔다.

"이, 이 녀석은 뭐야?!"

"당황하지 말고 거리를 벌려! 어이, 너도 빨리 물러나!"

"물러날 필요 없어. 이 녀석은 내 파트너거든."

한 남자가 그렇게 고함을 질렀지만, 내 곁으로 다가온 호쿠토
는 어리광을 부리듯 나한테 얼굴을 비볐다.

남은 여섯 명…… 아니, 나를 제외한 다섯 명의 남자가 그런
나와 호쿠토를 멍하니 쳐다보고 있었다.

"이 자식, 설마……."

"네 상상이 맞아. 제대로 알아보지도 않고 모험가를 모아서
이렇게 된 거라고."

그때, 리스와 물건을 사서 여관으로 돌아온 후, 우리를 습격
하려던 녀석들이 오늘 밤에 쳐들어올 거라는 정보를 도트리스
측에서 알려줬다.

빚은 지지 않는다고 말했지만, 은랑족을 데려다주기로 한 우
리에게 무슨 일이 생기면 곤란하기에 일부러 정보를 알려준 것
이다.

아무래도 빨리 출발하라는 의미 같지만, 에어리는 휴식을 취
해야만 하는데다 습격을 통해 제자들을 훈련시킬 수도 있을 것
같아서 습격자들을 처리하기로 정했다.

하지만 습격을 하게 놔두는 것도 좀 그렇기에, 옛날 감각을 떠
올리며 공격을 해봤다. 기습을 당하는 게 아니라 우리 쪽에서
기습을 하기 위해, 그 녀석들의 동료가 된 것이다.

참고로 함께 행동했던 습격자 중 두 명은 이곳에 오는 길에 기
절시켜서 숨겨뒀다.

나는 몸을 웅크린 호쿠토의 머리를 쓰다듬어주면서 후드를 벗
은 후, 남자들을 향해 미소를 지었다.

"아까 대화를 들어보니 너희는 봐줄 필요가 없을 것 같군. 그리고 우리를 꼬맹이라고 여기며 제대로 실력을 파악하지 않았을 뿐만 아니라, 잡담이나 지껄여대면서 기습을 하겠다니……멍청한 데도 정도라는 게 있는 법이라고."

"흥! 우리는 원래 기습 같은 건 영 별로라고."

"정정당당하게 싸우면 너 같은 꼬맹이와 마물 한 마리 정도쯤은……."

"아뇨. 저희도 있어요."

여관 입구에서 에밀리아와 레우스가 나타나자, 남자들은 우리에게 포위되었다.

하지만 남자들은 딱히 당황하지 않더니, 무기를 움켜쥐면서 냉정하게 우리를 관찰했다.

세 사람은 간단히 쓰러뜨렸지만, 남은 다섯은 원래 같은 파티였던 건지 꽤 실력이 있는 것 같았다. 그래서 제자들의 연습 상대로 삼으려고 일부러 남겨둔 것이다.

"어이쿠, 표적이 이렇게 납셔주셨잖아. 수고를 덜었는걸."

"너희는 뒤쪽에 있는 늑대와 꼬맹이를 막아. 우선 저 은랑족을 잡아서 인질로 삼은 후, 전부 다 잡는 거야."

기습 자체는 엉망진창이었지만, 순간적인 상황 판단력은 나쁘지 않은 것 같았다.

리더로 보이는 남자의 지시에 따라, 나와 호쿠토에게 두 명, 그리고 에밀리아와 레우스에게 세 명이 다가갔다.

그리고 에밀리아를 잡기 위해 두 남자가 들고 있던 그물을 던졌지만, 그녀는 바람을 조작해서 높이 뛰어올라서 그걸 피한 후, 남자들의 머리를 밟으며 그들의 뒤편으로 이동했다.

"이 여자, 되게 빠르…… 윽?!"

"아뇨. 당신들이 느린 거예요."

뒤를 돌아보려 하던 남자 중 한 명이 에밀리아의 하단 발차기를 맞고 꼴사납게 쓰러졌다.

그 사이에 다른 남자가 무기를 휘두르려 했지만, 에밀리아는 그 남자의 품속에 파고들어서 공격을 피한 후, 시야를 차단하려는 것처럼 그를 향해 손바닥을 내밀었다.

"움직임이 뻔히 보이는군요. '에어 임팩트'."

에밀리아가 손을 뻗으면서 날린 바람의 충격파가 그 남자의 턱에 작렬하더니, 그대로 포물선을 그리면서 날아간 끝에 지면에 떨어져서 기절했다.

"당신도…… 받으세요!"

에밀리아가 쓰러진 남자를 향해서도 '에어 임팩트'를 날려서 완전히 기절시키자, 나는 만족스럽다는 듯이 고개를 끄덕였다. 적을 완전히 무력화시킬 때까지 방심하지 말라는 가르침을 제대로 실천하고 있는 것 같아서 기뻤다.

한편, 레우스는 남은 한 남자와 싸우고 있었는데…….

"이 자식! 촐싹촐싹 피하기만 하는 거냐! 정말 성가신 놈이구나!"

"…………."

레우스는 대검을 뽑아들지 않고, 남자가 휘두르는 검을 계속 피하고 있었다.

그 남자의 공격은 꽤 날카롭지만, 레우스의 실력이라면 간단히 피할 수 있을 것이다. 그리고 상대의 검과 몸을 그대로 베어버리는 것도 손쉬우리라.

그런데 계속 피하기만 하자, 그 남자도 이상하다고 생각하기 시작했을 즈음…… 레우스는 혼잣말을 중얼거리면서 검을 움켜쥐었다.

"이러면서 공격……. 역시 어렵네."

"이, 이 자식! 이쪽을 쳐다보지도…… 커억?!"

그리고 남자가 말을 끝까지 잇기도 전에, 레우스가 휘두른 대검이 그의 팔을 잘랐다.

너무 간단히 팔이 잘려나간 탓에 그 남자가 얼이 나가 있는 틈에 복부에 주먹을 꽂아주자, 그는 신음을 흘리며 지면에 쓰러졌다.

"하아……. 안 돼. 아직 한쪽을 보는 게 한계야. 하다못해 곱절로 상황을 살피면서 싸울 수는 있어야 형님에게 조금이라도 다가설 수 있어."

레우스가 하고 있는 것은 바로 내 흉내다.

나는 눈앞의 적과 싸우면서도 제자들의 상황을 살피며, 그들이 위험하면 바로 엄호를 했다.

하지만 그건 전생에 습득한 '멀티태스크'가 있기 때문에 가능한 것이며, 아무리 '부스트'로 신체능력을 강화했다고 할지라도 간단히 할 수 있는 것은 아니다.

그래도 레우스는 계속 도전하고 있는 것이다.

불가능에 가까운 일일지라도 소중한 이를 지키기 위해 계속 노력한다…… 그 향상심은 존중받아 마땅하다.

이렇게 남매에게 무력화된 세 남자는 두 사람을 잡으러 왔다가 오히려 잡히고 말았다.

그런 남매의 싸움이 끝날 즈음, 호쿠토 쪽도 싸움이 끝났다.

참고로 호쿠토를 잡으려고 했던 이는 자기 몸집만 한 미늘창을 든 남자였다.

몸을 꽤 단련했는지 묵직해 보이는 미늘창을 자유자재로 다루며 호쿠토에게 달려들었다. 하지만 호쿠토는 공격을 피하지도 않으며 오른 앞발을 치켜들더니…….

"……어?"

그 남자가 들고 있는 미늘창은 호쿠토의 발톱에 부서지더니, 칼날 부분은 네 동강이 나면서 지면에 떨어졌다.

호쿠토는 무기를 잃은 채 멍하니 서 있던 그 남자를 향해 앞발을 휘두르더니, 철도 찢는 발톱이 그 남자의 코앞에 딱 멈췄다.

"……멍!"

"히익?!"

폭신해 보이는 털에 뒤덮인 발이 눈앞에 있는 가운데, 그 남자는 호쿠토의 위압감에 압도당한 것처럼 그대로 펄썩 주저앉더니 그대로 기절했다.

마지막으로 호쿠토가 가볍게 짖자, 남매가 부리나케 뛰어와서 그 남자를 꽁꽁 묶었다. 저들 사이에는 엄연한 상하관계가 존재하는 것 같았다.

한편, 나는…….

"좋아. 에밀리아와 레우스는 이제 괜찮은 것 같군."

"이 자식! 한눈팔지 말란 말이다!"

"그럼 좀 더 힘 좀 내보지 그래?"

남매와 호쿠토의 상황을 살피면서, 나는 눈앞에 있는 남자가 휘두른 검을 피했다.

그는 나한테 무시를 당해서 열 받은 것 같지만, 움직임이 단조로워서 간단히 피할 수 있었다.

"젠장! 어째서 이딴 꼬맹이가! 내 검을 피하는 거냐고!"

"힘에 의존해 무턱대고 휘둘러대니까 그렇지. 자아, 옆구리가 비었어."

나는 양손으로 휘둘러야 할 듯한 대검을 디한테서 받은 쇼트 소드로 받아내고 있으니, 그 남자가 놀라는 것도 무리는 아니다.

무기 자체의 질량이 차이가 나지만, 상대의 힘이 검에 완전히 실리기 전에 내 공격을 맞춰 공격의 궤도를 바꾸는 건 어렵지 않다.

상대 입장에서는 자기가 휘두른 검을 내가 전부 피하는 것처럼 느껴질 것이다.

"좀 더 상세하게 설명해줄까? 그 대검을 이만큼이나 휘두를 수 있는 건 대단하지만, 기술이 너무 허술해. 항상 힘에 의존해서 싸워왔다는 증거군."

"시끄러워! 꼬맹이 주제에 나를 가르치려 들지 말라고!"

내 지적을 이해하기 싫다는 듯이, 그 남자는 대검을 계속 휘둘러댔다.

아마 힘이 부족하다 생각한 건지, 그는 검에 더욱 힘을 실으려 했다. 검을 치켜든 순간, 빈틈투성이가 됐지만, 그냥 공격을 하게 됐다.

"이번에야말로 네놈을 검 째…… 오옷?!"

그리고 대검을 휘두르려던 순간, 나는 그의 등 뒤로 돌아가서 상대의 중심이 최대한 앞쪽으로 실린 순간에 발을 걷어찬 후, 마지막으로 공중에 뜬 발 뒤편에 검을 집어넣어서 걷어 올렸다.

그러자 그 남자는 앞쪽으로 날아가듯 공중에 내던져지더니, 그대로 지면에 대자로 쓰러지고 말았다.

"돌려주지."

나는 상대가 놓친 대검을 공중에서 움켜쥔 후, 그 남자의 안면 옆에 꽂아 넣었다.

그 대검이 볼을 스치고 지나갔지만, 그는 모험가로서 살아오며 쌓은 경력 덕분인지 의식은 잃지 않았다.

하지만 쓰러진 순간, 너는 이미 끝났어. 나는 그 남자의 배에 팔을 댄 후, 작별 인사를 하며 마력을 끌어올렸다.

"원망할 거면 이딴 의뢰를 한 귀족을 원망하라고. 뭐, 아직 살아 있을지는 모르겠지만 말이야."

은랑족과의 전쟁을 초래하려 한 녀석은 이 마을에 있어 해악에 지나지 않는다. 아마 의뢰인은 지금쯤 도트리스에 의해 처리되었을 것이다.

나는 오늘 밤에 편안한 잠을 자기 위해, 제로 거리 '임팩트'로 그 남자를 기절시켰다.

《은랑족과 가족》

다음 날 아침, 우리를 태운 마차는 길을 따라 나아가고 있었다.

원래는 마차를 마을에 맡기고 숲을 나아갈 생각이었지만, 에어리에게 마차가 있다는 걸 알려주자 도중까지는 길을 따라 가는 편이 빠르다는 걸 가르쳐줬다.

은랑족의 촌락에 언제까지 머물지 모르는데다 마차를 마을에 오랫동안 맡겨두는 것도 좀 그랬기에, 우리는 그 장소까지 마차를 타고 가기로 했다.

마을을 떠나고 한나절이 지났다. 아직 체력이 좋지 않기에 마차에 탄 에어리는 오늘 들어 몇 번을 토한 건지 모를 한숨을 또 토했다.

이유는 물론 마차를 끌고 있는 호쿠토 때문이다.

"백랑 님이 마차를 끌고 계시다니, 정말 믿기지 않는 상황이야. 마을 사람들이 들었다면 졸도할지도 몰라."

"역시 문제가 되는 건가요?"

"응. 백랑 님은 우리에게 있어 신의 사도거든. 이런 취급을 당하고 있다는 걸 다른 은랑족이 알면, 시리우스 군을 어떻게 생각할지……."

"멍!"

"아, 예! 백랑 님께서 자신의 의지로 끌고 있다는 건 알고 있습니다!"

정곡을 찌르는 한 마디였다.

촌락에서도 호쿠토가 한 번 짖으면 다 해결될 것 같지만, 그렇지는 않을지도 모른다. 윗사람의 말에 아랫사람이 무조건 따르지는 않는 경우도 있으니까 말이다.

"상황에 따라서는 은랑족과 싸워야 할지도 모르겠군요."

"으음…… 나도 열심히 설득할 테니까, 원만하게 해결해보자!"

습격을 당할 가능성을 고려하는 편이 좋겠다고 생각하며 마차 안에서 장비를 확인하고 있을 때, 밖에서 뛰고 있던 레우스가 나에게 말을 걸었다.

"걱정하지 마. 형님 곁에는 내가 있잖아."

나와 에어리의 대화를 들은 듯한 레우스는 주먹을 말아 쥐더니, 만면에 미소를 지으면서 이렇게 선언했다.

"이번에는 내가 형님을 지킬 차례야!"

"지킬 차례야!"

그 말과 포즈는 멋졌지만, 레우스의 어깨에 탄 쿠아드도 같은 포즈를 취한 탓에 그저 훈훈한 광경처럼 보였다.

"레우스만이 아니에요. 저도 지켜드릴 테니 걱정하지 마세요."

"진압이라면 내 물 마법에 맡겨줘."

오늘은 마차에 타고 있는 에밀리아와 리스도 내 옆에서 미소를 지었다.

믿음직한 제자들을 보며 무심코 미소를 짓고 있던 나는 문득 위화감을 느꼈다.

"저기…… 시리우스 님?"

"에밀리아, 왜 그래? 안색이 좋지 않잖아."

내가 볼에 손을 대보니, 피부가 약간 거칠어져 있었다.

그리고 평소의 에밀리아였으면 레우스보다 먼저 입을 열었을 것이며, 내가 이렇게 만져줘서 기뻐하며 흔들고 있는 꼬리도 평소보다 약간 힘이 없어 보였다.

그러고 보니 오늘은 나에게 좀처럼 다가오지 않는 것 같은 느낌이 드는데, 혹시 이걸 감추기 위해서일까?

"그, 그렇지 않아요."

"거짓말 하지 마. 흠⋯⋯ 피로가 몸에서 완전히 빠져나가지 않은 것 같군. 어제 잠을 충분히 못잔 거야?"

내가 혹시나 싶어 '스캔'으로 조사해봤지만, 딱히 이상한 곳은 없는 걸 보면 단순히 피로가 쌓인 것 같았다.

동족과 만나고, 할아버지가 있다는 사실이 판명되는 등, 충격적인 상황이 연이어 벌어지고 있는 탓일지도 모른다. 내가 잠시 동안 응시하자, 에밀리아는 체념한 것처럼 한숨을 내쉬었다.

"저기⋯⋯ 어제는 좀처럼 잠을 자지 못했어요⋯⋯."

"그럼 마차 안에서 눈 좀 붙여. 잠이 안 오더라도 눈을 감고 가만히 있기만 해도 좀 나아질 거야."

"마음은 감사하지만, 무리를 하지 않는다면 문제는 없을 거예요."

"그런 소리 하지 말고 순순히 누워. 자아, 내 베개를 써."

나는 억지로 에밀리아를 뉘인 후, 호쿠토의 털을 모아서 만든 쿠션을 넘겨줬다. 그리고 고개를 돌려보니, 리스가 감탄한 듯한 표정으로 나를 쳐다보고 있었다.

"나는 오늘 아침에야 눈치챘는데…… 시리우스 씨는 정말 대단해."

"뭐, 어릴 적부터 계속 봐왔으니까 말이야."

나는 어린 에밀리아를 데려온 후, 지금까지 곁에서 그녀가 성장하는 모습을 계속 지켜봐 왔다. 건강에도 신경을 썼으니, 문제가 있는 것 같으면 바로 눈치챘다.

그건 그렇고, 설마 리스에게 입막음을 하면서까지 괜찮은 척을 했을 줄이야. 나는 차분한 숨소리를 내며 자고 있는 에밀리아를 쳐다보면서 몰래 한숨을 내쉬었다.

"리스, 오늘 아침에 어떤 일이 있었는지 이야기해줄래?"

"실은 에밀리아가 아침에 나한테 치료 마법을 걸어달라고 했어. 하지만 나는 시리우스 씨의 재생활성과 다르게 상처 치료가 메인인 걸 곧 떠올리더니, 시리우스 씨에게는 자기 몸이 안 좋다는 걸 비밀로 해달라고 말했어."

"아무래도 판단력이 나빠진 것 같군. 잠시 눈을 붙이면 괜찮아지겠지만, 잠을 못 잔 이유는 들은 거야?"

"에밀리아도 잘 모르겠대. 하지만 시리우스 씨에게 걱정을 끼치고 싶지 않은 심정은 나도 이해해. 그러니까 이 애를 너무 꾸짖지는 마."

"……그래. 방금은 내가 잘못했어."

생각해보니 에밀리아와 리스는 나이도 먹을 만큼 먹은 여자애이니, 뭐든 다 이야기하라고 하는 건 무신경한 행동일지도 모른다. 이럴 때는 리스가 나보다 나을 것 같으니, 한동안은 그녀에게 맡겨야겠다.

내가 마음속으로 반성하고 있을 때, 옆에서 시선이 느껴졌다. 고개를 돌려보니, 에어리가 상냥한 미소를 지은 채 우리를 쳐다보고 있었다.

"아, 죄송합니다. 꼴사나운 모습을 보여주고 말았군요……."

"우후후, 그렇지 않아. 다른 사람들이 시리우스 군을 따르는 것 같아서 기뻐. 에밀리아가 인간족의 시종이 됐다는 말을 들었을 때는 미심쩍었지만, 시리우스 군의 방금 모습을 보니 이해가 돼. 촌락 사람들이 무슨 말을 하든, 나는 당신의 편이 되어줄게."

"형님을 바보 취급하는 녀석은 내가 전부 날려버릴 거야!"

"거야!"

"멍!"

레우스라면 몰라도 호쿠토가 날뛰었다간 사태가 복잡해질 것 같으니 가만히 있어줬으면 좋겠다.

동족이라도 아무렇지 않게 날려버릴 레우스, 그리고 의미도 모르면서 따라하는 쿠아드를 보며 우리가 쓴웃음을 짓는 가운데, 마차는 길을 따라 나아갔다.

그리고 에어리의 안내에 따라 도중에 길에서 벗어난 후, 마차가 겨우겨우 지나다닐 수 있는 짐승길을 따라 한동안 나아간 장소에서 야영 준비를 했다.

해가 지려면 아직 멀었지만, 이 앞으로는 마차가 들어갈 수 없기 때문에 장비가 있는 마차에서 하룻밤을 묵기로 한 것이다.

마차의 일부가 접이식 조리대가 되기 때문에, 나는 그 조리대로 남매가 잡아온 식재료, 그리고 마을에서 산 향신료를 이용한 새로운 요리에 도전했다.

"여기서부터는 걸어가야 하는데, 그냥 걸어가면 이틀은 걸릴 거야. 하지만 은랑족만이 아는 지름길을 이용하면 반나절 안에 도착할 수 있어."

"그런 길을 저희한테 가르쳐줘도 되나요?"

"너희라면 괜찮아. 하지만 길이 험하니까 각오해."

"그건 그렇고, 지름길을 이용하지 않아도 이틀이면 갈 수 있는 거리구나. 그렇게 멀지도 않은데, 마을 사람들이 은랑족 촌락의 위치를 모르는 이유는 뭘까?"

레우스는 약간 떨어진 장소에서 검을 휘두르고 있었으며, 에밀리아와 리스는 모닥불을 지키면서 에어리와 담소를 나누고 있었다. 그리고 쿠아드는 에어리의 무릎에 앉아 쉬고 있었다.

나는 끓기 시작한 요리를 국자로 저으면서 그 대화에 참가하고 있었다.

"이 광대한 숲 덕분이겠지. 아드로드 대륙의 숲은 우거져서, 사람들의 방향감각을 흐트러뜨리거든."

"시리우스 군의 말이 맞아. 이 광대한 숲에서 촌락의 위치를 알아낼 수는 없어. 우리가 평화롭게 살 수 있는 것도 이 숲 덕분이야."

참고로 촌락에 도착하는데 이틀이 걸린다는 것은 길을 알고 있는데다 마물에게 습격을 당하지 않는다는 가정 하에서의 이야기이며, 실제적으로는 두세 배는 더 걸릴 것이다. 그것이 숲속을 이동할 때의 상식이다.

엘프 정도는 아니지만, 은랑족은 숲과 함께 살아가는 종족이다. 이 광대한 숲에서도 정확한 방향과 촌락의 위치를 파악할 수 있으니, 숲에 관한 지식은 상당한 수준일 것이다.

"은랑족에게 있어 숲은 자기 앞마당이니까 길을 헤매거나 해선 살아갈 수 없어. 그런데 우리는 숲속에서 납치를 당했지……. 정말 한심해."

"우, 운이 나빴을 뿐이에요!"

"그래요. 에어리 씨는 아무 잘못 없어요!"

에어리는 납치당했을 때의 일을 떠올린 건지 고개를 푹 숙였다.

에밀리아와 리스가 그런 그녀를 위로하는 가운데, 레우스가 땀을 닦으면서 나에게 다가왔다.

"왠지 좀 시끌벅적하네. 형님, 무슨 일이야?"

"운이 나빴다고는 해도, 에어리는 납치를 당한 자기 자신이 한심한 것 같아."

"으음, 하지만 쿠아드를 지켜야만 했으니 어쩔 수 없었던 거 아냐? 참, 형님. 어제 그 녀석들은 어떻게 됐어?"

레우스가 말한 어제 녀석들이란 한밤에 우리를 습격했던 모험가들이다.

전원을 제압한 직후에 남매를 숙소로 돌려보냈기 때문에, 남매는 그들이 어떻게 됐는지 모른다.

실은 나와 호쿠토가 그 녀석들을 한곳에 모았을 즈음에 도트리스의 리더가 부하와 함께 나타나서 그 모험가들을 끌고 갔다. 이런 한심한 의뢰를 맡은 그 모험가들은 그 대가를 톡톡히 치르고 있을 것이다.

의뢰인인 귀족은 리더의 분위기와 그의 몸에서 나는 피 냄새로 볼 때 이미 처리한 것 같았다.

"은랑족을 덮치는 게 얼마나 위험한 일인지 알면서도 우리를 습격했잖아. 그 대가를 치르고 있을 거야."

내가 룰을 지켰기 때문에 뒷조직이라고 해도 그에 걸맞은 대접을 해줬지만, 이번 원흉들은 조직이 거점으로 삼고 있는 마을이 은랑족에게 습격당하는 사태를 일으키려 했다.

뒷조직은 룰을 지키지 않는 자에게는 비정하며, 그런 녀석들에게 끌려간 모험가들은 운이 좋으면 노예, 나쁘면 처형을 당할 것이다. 어느 쪽이든 간에, 우리와 두 번 다시 만날 일은 없으리라.

"우리를 습격한 녀석들 따위는 잊어버려. 그것보다 저녁 식사가 더 중요하잖아?"

"맞아. 아까부터 엄청 좋은 냄새가 나던데, 오늘은 뭘 만드는 거야?"

"이건 비프스튜라는 요리야. 원래는 좀 더 오랜 시간 동안 끓여야 하지만, 이번에는 시험 삼아 만들어본 거니까 이 정도만 하면 되겠지."

나는 비프스튜라고 말했지만, 어디까지나 맛이 비슷한 수프에 가깝다.

데미글라스 소스가 없고 전생에 존재하던 조미료도 없지만, 항구마을에서 손에 넣은 향신료를 이용해 비프스튜와 비슷한 맛으로 만드는데 성공했다.

다음에는 좀 더 걸쭉한 느낌으로 만들자고 생각하며, 나는 일단 요리를 완성했다.

"조금만 더 끓이면 되니까, 식사 준비를 해줘."

""""예~!""""

제자들은 내 선언을 듣더니, 분담해서 식기류를 준비하기 시작했다.

인원수만큼의 접시와 빵, 그리고 컵 등을 완벽한 연계를 선보이며 순식간에 준비했다. 전투 때의 연계보다 더 뛰어나다는 점을 기쁘게 여겨야 할까, 슬프게 여겨야 할까.

"으음…… 시리우스 군은 스승이라기보다, 이 애들의 엄마네."

"……밥!"

에어리는 그런 우리의 모습을 보며 쓴웃음을 지었고, 쿠아드는 비프스튜의 냄새를 맡고 몸을 벌떡 일으켰다.

"오오…… 좀 맛이 진하기는 한데, 맛있어! 역시 형님이야!"

"신선한 맛이군요. 다양한 맛이 배인 게, 정말 맛있어요."

"빵에 찍어 먹어도 맛있어. 시리우스 씨, 더 줘."

제자들은 내가 만든 요리에 익숙한지 호평을 했지만, 에어리는 약간 표정을 굳힌 채 비프스튜를 먹고 있었다.

"입에 맞지 않나요?"

"그렇지 않아. 이렇게 맛있는 요리를 먹을 줄은 몰라서 좀 놀랐어."

"맛있어~!"

쿠아드는 마음에 들었는지 한 그릇을 더 달라고 졸랐다.

대륙에 따라 음식의 맛은 꽤 차이가 나니 취향 또한 갈릴 거라고 생각했지만, 이 반응을 보아하니 입에 맞지 않는 것은 아닌 듯 싶었다. 하지만 에어리의 표정이 여전히 딱딱한 점이 신경 쓰였다.

"남들도 잘 챙겨주고, 요리도 잘해. 나보다 어린 남자애인데…… 나보다 더 엄마 같네. 왜 이렇게 진 것 같은 느낌이 드는 거야?!"

일부 인물에게서 묘한 비난은 받았지만, 저녁 식사는 다들 만족스럽게 마친 것 같았다.

다음 날 우리는 나무에 가려지는 위치에 마차를 옮겨둔 후, 최소한의 짐을 각자가 짊어진 채 숲속을 나아갔다.

참고로 마차에는 도난방지 처리 이외에도 위장색 시트로 덮고 나뭇가지를 놔서 숲과 동화시켜뒀으니 남들이 발견할 일은 없을 것이다. 게다가 마차 자체에서 특수한 마력이 발생하도록 만들어뒀으니, 만약 이 숲을 헤매게 되더라도 이 마차가 있는 곳으로 돌아올 수 있다.

"에어리 씨, 몸은 좀 어때요?"

"아, 너희 덕분에 충분히 쉬어서 이제 괜찮아. 이제부터 꽤 위험한 길을 나아갈 거니까 조심해."

　이틀 동안 충분히 쉰 덕분에 몸이 충분히 회복된 에어리 씨는 힘찬 발걸음으로 우리를 안내하듯 앞장서서 걷고 있었다.

　참고로 아직 어린 쿠아드는 레우스가 어깨에 태우려고 했지만, 숲 안에서 걷는 법을 가르치기 위해 자기 발로 걷게 했다. 에어리의 뒤편에서 열심히 아장아장 걷고 있는 쿠아드의 모습을 뒤편에서 보고 있으니 마음이 치유되는 것 같았다.

　하지만…… 곧 느긋하게 이동할 수 없는 지점에 도착했다.

　"이 절벽을 올라갈 거야. 물러서 간단히 무너지는 부분이 있으니까 조심해."

　"꽤 높네. 리스 누나와 쿠아드는 괜찮아?"

　"으음…… 좀 힘들지도 모르겠어."

　"으으…… 높아."

　"먼저 올라간 다음, 위에서 '스트링'으로 당길까?"

　"멍!"

　"시리우스 님, 호쿠토 씨 말로는 이 정도면 자기가 등에 업고 올라갈 수 있대요."

　숲을 걷다, 깎아지른 듯한 절벽을 기어 올라가고…….

　"여기서 떠내려갔다간 하류까지 쓸려 내려가니까 조심해."

　"쿠아드는 레우스가 옮기기로 하고, 리스는 괜찮겠어?"

　"이 정도는 나도 건널 수 있어."

　배를 간단히 분쇄할 듯한 격류가 흐르는 강에서는 중간에 있는 바위를 발판 삼아 뛰어넘어서 건넜으며…….

"다들 조심해. 그래도 여기만 건너면 도착할 수 있어."

"형님, 잠깐만 기다려. 쿠아드가 겁먹었는지 건너지 않으려고 해."

"괜찮아, 쿠아드. 떨어지더라도 우리가 반드시 구해줄 테니까, 앞만 보면서 걸어."

난간도 없는 통나무 다리가 걸린 깊은 계곡을 건너고서야, 우리는 드디어 모든 난관을 돌파했다.

여기서부터는 그저 숲을 따라 쭉 나아가기만 하면 되니, 나는 잠시 휴식을 취하자는 제안을 했다. 쿠아드는 물론이고 안내를 해주고 있는 에어리도 지친 것처럼 보였기 때문이다.

"휴우…… 걸음을 멈추게 해서 미안해. 자신만만하게 떠들어대기는 했지만, 실은 나도 이 길로는 겨우 몇 번만 다녀봤거든."

"아, 애초부터 휴식을 취하자고 말할 생각이었으니까 너무 개의치 마세요."

"그랬구나. 하긴 산속을 돌아다니는데 꽤 익숙하다고 생각했던 나조차도 이렇게 지친 건 처음이야."

원래라면 산기슭을 따라 빙 돌아서 여기까지 와야겠지만, 우리는 산 자체를 넘어버렸다.

지름길이기는 해도, 신체능력이 뛰어난 은랑족 중에서도 어른만이 다닐 수 있을 만큼 가혹한 길이니, 에어리가 지치는 것도 당연했다.

"내 남편도 힘들다고 하는 길인데, 너희는 아직 여유가 있네."

"형님이 단련시켜줬거든. 이 정도는 식은 죽 먹기야."

"그래요. 지금의 저희라면 한 번 더 왕복하는 것도 가능할 거예요."

"우후후…… 정말 강하게 컸구나. 가브 씨가 기뻐할 것 같아."

같은 은랑족 남매가 같이 있기 때문인지, 만나고 며칠이 지나지 않았는데도 에어리는 우리에게 마음을 연 것 같았다.

그뿐만 아니라 가족처럼 대해주고 있었으며, 같이 있으면 왠지 마음이 차분해졌다. 이것도 에어리의 차분하고 붙임성 좋은 성격 덕분일 것이다.

그런 그녀가 무리를 하지 않도록 휴식을 제안했지만, 에어리는 근처에 괜찮은 장소가 있다는 걸 가르쳐줬다.

"산을 넘어온 사람들을 위해 입구 근처에 쉼터를 만들어뒀어. 어쩌면 우리 동료들이 있을지도 모르니까, 거기서 쉬자."

에어리가 그렇게 설명을 하며 안내해준 장소는 나무들이 적당히 벌채되어 있었으며, 통나무 의자가 놓여 있을 뿐인 공간이었다. 하지만 중심에 모닥불을 피운 흔적이 있는 걸 보면 은랑족이 때때로 이곳을 이용하는 것 같았다.

"흠…… 주위를 경계하기 좋은 장소네. 그럼, 에밀리아."

"예. 홍차를 준비할게요."

"어…… 그런 걸 챙겨온 거야?"

"주인께 언제 어느 때나 최고의 홍차를 대접해드리는 것이 시종의 임무니까요."

딱히 그런 지시나 명령을 내린 적이 없지만, 시종으로서 그것만은 양보를 할 수 없는 것 같았다.

모험에 꼭 필요한 것은 아니지만, 우리는 부피가 큰 짐은 호쿠토가 전부 옮겨주기 때문에 그런 것도 가지고 다닐 수 있다.

적당히 장작을 모아서 리스가 만들어낸 물을 끓이자, 숲속에서 다과회를 가질 수 있었다.

"하아…… 차가 정말 맛있네. 지친 몸에 스며드는 것 같아."

"쿠키도 있어요. 레우스는 말린 고기가 좋지?"

"둘 다 먹을래!"

"나도 먹고 싶은걸."

"쿠키!"

에밀리아가 끓여준 홍차를 다 같이 마시면서 쉬고 있을 때, 호쿠토의 귀와 코가 쫑긋거렸다. 내가 그 모습을 보고 '서치'를 사용하자, 이쪽으로 접근하는 다수의 반응을 포착할 수 있었다.

호쿠토의 뒤를 이어 남매도 그 반응을 감지했는지 킁킁 거리면서 몸을 일으켰다.

하지만 이 반응은 아마도…….

"형님! 뭔가가 다가오고 있어!"

"시리우스 님, 조심하세요!"

"으음…… 아마 괜찮을 거야. 그렇죠?"

"응. 아무래도 다른 사람들이 마중을 온 것 같아."

나와 에어리가 계속 앉아 있자, 남매는 반사적으로 움켜쥔 무기에서 손을 떼며 다시 앉았다.

참고로 리스와 쿠아드는 별 반응을 보이지 않은 건 나와 에어리가 가만히 있기 때문일 것이다. 쿠키에 정신이 팔린 탓은 결코 아니리라.

"확실히…… 에어리 씨와 비슷한 체취네요. 즉, 다가오고 있는 이들은 은랑족인 거군요."

"아마 에어리 씨와 쿠아드가 보이지 않아서 찾으러 온 걸 거야. 인원도 적잖아."

"엇갈리지 않아서 다행이야. 역시 지름길로 오기 잘한 것 같네."

이미 에어리와 쿠아드가 사라지고 이틀이나 지났다.

후각이 뛰어난 은랑족들이 주위를 수색해도 찾지 못했으니, 인간족에게 납치를 당했다고 생각해도 이상할 게 없었다.

하지만 진짜로 납치를 당한 건지 알 수 없으니, 우선 마을을 정찰하러 갈 거라고 우리와 에어리는 생각했다. 그래서 한시라도 빨리 마을에 향하기 위해 이 길을 지날 거라고 예측했으며, 그게 정확하게 적중한 것이다.

"이건 남편의 체취네. 나도 눈치챘으니 저쪽도 눈치챘을 거야."

"아빠~!"

아버지가 다가오고 있다는 걸 눈치챈 쿠아드가 고함을 지르자, 반응 중 하나가 더욱 빠르게 다가오면서 거친 소리가 들려왔다. 그리고 곧 나무 사이로 화살처럼 무언가가 튀어나왔다.

"에어리! 쿠아드!"

나타난 이는 레우스보다 몸집이 큰 금발 남성이며, 그는 큰 목소리로 에어리와 쿠아드의 이름을 외치며 두 사람을 끌어안았다.

아마 이 사람이 에어리의 남편일 것이다. 아내와 아이를 한꺼번에 끌어안으며 기뻐하고 있는 모습은 감동적이지만, 우락부락한 거한이 엉엉 우는 모습을 보니 약간 질릴 것 같았다. 그 정도로 아내와 아이를 소중히 여기는 것이리라.

"우오오——! 내가 얼마나 걱정했는지 알아?! 무사해서 다행이야!"

"자, 잠깐만! 나도 네가 보고 싶긴 했지만, 좀 진정해."

"아빠…… 숨 막혀."

"무슨 소리를 하는 거야! 이 아버지가 얼마나 걱정을 했는지 알긴 해?!"

약간 난처한 표정을 짓고 있긴 하지만, 가족이 재회해서 다행이다.

레우스와 리스는 얼싸 안고 있는 가족을 기쁘다는 듯이 쳐다보고 있었지만, 에밀리아는 약간 반응이 달랐다. 그녀도 기뻐하고 있지만, 그 기쁨의 저편에서 쓸쓸함이 느껴졌다.

에밀리아의 과거를 생각하면 이해가 되지만, 하다못해 지금은 좀 감추라는 뜻을 담아 머리를 쓰다듬어줬다. 그러자 에밀리아는 내 어깨를 살며시 깨물면서 내 뒤편에 섰다.

질리아라 불리던 그 남자가 진정했을 즈음에는 그의 동료로 보이는 다른 은랑족들이 이곳에 도착했다. 숫자는 셋이며, 다들 건장한 육체를 지닌 전사 같지만, 살벌한 분위기를 자아내며 우리를 노려보고 있었다. 정확하게는 인간족인 나와 리스를 말이다.

"물러나 있어, 에어리. 지금 바로 저 어리석은 인간족들에게 본때를 보여주겠어."

"지, 질리아, 진정해! 이 아이들은……."

"안 돼, 아빠!"

"쿠아드도 잘 보고 있어. 너를 겁먹게 한 녀석들을 이 아버지가 혼쭐내줄게. 다들, 가자!"

은랑족 남성은 흥분했는지 에어리와 쿠아드의 말을 들은 척도 하지 않으며 다른 동료들과 함께 우리에게 달려들었다.

화가 나거나 열중하면 이야기를 듣지 못하는 성격 같았다. 어느정도 예상은 했지만, 역시 이렇게 되는 건가.

"이런 꼬맹이들이 에어리를 납치했을 줄이야."

"하지만 꼬맹이라도 봐줄 수야 없지!"

"질리아의 가족이자 우리 동료를 노예로 삼으려고 해?!"

"너희는 뒤쪽에 있는 계집애를 잡아! 내가 이 남자를 해치우겠어!"

에어리의 남편이 나한테 달려드는 가운데, 동료인 세 사람은 리스를 노렸다.

여자애 한 명에게 어른 셋이 달려드는 게 좀 어이가 없었지만, 남매가 리스를 지키기 위해 그들을 막아서고 있기 때문이라는 생각이 들었다.

"물러나세요, 리스!"

"리스 누나를 해칠 거면 그 전에 우선 나부터 해치우라고!"

"큭…… 역시 명령을 당하고 있는 건가!"

"아프겠지만 참아라. 금방 해방시켜주마!"

아무래도 남매가 목에 찬 초커가 노예용 목걸이라고 생각하는지, 리스를 지키라는 명령을 받은 거라고 생각하는 것 같았다.

은랑족 남성들은 남매에게 상처를 입히지 않고 제압하기 위해 손을 뻗었지만, 에밀리아는 그 손을 잡고 꺾어서 상대의 움직임을 봉쇄했고, 레우스는 그 손을 맞잡으며 힘겨루기를 했다.

하지만 은랑족 남성은 한 명 더 남아 있었다.

"리스 누나한테 다가가지 마!"

거기까지 생각이 미친 레우스는 힘겨루기를 하던 상대의 팔을 움켜쥔 후, 리스를 향해 다가가는 남자를 향해 집어던졌다.

평범한 상대였다면 이걸로 쓰러뜨릴 수 있을지도 모르지만, 신체 능력이 뛰어난 은랑족은 종이 한 장 차이로 그 공격을 피한 후, 자세가 흐트러진 상태에서도 리스에게 다가갔다.

"아차?! 리스 누나!"

"인간족 계집, 우리 동포를 해방시켜라!"

"……에잇!"

집중을 하고 있던 리스는 상대가 뻗은 팔을 잡으며 발을 걸어찬 후, 그대로 그 남자의 기세를 이용해 지면에 패대기쳤다.

내가 전에 가르쳐준 합기도가 제대로 들어간 것 같았다. 실전에서 이렇게 쓸 수 있을 정도면 충분할 것이다.

그리고 나에게 달려든 에어리의 남편은 분노를 드러내며 주먹을 휘둘렀다.

"감히 내 소중한 가족을……!"

"가족이 소중하다는 말에는 공감해."

풍압만으로도 피부를 찢을 듯한 일격이지만, 나는 상대에게 파고들며 그 공격을 피했다.

그리고 지면을 박살 낼 듯한 기세로 발을 내디디며 오른손바닥을 상대방의 명치에 날리자, 은랑족 남성은 내 일격을 맞고 그대로 튕겨져 날아갔다.

상대방이 의식을 잃게 만들 생각으로 날린 공격이지만, 공중에서 자세를 제어한 그는 두 발로 착지하더니 나를 계속 노려보았다.

"흐음, 견뎌냈구나. 복근이 꽤 튼튼한걸."

"맷집이 내 장점이거든. 그건 그렇고…… 내 동료들이 전부 당해버린 것 같군."

에밀리아의 상대는 관절이 꺾인 채 꼼짝도 하지 못했고, 레우스의 상대는 내던져져서 기절했다. 그리고 리스의 상대는 지면에 내동댕이쳐진 후에 물마법을 맞고 꼼짝도 하지 못했다.

명백하게 불리한 상황이지만, 에어리의 남편은 포기하는 것은 고사하고 주먹을 말아 쥐며 이렇게 선언했다.

"하지만 나는 포기 안 해! 반드시 너희를 쓰러뜨려서, 내 가족과 동포들을 구하고 말……."

"적당히 해!"

"커억?!"

그 어마어마한 각오가 느닷없이 끼어든 아내가 날린 일격에 의해 산산조각 나더니, 그 남자는 지면에 쓰러졌다.

그는 내 일격을 맞고도 쓰러지지 않았지만, 옆구리를 있는 힘껏 두들겨 맞고 결국 쓰러지고 말았다.

"뭐…… 뭐하는 거야?! 나는 너희를 위해……."

"됐으니까 우리 말 좀 들어. 너희도 화 좀 내지 말고 이쪽으로 와."

에어리가 고함을 지르자 제자들에게 잡혀 있던 남자들이 마음을 진정시켰고, 제자들은 그들을 풀어줬다.

일단 전투는 중단되었으며, 은랑족 남성들은 자신들이 구해야 할 에어리가 자신들을 부르고 있다는 상황에 어리둥절해 하면서 모였다. 그리고 에어리는 지면을 검지로 가리키며 차가운 목소리로 이렇게 말했다.

"자, 다들 여기에 앉아봐."

"잠깐만 있어봐, 에어리. 우리는 너와 동포들을 구하려고……."

"잔말 말고 앉아!"

"""……예."""

에어리의 박력에 압도당한 남자들은 순순히 바닥에 앉았다. 여담이지만, 이세계에서도 이럴 때는 무릎을 꿇는 것 같았다.

네 남자가 나란히 무릎을 꿇은 채 자기보다 몸집이 작은 여성에게 설교를 당하는 광경은 고개를 돌리고 싶어질 만큼 한심해 보였다. 그리고 옆에서는 모친을 흉내 내듯 팔짱을 낀 쿠아드가 서 있었기에, 더욱 한심한 상황이 연출되고 있었다.

"잘 들어. 이 애들은 나와 쿠아드를 구해준 은인이야. 착각하는 건 어쩔 수 없지만, 하다못해 마음을 진정시키고 내 말에 귀를 기울이란 말이야!"

남매의 상하관계도 그렇지만, 이 세계의 여성은 정말 강한걸.

이렇게 상황 설명을 겸한 에어리의 설교는 한 시간 가량 계속되었고, 그제야 오해는 풀렸지만…….

"""백랑 님!"""

남자들은 여전히 무릎을 꿇고 있었다.

호쿠토가 있으면 상황이 성가시게 될 것 같아서 숨어 있으라고 지시를 했는데, 적당한 때를 봐서 나오게 했더니 이런 상황이 벌어졌다.

남자들은 호쿠토 앞에서 무릎을 꿇고 있었지만, 호쿠토는 어쩌면 좋겠냐고 묻듯이 나를 쳐다보았다.

"크응……."

"네가 하고 싶은 대로 해."

그러자 호쿠토는 울음소리를 내며 남자들에게 무슨 말을 건넸다.

레우스의 통역에 따르면, 자신은 주인을 모시는 늑대이며 너희가 기도를 드리는 존재가 아니라고 말한 것 같았다.

"저, 저 인간족 남자가 주인이라는 겁니까?! 왜 당신께서 저런 녀석을……."

"멍!"

"너희가 나를 숭배하는 건 상관없지만, 나는 내 의지로 주인과 함께 행동하고 있다는 걸 이해해줬으면 한다. 그러니 내 주인을 모욕하지 말아다오…… 하고 말했어."

"아, 예. 하지만……."

"그리고 나는 되도록 평범하게 대해줬으면 한다. 하지만 만약

말도 안 되는 이유로 내 주인에게 해를 입히려 한다면, 살아 있
는 걸 후회하게 만들어 주지⋯⋯래."

"시리우스 님을 쏙 빼닮았네요."

주인과 애완동물은 닮는다는 이야기를 들은 적이 있지만, 다
른 세계로 전생하더라도 그건 마찬가지인 것 같았다.

호쿠토의 말을 듣고 남자들은 겁을 먹은 건지 귀와 꼬리를 축
늘어뜨리며 쉴 새 없이 고개를 끄덕였다.

평소 털을 빗겨달라며 어리광이나 부려대는 녀석이지만, 이렇
게 보니 확실히 신의 사도라 불리는 존재다웠다.

다른 남자들은 완전히 호쿠토의 위압감에 삼켜졌지만, 에어리
의 남편인 질리아는 호쿠토를 똑바로 쳐다보며 물었다.

"아, 알았습니다. 백랑 님의 말씀은 똑똑히 들었으며, 저희는
당신의 주인께 해를 입히지 않겠습니다."

그렇게 말하며 우리를 쳐다본 질리아에게서는 적의가 사라져
있었으며, 얼굴에는 온화한 표정이 어려 있었다.

"게다가 제 가족과 동포를 구해준 은인이니까요. 저희 마을로
초대해 환대하고 싶습니다."

"멍!"

호쿠토는 할 말을 다했는지 내 곁으로 돌아와서 만족스럽다는
듯이 울음소리를 냈다.

이렇게 이야기는 정리됐고, 기다리는 사이에 에밀리아가 끓인
홍차를 마셨다. 그 후, 우리는 드디어 몸을 일으킨 은랑족 남자
들에게 다가갔다.

"이제 싸울 필요는 없을 것 같네요."

"그래. 우리가 말도 안 되는 오해를 했다는 건 알았어. 정말 미안해."

질리아가 고개를 숙이며 사과하자, 뒤편에 있던 동료들이 함께 고개를 숙였다. 아직 호쿠토를 두려워하고 있는 것 같지만, 그들은 호의적인 미소를 짓고 있었다.

"아내와 아들을 구해줘서 정말 고맙다. 너희가 없었으면 나는 목숨보다 소중한 가족을 잃을 뻔했어."

"에어리 씨에게도 말했다시피, 고맙다는 말은 이 두 사람한테 하세요."

"그럴 거야. 하지만 우선 이 모든 것의 계기가 된 너한테 고맙다는 말을 하고 싶어. 나는 질리아라고 불러도 돼. 그리고 존댓말을 쓸 필요는 없어."

"알았어. 나는 시리우스야. 잘 부탁해, 질리아."

나는 질리아와 악수를 한 후, 제자들을 소개했다. 그리고 남매가 동족일 뿐만 아니라 지인의 손주라는 사실이 판명되자, 질리아와 그의 동료들은 손뼉을 치며 기뻐했다.

"에어리가 납치됐다는 걸 알았을 때는 마음이 타들어가는 것 같았지만, 설마 가브 씨의 손주까지 돌아올 줄이야."

"그리고 우리보다 강해져서…… 가브 씨도 기뻐할 거야."

"축제를 열어야겠군. 빨리 돌아가자."

그들은 남매의 할아버지인 가브에게 가르침을 받은 이들이며, 그의 손주가 무사하다는 사실을 알고 에어리와 마찬가지로 기뻐했다.

우리는 시끌벅적한 은랑족 남자들과 함께 촌락으로 향했다.

촌락으로 향하며 들은 이야기에 따르면, 질리아 일행은 역시 마을을 정찰할 예정이었던 것 같았다.

만약 그곳에 에어리와 쿠아드가 있다는 게 판명되고, 교섭이 무리라는 게 확실시되면 바로 마을을 습격할 생각이었던 것 같다.

하지만 은랑족을 포획하려고 한 건 욕심 많은 귀족이었으니, 교섭은 실패로 돌아갔을 것이다. 우리가 돕지 않았다면, 그 마을은 은랑족에게 공격을 받았을지도 모른다.

"저기, 에어리 씨가 마을에 있다는 건 어떻게 조사하는 거야? 형님처럼 마을에 대해 잘 아는 것도 아니잖아?"

"레우스, 우리는 은랑족이잖아? 나는 에어리의 냄새라면 마을 어디에 있든 감지할 수 있어!"

"나도 그 정도는 할 수 있어. 참고로 누나는 산 너머에서도 감지할 수 있다고!"

"뭐?! 그, 그 정도는 나도 알 수 있어!"

""적당히 해!""

남자 둘이 괴상한 말다툼을 시작하자, 각자의 보호자 격인 에밀리아와 에어리가 주먹을 휘둘러 그 두 사람을 조용하게 만들었다.

그런 식으로 서로의 정보를 교환하며 마을을 나아간 우리는 드디어 은랑족 촌락에 도착했다.

언덕 위에서 내려다본 은랑족의 촌락은 목책으로 둘러싸여 있으며, 벽돌과 비슷한 석재와 나무로 만든 집이 몇 채가 있었다.

"우리는 먼저 돌아가서 설명을 해둘 테니까, 시리우스 일행은 천천히 와. 에어리, 이 사람들을 부탁해."

"알았어. 질리아도 다른 사람들이 무례한 행동을 하지 않도록 잘 일러둬."

나는 앞장을 선 질리아 일행을 뒤쫓듯 천천히 걸음을 옮기면서 책과 들은 이야기를 통해 알고 있는 은랑족에 관한 지식들을 떠올렸다.

은랑족은 사냥과 농업으로 생계를 유지한다던데, 그건 사실인 것 같다.

밭을 경작하는 은랑족 남성과, 사냥한 고기를 처리하고 있는 은랑족 여성. 어디를 쳐다보든 은색 머리카락과 꼬리를 지닌 이만 눈에 들어오는 상황에 처한 남매는 망연자실한 눈길로 주위를 멍하니 쳐다보고 있었다.

"누나, 은랑족이 이렇게 잔뜩 있어."

"맞……아. 우리가 사는 촌락은 아니지만, 왠지 고향에 돌아온 느낌이 들어."

"마음이 복잡하겠지만, 우선 이 말을 너희에게 해주고 싶어. 우리 촌락에 잘 왔어. 너희를 진심으로 환영해."

에어리는 남매의 두 어깨를 꼭 끌어안더니, 우리를 향해 만면의 미소를 지었다.

잠시 후에 질리아가 돌아오더니, 촌락에 들어와도 된다는 허락을 받았다는 사실을 알려줬다.

그대로 질리아의 뒤를 따르며 촌락 입구에 가자, 그는 미안해하는 듯한 표정을 지으며 남매를 향해 이렇게 말했다.

"실은 가브 씨에게 손주들이 살아 있다는 걸 알려주려고 했지만, 아직 집에 돌아오지 않았어. 바로 만나게 해주고 싶었는데 말이야. 미안해."

"질리아 씨가 미안해할 필요 없어요."

"그래. 그런데 할아버지는 어디 있는 거야?"

"아마 촌락 밖에서 훈련을 하고 있을 거야. 체력이 떨어지고도 남을 나이인데도, 가브 씨는 전혀 쇠약해지지 않았을 정도로 대단한 사람이거든."

나이를 먹을수록 더욱 기운이 넘칠 뿐만 아니라 강해지는 할아버지를 알기에, 딱히 대단하다고 생각하지 않는 나 자신이 왠지 한심했다.

"대단한 할아버지인걸. 빨리 만나고 싶어!"

"아무튼 금방 준비를 마칠 테니까 기다려줘. 우리 가족만이 아니라 동포가 살아 있다는 걸 축하하는, 그리고 동포를 구해준 시리우스와 리스를 향한 감사의 마음이 담긴 축제를 열거야. 마음껏 즐겨달라고!"

그리고 촌락을 안내받는 사이에 해가 지더니, 곧 성대한 축제가 시작됐다.

촌락에 사는 모든 은랑족이 중앙 광장에 모이더니, 그 중심에는 커다란 모닥불로 캠프파이어까지 했다.

눈앞에는 이 촌락 사람들이 만든 각양각색의 음식이 놓여 있지만, 나는 아직 맛보지 못했다.

왜냐하면…….

"우리 동포를 구해줘서, 정말 고마워."

"당신도 우리 가족이야."

"곤란한 일이 생기면 언제든지 말해."

모든 은랑족이 한 명씩 내 앞에 와서 감사 인사를 하고 있었기 때문이다. 은랑족의 유대는 내 예상보다 훨씬 강렬했다.

고맙다는 말을 들으니 기분이 썩 나쁘지는 않았지만, 이 촌락에 사는 은랑족은 얼추 이백 명은 되는 것 같았으며, 아직 백 명 정도에게만 감사 인사를 들었기에 한숨이 절로 나올 것 같았다.

게다가 내 옆에 앉아 있는 호쿠토에게 기도를 드리는 사람도 있었기에, 내 주위만 인구밀도가 엄청났다.

곤란한 일이 생기면 얼마든지 말해보라는 이야기를 들었지만, 나는 현재 곤란한 상황에 처해 있었다. 슬슬 배도 고팠다.

"한잔 쭉 걸치…… 아, 리스한테는 아직 이른가. 그럼 이 고기라도 먹을래?"

"누나, 이건 내가 좋아하는 거야. 같이 먹자."

"응, 좋아. 흐음…… 불가사의한 맛이지만 맛나네. 더 있어?"

"아, 이쪽에 아직 남아 있어. 그건 그렇고 정말 잘 먹네. 열심히 만든 보람이 있는걸."

참고로 리스는 쿠아드와 함께 식사를 즐기고 있으며, 낮에 우리를 습격했던 이들이나 요리를 만든 여성들과 즐겁게 담소를 나누고 있었다.

초면인 사람과도 금방 친해지는 리스의 불가사의한 특기는 지금도 엄청난 위력을 발휘하고 있었다.

그리고 에밀리아와 레우스는 조금 떨어진 곳에서 동족들에게 둘러싸인 채, 즐겁게 담소를 나누고 있었다.

이 촌락의 은랑족들은 죽은 줄 알았던 남매가 무사하다는 걸 정말 기뻐하고 있었다. 그들 중 일부는 눈물을 흘리며 남매를 꼭 끌어안았으며, 이 촌락에서 담은 술을 계속 마시고 있었다. 남매도 즐거워 보였기에, 나는 이 촌락에 오기 잘했다고 진심으로 생각했다.

축제는 시간이 지날수록 점점 더 열기를 띠었고, 이 촌락의 실력자들이 모의전을 하거나 은랑족에게 전해져 내려오는 춤을 선보이기도 했다.

그 즈음에는 나도 식사를 할 수 있었기에, 처음 맛보는 요리들을 즐기고 있을 때, 일부 은랑족들이 웅성대기 시작했다.

그쪽을 쳐다보니, 레우스와 닮은 듯한 인상의 은랑족 노인이 남매 앞에 서 있었다.

에밀리아와 약간 닮은 것 같은데, 혹시 저 사람이…….

"할아……버지?"

"할아버지야?"

"그래. 너희가…….."

상황으로 볼 때, 저 사람이 남매와 혈연관계인 가브가 틀림없어 보였지만, 감동적인 재회치고는 좀 분위기가 묘했다.

보통은 기뻐해야겠지만, 가브는 담담한 표정으로 남매의 얼굴을 지그시 바라보기만 했다.

　죽은 줄 알았던 손주가 갑자기 나타나서 당혹스러워하고 있을 가능성도 있지만, 그렇다고 보기에도 태도가 너무 차가웠다.

　예상했던 것과는 다른 상황이었기에, 남매만이 아니라 주위의 은랑족들도 당혹스러워하는 가운데…….

"무사해서 다행이다."

　가브는 그렇게 말하면서 남매에게서 시선을 뗐다. 그리고 근처에 있는 남자에게 말을 건 후, 고기를 먹고 있는 나에게 다가왔다.

"네가…… 두 사람을 구해준 남자냐?"

　가브는 여전히 감정을 억누르고 있는 것처럼 무표정했지만, 나를 내려다보는 눈길에서는 수많은 싸움을 경험한 전사다운 느낌이 감돌고 있었으며, 나이에 걸맞은 박력 또한 어마어마했다.

　하지만 위압감이 어쩌고저쩌고하기 전에, 나는 이 할아버지를 보며 분노를 느꼈다.

　처음으로 만난 손주일 뿐만 아니라, 눈앞에서 부모를 잃은 남매에게 그런 말 한 마디를 건네고 만다는 건 말도 안 되는 것이다.

　내가 가브를 마주 노려보자, 우리 주위의 험악한 분위기를 눈치챈 은랑족들이 거리를 두기 시작했고…… 곧 나는 입안의 고기를 삼키면서 이렇게 말했다.

"그렇습니다만, 왜 그러죠?"

"그래? 그럼 나와 승부를 해줘야겠다."

""예?!""

설마 이 촌락에 도착하자마자, 남매의 가족과 승부를 하게 될 줄은 몰랐는걸.

주위의 은랑족의 반응으로 볼 때 가브가 농담을 한 것 같지는 않았다. 그래서 나는 곧 싸우게 될 상대를 관찰하기로 했다.

어깨 언저리까지 기른 은색 머리카락은 목덜미 쪽으로 모아서 묶었으며, 단정한 얼굴에는 수많은 흉터가 남아 있을 뿐만 아니라, 왼쪽 귀의 일부가 도려내진 것처럼 없었다.

이미 예순이 넘은 것 같지만, 패기 넘치는 태도에서는 라이오르 할아버지 못지않은 박력이 뿜어져 나오고 있었다.

방어보다 속도를 중시하는지 복장이 가볍고 움직이기 편해 보였지만, 왼손에는 녹색으로 빛나고 있는 토시를 착용하고 있었다.

근육과 발놀림, 그리고 무기를 쥐지 않은 점으로 볼 때, 아마 자신의 육체를 무기로 삼는 남자일 것이다.

아직 싸워보지 않았지만, 이 남자가 만만치 않을 거라는 건 바로 눈치챘다.

"이유가 뭐죠?"

"이유가 없으면 싸우지 못하는 거냐?"

내가 당혹스러워하는 가운데, 가브는 싸울 생각이 넘치는 것 같았으며, 날카로운 시선은 나에게 고정되어 있었다.

하아…… 뒤편에 있는 손주들이 아니라 왜 나를 쳐다보는 거냐고.

내가 참다못한 것처럼 몸을 일으키자, 질리아가 말려야겠다는 듯이 우리 사이에 끼어들었다.

"자, 잠깐만 기다려봐, 가브 씨! 왜 느닷없이 싸우려 드는 거야?"

"이 남자가 인간족인데도 범상치 않다는 걸 눈치채지 못한 것이냐? 분명 나를 더욱 높은 경지로 이끌어줄 거다."

"심정은 이해하지만, 그는 내 아내뿐만 아니라 가브 씨의 손주도 구해준 은인이라고. 우선 환영 파티를 마친 후에 싸워도 되잖아."

싸움 자체는 말리지 않는 건가.

꽤나 혈기왕성한 녀석들이라고 생각하며 어이없어 하고 있을 때, 이번에는 남매가 나를 감싸듯 사이에 끼어들었다.

"기다려주세요, 할아버지!"

"맞아! 왜 형님한테 도전하는 거냐고, 할아버지!"

남매는 쌀쌀맞은 태도로 겨우 한 마디를 건넸을 뿐인 가브를 육친으로 인정하며 우리의 싸움을 말리려 했다.

하지만…….

"나를…… 그렇게 부르지 마라!"

""어?!""

가브가 한 말은 잔혹하기 그지없었다.

그 말을 듣고 충격을 받았지만, 그래도 남매는 나를 지키려는 듯이 물러서지 않았다. 심정이 복잡할 텐데도 이렇게 나를 위해주는 너희의 마음은 정말 기뻐.

하지만…… 너희의 할아버지는 나와 이야기를 좀 나눌 필요가 있을 것 같네.

"아무래도 이 사람은 나와 싸워야 직성이 풀릴 것 같네. 두 사람 다 물러나 있어."

"하지만 시리우스 님. 이런 싸움은 무의미하다고 생각해요."

"형님과 할아버지가 싸울 이유가 없잖아!"

"이 싸움은 대화나 다름없어. 목숨을 뺏을 생각은 없으니까 괜찮아."

뭐, 주먹을 통한 대화지만 말이야.

나는 걱정스러운 눈길로 쳐다보는 남매의 머리를 쓰다듬어준 후, 들고 있던 무기를 호쿠토에게 맡겼다. 그리고 광장의 중앙을 향해 걸음을 옮겼다.

근처에서 타오르고 있는 모닥불의 불빛을 받으며 가브와 대치하자, 주위에 있는 이들이 가브를 응원하는 목소리가 들려왔다. 느닷없이 나타나서 나한테 싸움을 걸기는 했지만, 가브는 동족들에게 사랑받고 있는 것 같았다.

은랑족들은 이걸 축제의 여흥 정도로 여기는 것 같지만, 우리의 진지한 분위기를 느꼈는지 응원하는 목소리가 점점 잦아들었다.

"형님~! 힘내~!"

"힘내는 건 좋지만, 부상은 당하지 마!"

"시리우스 님! 다치시면 안 돼요!"

"멍!"

"형~, 힘내~."

내 동료들과 쿠아드의 목소리만은 계속 들려왔다.

왠지 긴장감이 옅어졌지만, 대화를 나눌 여지가 생긴 건 다행이라는 생각이 들었다.

싸우는 것 자체는 반대하지 않지만, 그래야 하는 이유는 알아두고 싶었다. 내가 그렇게 생각하며 말을 걸려고 한 순간, 뜻밖의 상대가 나에게 말을 걸었다.

"……저 아이들을 꽤나 따르는 것 같군."

"그건 당신도 마찬가지일 텐데요. 그런데 왜 저와 싸우려는 거죠?"

"강해지기 위해서다."

"왜 강해지려고…… 아뇨. 그 이유는 나중에 듣기로 하고, 싸우기 전에 묻고 싶은 게 있습니다. 왜 자신의 손주인 에밀리아와 레우스를 차갑게 대하는 거죠?"

가브는 완전히 남매를 거절했다.

에어리와 질리아처럼 가족과 동포를 소중히 여기는 은랑족치고는 묘했다.

실은 가족이 아니다…… 같은 가능성도 고려해봤지만, 아까 남매에게 했던 '무사해서 다행이다'라는 발언은 생판 남에게 건네는 말처럼 느껴지지 않았다.

가브는 내 질문을 듣더니, 약간이지만 표정을 풀면서 이렇게 말했다.

"저 아이들에게는 아무런 잘못도 없다. 나 자신의 문제 때문에 이러는 거지."

"그럼 내기라도 하지 않겠어요? 제가 이기면 저 두 사람이 당신을 할아버지라고 부르는 걸 허락해주시죠. 그리고 이런 태도를 취한 이유를 이야기해주세요."

"흥. 생긴 것과 다르게 욕심이 많은 녀석이구나."

"소중한 제자들을 위한 일이니까요."

"좋다. 그럼 내가 이긴다면, 너희의 여행에 나도 동행하겠다. 나는 저 두 사람이 살았던 촌락에 꼭 가봐야만 하거든."

우리가 남매의 고향으로 향하고 있다는 이야기는 에어리나 질리아에게 했으니, 미리 그 두 사람에게서 들은 것 같았다.

하지만 승패가 어찌 되든 간에 따라오는 건 상관없지만, 가브가 제시한 또 하나의 조건은 문제가 됐다.

"그리고 또 하나, 에밀리아만은 이 촌락에 남아줘야겠다. 나중에 저기 있는 저자와 혼인을 해줘야겠거든."

"……예?"

가브가 쳐다본 이는 우리보다 약간 나이가 많아 보이는 청년이었다.

레우스만큼은 아니지만 꽤 탄탄한 육체를 지녔으며, 꽤 잘생긴 청년이었다. 하지만 방금 그 갑작스러운 발언 때문에 주위에 있던 이들이 웅성거렸다.

한편, 에밀리아는 방금 그 말을 듣더니…….

"할아버지의 부탁이라도 그 말에는 따를 수 없어요. 저는 시리우스 님의 곁을 떠나지 않을 거니까요."

"누나는 형님 거야! 그걸 방해한다면, 할아버지라도 절대 용서 안 할 거라고!"

"……앉아."

"'예!'"

"멍!"

버림받은 강아지 같은 눈길로 쳐다보는 에밀리아, 그리고 누나를 지키기 위해 화를 내는 레우스를 진정시키기 위해 나는 그런 지시를 내렸다. 참고로 내 뒤편에 있던 호쿠토도 넙죽 앉았다.

그리고 가브의 느닷없는 발언을 듣고 당황했던 그 은랑족 청년은 에밀리아에게 차였다는 걸 이해하더니 풀이 죽었다. 뭐, 부모처럼 지켜봐온 내가 보기에도, 에밀리아는 미인이니까 그러는 것도 무리는 아니다.

"시리우스 씨. 에밀리아는……."

"응, 알아. 가브 씨, 당신을 데려가는 건 상관없지만, 에밀리아를 혼인시키는 건 허락할 수 없습니다."

"저 애의 행복을 원한다면, 이 촌락에서 동족 남성과 맺어져서 함께 사는 게 최선이라 생각하지 않나?"

"그것도 하나의 방법이라고 생각합니다. 하지만 저는 본인의 자주성을 중시하니, 이래라저래라 말하고 싶지 않군요."

내 제자들…… 동료들은 자신의 의지로 나를 따라오고 있으며, 나 또한 내 의지에 따라 그들의 마음에 답해주고 있는 것이다.

그러니 에밀리아가 나에게서 떨어지는 걸 원치 않는다면, 나는 그녀의 의지를 존중해주고 싶다.

"에밀리아는 자신의 삶을 직접 선택할 수 있는 어른이니까요."

"그럼 너도 이 촌락에서 살아라. 인간족이라도 너라면 환영받을 테고, 저 아이의 바람도 이뤄지겠지."

오호라, 이렇게 나오는 건가.

확실히 그러면 에밀리아도 불만은 없을 테고, 다른 제자들이 내 곁에 있고 싶어 할 것이다. 하지만 그래선 내 여행은 그대로 끝나고 만다.

여행을 통해 견문을 넓혀서 교육자가 된다는 내 꿈도 이룰 수 없을 테니, 미안하지만 나는 내 꿈을 계속 좇을 작정이다.

"우후후…… 아이는 적어도 두 명 정도는 가지고 싶어요."

나와의 장래를 꿈꾸며 행복해 하는 에밀리아 때문에 분위기가 누그러졌지만, 나는 마음을 단단히 먹으며 가브에게 딱 잘라 말했다.

"죄송하지만, 저에게는 저만의 길이 있으니 그 제안은 거절하죠. 그리고 저는 질 생각이 없습니다."

"그건 내가 할 말이다. 나는…… 강해져야만 하니까 말이다."

저렇게 강함을 추구하는 이유도, 이긴 후에 차분하게 들어봐야겠다.

그리고 우리가 대치하고 있을 때, 가브가 왼손에 찬 토시를 본 레우스가 뭔가를 눈치챈 것처럼 입을 열었다.

"그 토시…… 아빠가 가지고 있던 것과 똑같아."

"그럼 부모 자식이 같은 물건을 쓴 거구나. 이럴 때 할 말은 아니지만, 예쁜 토시네."

"하지만 뭔가 달라. 아빠가 쓰던 건 오른손 토시……였어."

리스가 예쁘다는 말을 한 것처럼 그 토시는 꽤 아름다웠으며,

내가 피아에게서 받았던 나이프와 같은 빛을 뿜고 있는 것을 보면 아마 미스릴제 토시일 것이다.

기회가 된다면 한번 살펴봐야겠다고 생각하고 있을 때, 그가 레우스에게 아무 말도 하지 않았다는 걸 눈치챘다.

"그런데, 레우스에게는 아무 말도 안 해주는 건가요?"

"저 남자는 이미 어엿한 전사다. 싸워보지 않더라도, 이렇게 보기만 해도 알 수 있지. 극한까지 단련된 육체와 정신…… 아마 이 자리에 있는 이들 중에서도 손꼽히는 실력을 지녔겠지. 그런 전사가 너를 따라가기로 정했다면 나는 아무 말도 할 생각이 없다."

은랑족은 성별에 따라 대우가 다른 걸지도 모른다. 하지만 남자는 험하게 대하면서 딸에게만 물러터진 왕과 좀 비슷한 분위기가 느껴졌다. 아무튼 레우스도 신경을 쓰는 것 같으니 조금 안심이 됐다.

그리고 더는 이야기할 게 없다는 듯이 가브가 입을 다물자, 나도 정신을 바짝 차렸다.

은랑족은 무기를 잘 쓰지 않는 종족인 것 같았다.

무기에 의존하지 않더라도 자신의 강인한 육체로 싸우면 되는 데다, 무기를 들면 속도가 줄기 때문에 선호하지 않는 것이다.

레우스는 내가 검을 휘두르는 것을 계기로 검을 쓰게 됐으며, 라이오르 할아버지가 소질이 있다고 평한 걸 보면 맨손보다 검이 적성에 맞는 것 같았다. 은랑족 중에서는 꽤 별종인 것 같지만, 딱히 기피를 당하는 것 같지는 않으니 그냥 내버려 두기로 했다.

자아…… 딴 생각을 하고 있는 동안에 가브가 돌진해 왔기에, 나는 '부스트'를 발동시키며 전투태세를 취했다.

질리아보다 움직임이 몇 배나 빨랐지만, 나도 만반의 태세를 갖추고 있었기에 어찌어찌 공격을 파악할 수 있었다. 방금 그 일격으로 볼 때, 나를 전혀 깔보고 있지 않은 것 같았다.

나는 가브가 내 눈앞까지 다가와서 날린 오른 주먹을 흘려보내려 했다. 하지만 그는 한 걸음 더 억지로 내디디며 오른 주먹을 정지시키더니, 그와 동시에 왼 주먹을 휘둘렀다.

참고로 상대의 몸놀림으로 볼 때 왼손잡이인 것 같으니, 애초부터 이 왼 주먹을 나에게 날릴 생각이었을 것이다. 게다가 저 토시는 방어용이 아니라 무기인 것 같다.

첫수부터 페인트를 섞는 걸 보면 전투에 익숙해 보였지만, 나는 검에 미친 변태 할아범과 수도 없이 싸우며 전투 경험을 쌓은 몸이다.

나는 그 주먹을 막는 게 아니라 자신의 옆구리를 스치고 지나가듯 회피한 후, 그대로 그 팔을 잡으며 가브의 안면에 공중 무릎 차기를 날렸다. 하지만 가브는 몸을 젖혀서 내 공격을 피했다.

그리고 가브는 공중으로 몸을 날린 나를 향해 오른 주먹을 그어 올리듯 휘둘렀지만, 나는 그 주먹의 측면을 잡으며 몸을 비틀어서 피했다. 그리고 그대로 무리하게 돌려차기를 날렸지만, 가브는 몸을 후퇴시켜서 피했다.

그렇게 거리가 벌어진 후, 가브는 즐거운 듯이 웃으면서 두 주먹을 맞댔다.

"내 예상보다 훨씬 강하구나! 방금 그 일격을 피했을 뿐만 아니라 반격까지 할 줄이야…… 정말 좋아. 이걸로 나는 더욱 높은 경지에 이를 수 있어!"

"유감이지만, 저는 발판이 아닙니다. 그리고 당신이 강해지는 건 상관없지만, 우선 에밀리아와 레우스를 대하는 태도부터 고쳐줬으면 좋겠군요."

힘을 너무 추구한 나머지 손주들에게 관심이 없는 것처럼 보이지만, 에밀리아의 행복 같은 걸 언급한 걸 보면 남매를 신경 쓰고 있는 건 분명했다.

말주변이 없다면 꼭 안아주면 되고, 거절을 할 거라면 뒤탈이 없도록 비정하게 대해주라고 말하고 싶다. 가브가 어중간한 태도를 취한 탓에 가장 난처해지는 사람은 바로 남매니까 말이다.

"너는 무기를 쓰지 않는 거냐? 무기를 써도 되고, 마법을 쓸 줄 알면 얼마든지 써라."

"괜찮아요. 체술에는 자신이 있는데다, 당신을 제 손으로 직접 두들겨 패서 정신을 차리게 만들고 싶으니까요."

"흥…… 그럼 쓰고 싶게 만들어주마!"

예전에 내 스승은 이런 말을 한 적이 있다.

누군가와 싸울 때, 상대의 특기분야로 싸워서 이긴다면, 반론을 묵살할 수 있다…… 그런 무식한 발언이지만, 나도 그 말에는 동의한다.

그렇기 때문에 나는 체술을 사용하는 가브를 체술로 제압해서, 남매를 손주라는 걸 제대로 인정하게 만들자고 생각했다.

하지만 가브는 자기 육체만으로 지금까지 싸워온 숙련된 전사이기에 쉬운 상대가 아니었다. 접근해서 주먹과 발차기를 날리고, 공격을 피하면서 카운터를 날리고 회피하는 응수가 이어졌다.

말로 표현하면 그게 전부지만, 가브의 주먹은 자유자재로 변환하는 채찍 같았으며, 두 손과 두 발을 유감없이 사용하기 때문에 공격수단도 다양했다.

라이오르 할아버지 때는 상성에서 유리했기에 이길 수 있었지만, 가브는 상성이 나빠서 공격하기 힘들었다. 아니, 은랑족 특유의 신체능력 차이 때문에 내가 약간 불리할지도 모른다.

"시리우스 씨가 이렇게 고전하는 건 처음 본 것 같아."

"우리 할아버지는 이렇게 강한 사람이군요."

"으으…… 난처하네. 형님을 응원하고 싶지만, 할아버지가 지기를 비는 것도 좀……."

현시점에서 정통으로 공격을 당하지는 않았지만, 은랑족인 가브보다 인간인 내가 체력 소모는 더 극심했다.

점점 호흡이 거칠어진 나는 상대의 공격을 피하면서 발을 걸어찼으나, 그걸 예상한 가브는 뒤편으로 몸을 날렸다.

어찌어찌 상대와 거리를 벌리고 거칠어진 호흡을 가다듬고 있을 때, 가브가 도발하듯 팔을 휘둘렀다.

"왜 그러지? 체술에는 자신이 있나 본데, 그건 네 원래 전투방식이 아닐 텐데? 고집을 그만 부리고 전력을 다해 덤벼봐라."

"휴우…… 사양하죠."

"그럼 어쩔 수 없지. 강제로라도 네 진짜 실력을 이끌어 내주마."

가브가 그렇게 말하면서 팔에 힘을 주자, 왼팔에 모인 마력에 의해 주위의 대기가 일그러졌다. 방대하고 농밀한 마력이 왼손에서 흘러나오고 있는 탓인 것 같았다.

원래라면 무색투명할 마력이 이렇게 눈에 보일 정도인 걸 보면, 가브는 강렬한 일격을 날리려는 것 같았다. 정통으로 맞는다면 기절 정도가 아니라 목숨을 잃을 것 같았다.

그런 가브의 행동을 본 질리아는 당황한 어조로 우리 둘 사이에 끼어들었다.

"멈춰, 가브 씨! 아무리 그래도 이건 너무 심하잖아!"

"할아버지! 뭘 하려는 건지는 모르겠지만, 위험해 보이니까 관둬!"

"비켜라! 저 녀석이 전력을 다하지 않는 한, 나는 강해질 수 없단 말이다!"

레우스도 위험한 상황이라는 걸 눈치채고 끼어들었지만, 가브는 개의치 않는다는 듯이 마력을 팔에 계속 집중시켰다.

"질리아 씨. 할아버지는 대체 뭘 하려는 거야?"

"가브 씨는 '실버 팽'을 쓰려는 거야. 커다란 나무뿐만 아니라 바위도 박살을 내는 필살기지."

자신의 마력을 극한까지 끌어올린 후, 그것을 주로 쓰는 팔에 집중시킨다고 하는 단순명쾌한 기술이지만, 위력은 어마어마한 것 같았다.

질리아의 설명을 들으며 어떻게 대처할지 생각하고 있을 때, 가브는 준비가 마쳤는지 주위 사람들에게 들리도록 큰 목소리로 이렇게 외쳤다.

　"다들! 만일의 사태에 대비해 물러나 있어라!"

　우리 주위에서 싸움을 지켜보고 있던 은랑족들이 그 말을 듣고 일제히 물러섰다.

　단순히 주먹을 휘두른다는 것을 알고 있으니 피하는 건 간단할 거라고 생각하지만, 이렇게 당당하게 공격을 준비하는 걸 보면 명중시킬 자신이 있는 것이리라.

　"어디로 도망치든, 내 송곳니를 피할 수는 없다. 너 정도의 실력자라면 이 일격이 얼마나 무시무시한 줄 알 거다. 자아, 무기나 마법을 써라."

　"그럼 저도 전력을 다해 피하도록 할까요. 자아, 봐줄 필요는 없습니다."

　"훗…… 후회하지나 마라."

　아마 내가 이 일격을 막거나 피한다면 가브도 패배를 인정할 것이다.

　내 대답을 듣고 미소를 짓고 있는 가브를 쳐다보며 몸을 긴장시키고 있을 때, 물러서지 않고 있던 제자들이 고함을 질렀다.

　"무모한 짓은 하지 마세요, 시리우스 님!"

　"그래, 형님! 할아버지와 이렇게까지 싸울 필요는 없잖아!"

　"부상 정도로 그칠 것 같지 않다면 그냥 관둬!"

　걱정을 끼쳐서 미안하지만, 지금은 대답을 할 여유가 없으니 무시해야겠다.

나는 비스듬히 서면서 집중력을 끌어올린 후, 마력 집중을 마친 가브를 향해 말을 건넸다.

"언제든지 시작해도 됩니다."

"……간다!"

몸을 최대한 숙인 후, 지면을 깨부술 듯이 박차며 몸을 날린 가브의 속도는 아까보다 몇 배는 됐다.

으음…… '부스트'를 극한까지 끌어올려 급격하게 속도가 빨라져도 가브가 날리는 저 생전 처음 보는 공격을 피하는 것은 어려울 것 같았다.

하지만 나는 전생에서부터 총탄과 검의 폭풍을 헤치며 살아왔다. 이 정도 속도에 대응하지 못할 리가 없다.

나는 몸에서 괜한 힘을 뺀 후, 신경을 칼날처럼 날카롭게 만들었다.

"하아아아아——!"

가브는 그저 자신의 힘을 퍼부으려는 듯이 고함을 지르며 왼 주먹을 내질렀지만, 나 또한 '부스트'를 발동시키면서 팔을 휘둘렀다.

그리고 가브의 주먹은 정확하게 내 가슴에 꽂힐 것 같았지만…….

"아닛?!"

가브의 주먹은 갑자기 궤도를 바꾸더니, 내 어깨를 스치고 지나갔다.

내가 노린 것은 가브의 손등이었다. 완벽한 타이밍에 정확하게 쳐낸 덕분에 주먹의 궤도를 바꾸는 데 성공한 것이다. 가브의 주먹은 총탄에 버금갈 정도로 빠르지만, 경험과 단련된 감각을 통해 어찌어찌 성공시켰다.

필살의 일격이 실패로 돌아간 바람에 경악한 가브는 어떻게든 다시 균형을 잡으려 했지만, 나는 그에게 생겨난 틈을 놓치지 않았다.

내가 다른 손바닥으로 가브의 턱을 쳐올리자, 그의 몸이 천천히 공중에 떠오른 후, 그대로 지면에 쓰러졌다.

"휴우…… 라이오르 할아버지와 싸웠던 경험이 없었으면 맞았을지도 몰라."

공격을 빗겨나게 하는 것만으로도 상당한 힘과 정신력이 소모됐는지, 긴장을 푸는 것과 동시에 땀이 대량으로 흘러나오기 시작했다. 그야말로 찰나의 순간을 포착해 종이 한 장 차이로 승리를 거둔 것이다.

내가 땀을 닦으면서 가브가 무사한지 확인해보고 있을 때, 제자들이 내 이름을 외치며 다가왔다. 그리고 은랑족 몇 명도 다가왔기에, 나는 그들에게 가브를 맡기기로 마음먹으면서 제자들을 맞이했다.

"시리우스 님, 무사하셔서 다행이에요. 저기…… 할아버지는 어떤가요?"

"뇌가 흔들려서 기절했을 뿐이니까, 좀 있으면 깨어날 거야."

"다행이야. 아, 시리우스 씨. 팔 좀 내밀어봐. 다친 데 없는지 확인해볼게."

내가 가브는 괜찮을 거라고 말해주자, 남매는 안도의 한숨을 내쉬면서 옮겨지고 있는 자신의 할아버지를 쳐다보았다. 가브는 동족에게 존경을 받고 있는 것 같으니, 그를 쓰러뜨린 바람에 험악한 상황이 벌어질지도 모른다고 생각했지만…… 은랑족들은 나와 악수를 나누며 내 실력을 칭송했다.

나중에 들은 이야기에 따르면, 은랑족은 인격적으로 문제가 없다면 강자를 존경하는 것 같았다. 동료가 당했다고 다른 은랑족이 차례차례 달려든다…… 같은 일이 벌어지지 않아서 다행이다.

주위에서 박수를 치고 있는 이들에게 인사를 건네고 있을 때, 레우스가 눈을 반짝이며 나를 쳐다보고 있다는 걸 눈치챘다.

"형님은 정말 대단해! 용케도 할아버지의 공격을 간파했네!"

"뭐, 종이 한 장 차이였지만 말이야. 네 할아버지는 진짜 강하니까, 나중에 가르침을 받는 게 어때?"

"응. 나도 깜짝 놀랐어. 아까 그 기술을 배우고 싶네."

내가 이겼으니 약속을 지켜준다면 그것도 가능할 것이다.

주먹으로의 대화는 충분히 나눴으니, 정신이 들면 남매와 제대로 이야기를 나눠줬으면 한다.

나와 가브의 승부가 끝나자 연회도 끝났기에, 은랑족들은 자신들의 집으로 돌아가기 시작했다.

남편과 재회한 게 기쁜지 행복한 얼굴로 집을 향하는 에어리를 배웅한 우리는 가브의 집으로 향했다.

촌락 사람들은 자신들의 집에 묵으라고 권했지만, 역시 남매의 가족인 가브의 집에 묵는 게 옳을 것 같았다. 게다가 가브가 눈을 뜨면 바로 이야기를 나눌 수도 있을 테니까 말이다.

가브의 집은 이 촌락의 일반적인 가옥과 비슷한 크기지만, 지금은 가브 혼자만 살고 있는 것 같았다.

우리가 이 집의 주인이 자고 있는 방에 모여 에밀리아가 끓인 홍차를 마시면서 쉬고 있을 때, 한 남자가 집에 들어왔다.

가브보다 약간 나이가 적어 보이는 그 은랑족은 자신이 이 촌락의 촌장이라며 인사를 했다.

"하아. 여전히 무모한 짓만 해댄다니깐."

볼일이 있어서 연회에 참석하지 못한 걸 우선 사과한 그 남자는 내 손을 움켜쥐면서 에어리 모자와 남매를 구해줘서 고맙다고 말했다.

그리고 기절한 가브를 힐끔 쳐다보며 한숨을 내쉬더니, 그 뒤를 이어 남매를 돌아보며 반갑다는 듯이 눈을 가늘게 떴다.

"으음…… 왠지 반가운걸. 너희는 정말 페리오스와 레이나를 쏙 빼닮았구나."

"아빠와 엄마를 아시나요?"

"당연하지. 나와 페리오스는 소꿉친구였거든. 그리고 너희에 대해서도 편지로 알고 있었단다."

남매의 아버지는 다른 촌락의 촌장이었으며, 소꿉친구 겸 촌장인 이 사람과 근황보고 겸 연락을 취해왔던 것 같았다.

그건 그렇고, 촌장인 이 사람도 남매에 대해 알고 있는데, 왜 남매의 아버지는 가브에 대해 가르쳐주지 않은 걸까?

게다가 가브가 손주를 거절한 이유도 우리는 아직 알지 못했다. 결국 에밀리아는 각오를 다지며 질문은 던졌다.

"저기…… 할아버지는 왜 저희를 거부하는 거죠?"

"아, 나도 그걸 설명해주려고 찾아온 거란다. 가브 씨도 이야기를 하지 않은 것 같고, 너희는 그걸 알아야 한다고 생각하거든."

가족들 간의 속사정에 대해 이야기하려는 것 같았기에, 나는 리스에게 눈짓을 보내며 자리를 비키려 했다. 하지만 남매는 내 옷을 움켜잡았다.

이곳에 있어달라고 애원하는 그 눈빛에 진 나는 자리에 다시 앉았고, 리스도 나와 마찬가지로 옷깃을 잡혔기에 쓴웃음을 지으며 다시 앉았다.

남매가 그런 식으로 어리광을 부리는 광경을 본 촌장은 즐거운 듯한 눈빛을 띠었다.

"하하하. 너희는 저 두 사람에게 사랑받고 있는 것 같구나. 진짜 가족 같은걸."

"예! 저희의 소중한 사람이에요."

"헤헷, 내 형님과 리스 누나는 남이 아니라고."

"그럼 이 이야기를 들어도 되겠지. 으음…… 우선 너희 아버지인 페리오스에 대해서부터 이야기하도록 할까?"

에밀리아가 여전히 내 옷을 움켜잡고 있는 가운데, 우리는 가브의 과거와 남매의 부모님인 페리오스와 레이나의 옛날이야기를 들었다.

가브는 동족들을 잘 챙길 뿐만 아니라 촌락 안에서도 당해낼 이가 없을 만큼 강한 존재였기에, 젊은 나이에 촌장이 됐다.

그리고 촌락에 사는 소꿉친구와 결혼했고, 두 사람 사이에서 태어난 이가 바로 남매의 아버지…… 페리오스였다.

하지만 가브의 아내는 페리오스를 낳고 숨을 거뒀다. 가브는 슬픔에 잠겼지만, 남겨진 아들을 위해 그 슬픔을 극복했다. 그리고 주위 사람들에게 도움을 받으며 자식을 키웠다.

그리고 페리오스를 강한 남자로 키우기 위해, 동년배 아이와 함께 단련시키기 시작했다.

"가브 씨는 자기 자신뿐만 아니라 남에게도 엄격한 사람이지. 평소에는 상냥하지만 수련을 할 때는 정말 무시무시했어. 나도, 페리오스도 몇 번이나 울었다니깐……."

가브에게 단련을 받은 페리오스는 크게 성장했고, 아버지 못지않은 전사로 성장했다. 인덕도 있기에, 다음 촌장은 페리오스가 틀림없다고 말할 정도였다.

하지만…… 바로 그때, 사건이 일어났다.

"그날, 나와 페리오스가 사냥을 하기 위해 숲을 돌아다니다 수상한 집단을 발견했어. 그들은 노예 상인이었는데, 마물에게 습격을 당해 길을 잃은 것 같았지. 하지만 우리가 신경 쓰인 건 노예상인이 아니라 그들이 데리고 다니던 은랑족이었어."

그들이 데리고 다니던 두 은랑족은 페리오스와 같은 또래의 여성이었다.

그들은 두 은랑족을 구하기 위해 기습을 했지만, 그걸 눈치챈 상인이 노예로 삼고 있던 은랑족을 방패로 삼았다.

예속의 목걸이가 지닌 능력을 발동시켜서 고통에 겨워하는 모습을 보여줘 협박을 하려 했지만, 둘 중 한 여성은 이미 한계 상태였는지 그 자리에서……

"……배후로 이동한 내가 놈들을 전멸시켰을 즈음, 페리오스는 숨이 끊어진 그 여성을 끌어안은 채 울부짖었어. 그런 페리오스를 위로한 이가 다른 한 여성이었지."

그 여성이 남매의 모친인 레이나였다고 한다.

죽은 여성은 그녀의 여동생이며, 원래 병약하고 몸이 약했던 것 같았다. 레이나는 그런 여동생을 해방시켜준 페리오스를 꼭 끌어안으며 고맙다고 말만 반복했다.

겨우 마음을 추스르고 촌락에 돌아간 후, 누가 레이나를 맡을지 의논하게 됐다.

아이가 없는 부부가 맡기로 했는데, 페리오스는 자기가 레이나를 책임지겠다며 주장한 것 같았다.

"주위 사람들이 반대했지만, 페리오스는 뜻을 굽히지 않았어. 가브 씨는 고집이 세지만, 페리오스도 못지않았다니깐."

좀처럼 억지를 부리지 않는 페리오스가 그렇게 고집을 부리자 결국 다들 뜻을 꺾었고, 두 사람은 함께 살게 됐다.

서로의 상처를 핥아주는 것이나 다름없을지도 모르지만, 시간이 지나자 두 사람의 마음의 상처가 치유되면서 어느새 연인 사이가 됐다.

"두 사람은 결혼을 하겠다는 보고를 하러 왔었는데, 저기 누워 있는 할아버지가 그걸 인정하지 않았어."

일찍 아내를 여읜 탓인지, 아니면 남자 혼자서 키운 탓인지, 당시의 가브는 머릿속이 딱딱하게 굳어 있었다. 그래서 페리오스가 레이나의 동생을 구하지 못한 걸 책임지기 위해 그녀와 결혼하려 한다고 생각했다.

서로의 의견은 완전히 평행선을 이뤘으며, 부자지간이 주먹다짐으로 발전하려 했는데도 한 걸음도 물러서지 않았다. 결국 페리오스와 레이나는 가브의 허락을 받지 않고 약혼을 했으며, 먼 곳에 있는 촌락으로 거처를 옮겼다.

"그리고 얼마 지나 내가 이 촌락의 촌장이 되었을 즈음...... 페리오스에게서 편지가 왔어. 그걸 통해 페리오스도 촌장이 됐다는 걸 알았지. 그 편지에는 너희 할아버지에 대해서는 거의 적혀 있지 않았지만, 그래도 자기 자식들한테도 그 이야기를 안 했을 줄은 몰랐어."

"......아빠는 할아버지를 원망한 걸까요? 그리고 할아버지도......."

"그렇지 않아."

어디까지나 내 예상이지만, 서로가 서로를 원망하거나 싫어하는 건 아니라고 생각한다.

나와 가브가 싸우기 전에, 레우스는 가브의 토시가 아버지가 쓰던 것과 같다고 말했다.

"레우스. 가브 씨가 왼손에 찬 토시는 네 아버지가 쓰던 것과 같은 거지? 그리고 네 아버지가 쓰던 건 오른손 토시가 틀림없는 거지?"

"으, 응! 똑같은 거고, 분명 오른손에 차고 있었다고…… 생각해."

"저도 그렇게 생각해요. 아빠는 매일 밤 그걸 소중히 손질했었죠."

"뭐야. 역시 부자지간이네. 할아버지와 똑같잖아."

아까 살펴보니, 그 토시는 내 예상대로 미스릴로 만든 것이다.

간단히 손에 넣을 수 없는 그것을 부자지간이 하나씩 잃어버린 건 아닐 테니, 원래 한 쌍이었던 토시를 부자지간이 나눠서 간직하고 있는 것이리라.

그리고 서로가 그걸 소중히 간직하며 손질해왔다는 건…….

"결국 두 사람 다 솔직해지지 못한 거구나."

"그래. 둘 다 고집불통이거든."

남매는 그 말을 듣고 안도한 것처럼 한숨을 내쉬었고, 리스 또한 기뻐하듯 미소를 지었다.

"정말…… 정말 곤란한 아버지와 할아버지네요."

"그러고 보니 아빠가 때때로 그 토시를 멍하니 쳐다볼 때가 있었어. 그 이유를 이제 알겠네."

"다행이잖아, 할아버지. 페리오스도 실은 할아버지와 사이좋게 지내고 싶었던 것 같다고."

촌장이 갑자기 큰 목소리로 그렇게 말하며 가브를 쳐다보니, 잠을 자고 있는 줄 알았던 그가 흥 하고 코웃음을 치면서 돌아누웠다. 아까부터 깨어 있다는 건 눈치챘지만, 대화에 참가하지 않기에 그냥 내버려 뒀다.

"할아버지! 정신이 들었군요?"

"괜찮아? 할아버지."

"아픈 데가 있으면 제가 마법으로 치료해드릴게요."

"나를 그렇게 부르지 말라고 했을 텐데? 그리고 아가씨, 그 마음만 받아두마."

가브는 모든 것을 거부하듯 등을 보이며 앉은 채 그렇게 말했다. 그 모습을 본 촌장은 한숨을 내쉬면서 가브의 몸을 흔들었지만, 그는 계속 고집을 피웠다.

"하아, 손주들이 난처해하는 거 안 보여? 할아버지가 설명하라고."

"…………."

"그럼 내가 설명한다? 저 애들이 불쌍하니까 말이야."

"…………멋대로 해라."

가브가 삐친 듯한 목소리로 허락을 하자, 촌장은 이야기를 이어갔다.

가브는 아들이 나간 후로 아무렇지 않은 듯이 행동했지만, 왠지 빈 껍질만 남은 것처럼 보일 때가 있었다.

그리고 편지가 올 때마다 페리오스의 근황을 귀찮은 척 들으러 오는 게 약간 짜증날 정도였다고 한다.

"그렇게 몇 년이 흘러 두 사람의 아이…… 에밀리아와 레우스가 태어나서 행복하다는 내용의 편지가 왔어. 그리고 슬슬 아버지를 용서해줄까 싶다는 편지가 온 후……."

"…………."

"우리 촌락이…… 습격을 당했구나."

슬픔에 잠긴 남매를 본 촌장은 머뭇거렸지만, 곧 각오를 다지며 고개를 끄덕인 후, 입을 열었다.

"우리가 그걸 안 건, 너희 촌락이 습격을 당하고 며칠이 지난 후였어. 너희를 제외한 모든 동족이 습격을 당한 탓에, 그 촌락에 볼일이 있어서 향했던 동포가 목숨만 겨우 건져서 돌아온 후에야 그게 판명됐지. 정말 미안해."

"아뇨…… 그럴 수밖에 없었을 거예요."

에밀리아가 무의식적으로 내 팔을 꼭 끌어안자, 나는 그녀의 머리를 쓰다듬어서 진정시켰다.

촌장은 그 광경을 흐뭇하다는 듯한 미소를 지으며 지켜본 후, 가브를 다시 쳐다보았다.

"페리오스가 있던 촌락이 습격을 당했다는 사실을 안 순간, 저 할아버지는 누구보다 먼저 이 촌락을 뛰쳐나갔어. 하지만 아무런 준비도 하지 않고 쳐들어가는 건 위험하니깐, 촌락 사람들 전원이 나서서 할아버지를 막았지."

남매가 사는 촌락에 가려면 아무리 서둘러도 며칠은 걸린다고 한다.

그래서 할아버지는 가브를 달래며 전사들을 선발했고, 준비를 마친 후에 그 촌락으로 향했다고 하는데…….

"하지만 너희의 촌락은 마물의 소굴이 되어 있었어. 게다가 하나같이 강한데다 아무리 쓰러뜨려도 끝도 없이 튀어나오는 바람에 후퇴할 수밖에 없었지."

생존자는 없겠지만, 하다못해 동족의 무덤을 만들어주기 위해 몇 번이나 전사를 파견했지만…… 마물 무리에게 밀려 몇 번이나 후퇴했다고 한다.

그래……. 가브가 강해지고 싶어 하는 이유를 이제 알겠어.

가브는 강해져서 마물들을 전멸시킨 후, 촌락을 되찾아서 아들의 넋을 달래주고 싶은 것이다.

"자식의 원수를 갚는 건 고사하고 무덤도 세워주지 못한 자신은 손주들에게 할아버지라 불릴 자격이 없다, 같은 생각을 하고 있는 거야. 손주가 태어났다는 걸 알고 그렇게 기뻐했으면서 말이야."

"할아버지……."

"할아버지……."

"……그렇게 부르지 마라."

가브는 촌락을 습격한 마물을 증오하지만, 그 마물들보다도 자기 자신을 더 용서할 수 없는 것이다.

결혼을 반대하지 않고 이 촌락에서 함께 살았다면, 아들이 무사할 뿐만 아니라 에밀리아와 레우스도 마물에게 습격을 당하지 않았을지도 모른다.

그리고 무엇보다, 아들과 영원히 화해할 수 없게 되어서 분한 것이리라.

만나고 싶었던 손주를 가족으로 대하지 못하는 것도, 그 만큼 가브가 자기 자신을 탓하고 있기 때문이겠지만…… 그런 건 아무래도 상관없다.

"아뇨. 저 애들이 이제 당신을 할아버지라고 불러도 돼요. 제가 이겼을 때의 약속을 지켜주셔야죠."

"…………흥! 어쩔 수 없지. 내가 졌으니까 말이야."

"들었지? 자아, 할아버지에게 어리광을 잔뜩 부려."

여전히 등을 보이고 있지만, 가브는 투덜대면서도 할아버지라는 호칭을 받아들였다.

그리고 내가 망설이고 있는 남매의 등을 살며시 밀어주자, 두 사람은 가브의 옆에 앉아서 천천히 말을 걸었다.

"저기…… 할아버지."

"……왜?"

"할아버지한테서 아버지 이야기를 듣고 싶어요."

"다음에 마음이 내키면 해주마."

"그럼 할아버지. 아까 그 기술을 나한테도 가르쳐줘. 형님도 대단하다고 했다고!"

"……생각해보마."

나와 리스는 아주 약간이지만 대화를 나눌 수 있게 된 가족을 두고 조용히 밖으로 빠져나갔다.

이제 손주인 남매가 가브의 마음을 열어줄 것이다. 지금은 가족 간의 대화를 즐기게 두기만 하면 된다.

밖으로 나간 나와 리스는 우리에게 다가온 호쿠토를 데리고 달빛이 비추고 있는 촌락을 산책했다. 이미 다른 은랑족들도 집에서 쉬고 있는지, 촌락은 약간의 생활음과 바람 소리, 그리고 벌레 소리가 희미하게 울려 퍼지고 있는 평온한 세계가 되었다.

그런 촌락을 목적도 없이 걸어 다니고 있던 우리는 우연히 눈에 들어온 바위에 나란히 앉아서 달을 올려다보며 느긋하게 대화를 나눴다.

"심정은 이해하지만, 그래도 너무 고집불통인 할아버지였어. 하지만 이제부터 한동안 같이 다닐 거잖아. 귀여운 손주를 대하다 보면 그 고집도 머지않아 풀릴 거야."

"한동안 같이? 역시 가브 씨와 함께 다닐 생각이구나?"

"그래. 에밀리아와 레우스가 기뻐할 뿐만 아니라 가브 씨의 목적도 달성할 수 있을 테고, 우리 전력도 강화될 거잖아. 내가 지면 자기도 데리고 가라고 말했으니까, 우리가 같이 다니자고 말하면 분명 주저 없이 따라올 거야."

"그렇구나……. 응, 맞아. 역시 가족은 함께 있는 게 가장 좋을 거야."

"응. 호쿠토도 그렇게 생각하지?"

"멍!"

나와 리스는 몸을 비비는 호쿠토를 둘이서 쓰다듬어주며, 이 평온한 공기 속에서 시간을 보냈다.

다음 날…… 아직 어둑어둑할 즈음, 나는 부스럭거리는 소리를 듣고 눈을 떴다.

"음…… 나 때문에 깼느냐."

가브의 집은 거실과 침실을 포함해 방이 두 개 밖에 없다. 그래서 침실은 에밀리아와 리스가 이용하기로 했고, 나와 레우스, 그리고 가브는 다 같이 거실에서 잠을 잤다.

그런 장소에서 누가 일어나면 바로 알 수 있기 때문에, 나는 하품을 하면서 몸을 일으킨 가브에게 인사를 건넸다.

"아뇨. 저는 원래 이쯤에 일어나거든요."

"그러냐. 나는 잠시 나가볼 테니, 더 자도 된다."

"어디 가는 거죠?"

"아침 훈련을 하러 가는 거다. 나는 매일같이 훈련을 하거든."

"저도 같이 해도 될까요?"

"……좋을 대로 해라."

나는 가브의 아침 훈련에 동참하기로 했다.

레우스도 깨울까 했지만, 어제 이런저런 일을 하면서 지쳤는지 깊이 잠들어 있었다. 평소 같으면 일어났을 에밀리아가 잠을 자고 있는 것도 같은 이유이리라.

모처럼 동족과 재회해서 즐거워하고 있으니, 때로는 편하게 지내게 해줘야겠다고 생각한 나는 다른 이들을 깨우지 않고 집을 나섰다.

참고로 호쿠토는 집밖에서 자고 있었지만…….

"백랑 님, 오늘도 저희가 활기찬 하루를 보낼 수 있도록 지켜봐 주십시오."

"백랑 님, 올해도 농사가 풍작이도록 도와주십시오."

"크응……."

119

현재 호쿠토의 앞에서는 은랑족 몇 명이 열심히 기도를 드리고 있었다.

아무래도 아침 농사일을 하러 가던 사람들 같은데, 저렇게 성심성의를 다해 기도를 드리고 있으니 호쿠토도 함부로 움직일 수가 없는 것 같았다.

호쿠토는 도와달라는 듯이 나를 쳐다봤지만, 나는 응원을 하듯 손을 가볍게 흔들어주면서 가브와 함께 숲으로 향했다.

아침 훈련은 숲속을 뛰는 것이었으며, 왠지 우리와 비슷한 훈련을 하는 것 같아 친근감이 느껴졌다.

가브가 매일같이 달렸기 때문인지 단단하게 다져져 있는 숲속의 길을 따라 아무 말도 없이 달리고 있을 때, 앞장을 서고 있던 가브가 고개를 돌리며 미소를 지었다.

"……꽤 하는걸. 별 무리 없이 나를 따라올 정도로 체력이 뛰어나다니…… 운이 좋아서 나한테 이긴 게 아니구나."

"그런 건가요."

달리는 속도가 묘하게 빠르다 했더니, 아무래도 나를 시험한 것 같았다.

"나를 쫓아온 사람은 아들 이외에는 네가 처음이다. 세상은 넓구나."

"예. 밖에는 다양한 강자가 있죠. 내가 아는 이들 중에는 검으로……."

그 후, 나는 강검이라 불리는 할아버지에 대해 이야기하면서 가브와 함께 달렸다.

나중에 들은 이야기에 따르면, 가브와 내가 달린 페이스는 이 촌락에 사는 은랑족들이 도중에 쓰러질 정도로 빨랐다고 한다.

달리기를 마친 우리는 촌락에서 좀 떨어진 곳에 있는 광장으로 향했다.

그곳에는 가브의 제자로 보이는 은랑족들이 모여 있었다. 그리고 가브를 본 그들은 한 줄로 질서정연하게 섰다. 꽤 통솔이 잘 되고 있는걸.

그중에는 에어리의 남편인 질리아도 있었으며, 나를 보더니 말을 걸었다.

"어…… 시리우스잖아? 혹시 견학을 하러 온 거야?"

"뭐, 그래. 어떤 훈련을 하는지 신경 쓰였거든."

"아, 우리가 가브 씨와……."

"괜한 소리 그만 하고 줄을 서라, 질리아. 오늘 훈련은 꽤 혹독할 거다!"

훈련이란 가브와의 1대1 대련이었다.

하지만 단순히 대련만 하는 게 아니라, 가브는 상대방의 나쁜 점을 지적해주기도 했다.

한 사람 한 사람에게 할애하는 시간이 짧지만 꽤나 혹독한 탓에, 대련을 마친 이들은 다들 그 자리에서 풀썩 주저앉았다. 그런 와중에 가브만은 전원을 상대했는데도 가볍게 땀만 흘리고 있었다.

이렇게 매일 대련을 해서 제자들을 훈련시키는 것과 동시에, 가브 본인도 단련을 하고 있는 것이다.

그중에는 열 살도 채 안 된 아이도 있었지만, 가브는 다른 어른들과 똑같이 대하며 열심히 지도했다.

전원이 한 번씩 대련을 마치자 아침 훈련은 그것으로 끝난 것 같았다. 그리고 가브와 함께 집으로 돌아가던 도중, 나는 그에게 궁금한 점을 물어봤다.

"가브 씨, 질리아와 싸웠을 때 말인데, 가브 씨의 중심이 약간 흐트러져 있는 것 같았어요."

"그래? 나중에 자세하게 이야기해다오."

상대가 자신보다 어릴지라도, 자신에게 진 상대의 말일지라도, 적극적으로 받아들이려는 자세는 매우 바람직해 보였다. 가브가 이만큼이나 강해진 것도 이해가 됐다.

집에 돌아갈 즈음에는 호쿠토에게 기도를 드리는 이도 없었지만, 채소 및 말린 고기가 들어 있는 바구니가 놓여 있었다. 아무래도 공물 삼아 바친 것 같았다.

마력을 원천으로 삼는 호쿠토는 필요 없다고 사양했지만, 기도를 드리러 온 이들의 성의를 봐서 차마 거절하지 못한 것 같았다.

내가 자초지종을 설명하고 돌려줄지 말지 고민하고 있을 때, 호쿠토가 입에 문 바구니를 내 손 위에 올려놓았다.

"멍!"

"……나한테 주는 거야? 하지만 이건 네가 받은 거잖아?"

"백랑 님이 괜찮다고 말씀하시는구나. 공물을 바친 이들의 마음을 헛되이 하는 것도 좀 그렇겠지. 그리고 동포와 손주를 구해준 너희가 먹는다면 다들 기뻐할 거다."

마음에 좀 걸리기는 하지만, 가브의 말이 맞는 것 같으니 순순히 받아두도록 할까.

내가 호쿠토에게 나중에 털을 빗겨주겠다고 말하자, 꼬리를 흔들면서 기뻐하듯이 살며시 짖었다.

집에 돌아가 보니, 에밀리아와 리스가 부엌에서 아침 식사 준비를 하고 있었다. 그리고 거실에서 몸을 풀고 있던 레우스는 우리를 보더니 미소를 지으며 인사를 건넸다.

"좋은 아침이야, 형님. 할아버지. 어디 갈 거면 나도 데리고 가지 그랬어."

"좋은 아침입니다, 시리우스 님. 할아버지."

"좋은 아침. 아침 준비가 다 되어가니까 잠시만 더 기다려."

"다들 일어났구나. 좋은 아침이야."

"……음."

가브는 손주들에게 아침 인사를 받고 내심 기뻐했지만, 곧 다시 얼굴에서 표정을 지웠다. 하지만 뒤쪽을 쳐다보니, 가브는 기쁨에 떨리는 꼬리를 필사적으로 감추고 있었다.

나도 요리를 도울까 했지만, 에밀리아와 리스에게 쫓겨났다. 나는 어쩔 수 없이 호쿠토에게 받은 식재료를 두 사람에게 맡긴 후, 거실에서 느긋하게 기다렸다.

"에어리 씨한테 배운 요리를 만들어봤어."

"저희한테 맞춰서 간을 했으니, 할아버지의 입맛에는 맞지 않을지도……."

"개의치 마라. 이렇게 준비를 해준 것만으로도 충분하다."

오늘 메뉴는 이 지방에서 자라는 콩과 향초를 삶은 것에, 다양한 고기와 채소를 넣어서 만든 수프와 고기 통구이다.

아침 치고는 양이 많지만, 이 세계에서는 아침 식사 때 많이 먹는 게 드물지 않다. 특히 은랑족은 그런 경향이 강하며, 남매가 많이 먹는 것도 이해가 됐다.

그리고 눈앞에 있는 요리를 맛본 가브는…… 그대로 딱딱하게 굳어버렸다.

"하, 할아버지, 맛이 어떤가요?"

"형님만큼은 아니지만, 누나 요리도 꽤 맛있지?"

"……음. 좀 맛이 진한 편이지만…… 맛있구나."

"이 대륙의 요리는 전체적으로 맛이 엷은 편이라 그렇게 느껴지는 걸지도 몰라. 시리우스 씨는 어때?"

"으음, 육수가 잘 나왔네. 두 사람 다 요리가 많이 늘었는걸."

우리가 좋은 평가를 내리자, 에밀리아와 리스는 살며시 서로의 손바닥을 맞대며 기뻐했다.

촌장에게 들은 이야기에 따르면, 가브는 아들인 페리오스가 집을 나간 후로 언제나 혼자 식사를 했다고 한다.

그런 할아버지의 집에 손주를 비롯해 네 명이나 되는 이들이 쳐들어왔으니 당황스러울지도 모르지만, 기뻐하고 있는 건 틀림없어 보였다. 가브가 촉촉이 젖은 눈가를 보여주지 않으려는 듯이 고개를 숙인 채 식사를 계속하고 있는 가운데, 우리는 아침 식사를 계속했다.

아침 식사를 마친 가브는 다른 젊은이들을 데리고 사냥을 하러 간다고 했으며, 레우스도 따라갔다.

그리고 나는 에밀리아, 리스를 데리고 느긋하게 촌락 안을 산책했다.

주위를 둘러보니, 농사를 짓는 이, 필요한 잡화 등을 만드는 이, 그리고 가옥을 수리하고 있는 이들이 있었다. 다들 자기가 맡은 일을 열심히 하고 있었다.

"한적한 촌락이네."

리스가 방금 말한 것처럼, 이 촌락은 한적하고 평화로웠다.

굶주림에 허덕이고 있지도 않고, 질병이 만연하지도 않았다. 숲에 둘러싸여 있기에 마물이 많은 것 같지만, 정기적으로 처리를 하고 있으니 문제는 없어 보였다.

우리는 농사를 짓고 있는 이에게 1년 동안 어떤 작물이 수확되는지 물어보았다.

그 결과, 사시사철 동안 수확할 수 있는 작물이 6할, 계절에 따라 수확할 수 있는 작물이 3할 정도라고 한다.

수확량이 안정되지 않는 작물도 있으며, 나는 전생의 지식을 참고해서 조언을 해줬다. 전생에서 식량난에 처한 나라에 몇 번 간 적이 있어서, 농작업에 관한 지식도 가지고 있거든.

그렇게 조언을 하다 보니 꽤 시간이 흘렀기에, 점심 준비를 하기 위해 집으로 돌아갔다. 그러자 호쿠토가 작물이 들어 있는 바구니를 또 가지고 왔다. 아무래도 또 공물을 받은 것 같으니, 감사히 잘 먹어야겠다.

그리고 점심식사를 마치고 평소처럼 훈련을 마쳤을 즈음, 남매가 거칠게 숨을 쉬며 나에게 다가왔다.

"시리우스 님! 괜찮으시다면 프리스비를 하시지 않겠어요?"

"형님, 오래간만에 하자!"

의욕으로 가득 찬 남매는 만면에 미소를 지으며 꼬리를 흔들어대고 있었다.

아무래도 가족을 만나서 감정이 고양되었기에, 평소 하던 걸 하면서 마음을 진정시키고 싶은 것이리라.

"호쿠토 씨는 바빠 보이니까, 오늘은 저희의 독무대겠네요."

"응! 안 질 거야, 누나!"

……아마도 말이다.

그리고 광장에 모인 우리가 프리스비를 시작한 순간…… 촌락의 분위기가 달라졌다.

흥미로워 하면서 따라온 아이들이…….

마물의 모피를 다듬고 있던 주부들이…….

고기를 손질하고 있던 젊은이들이…… 마치 블랙홀에 시선이 빨려 들어가는 것처럼 일제히 프리스비를 응시했다.

아이들은 남매들과 함께 뛰어다니고 있었으며, 즐거운지 쉴 새 없이 꼬리를 흔들고 있었다.

"이번에는 내가 잡을 거야, 누나!"

"큭?! 꽤 하는 군요!"

레우스는 프리스비를 잡더니, 그제야 주위의 기묘한 상황을 눈치챈 것 같았다.

레우스가 주목을 받으면서 내 곁으로 돌아오자, 나는 평소처럼 그의 머리를 쓰다듬어줬다. 그러자 프리스비를 쳐다보던 은랑족 전원이 나를 향해 몰려왔다.

"저기, 방금 그게 뭐야?"

"형, 또 던져봐!"

"나도 할래!"

오락거리가 적다고 생각하기는 했지만…… 이 정도일 줄이야.

이대로 다른 은랑족도 참가해서 프리스비를 재개했는데, 역시 나만 계속 던졌다.

다른 어른들도 던지면 되겠지만, 다들 프리스비를 쫓아다니고 싶어 해서 아무도 던지려고 하지 않았다. 프리스비 한 개를 열 명이 넘는 은랑족이 일제히 쫓아가는 광경은 그야말로 엄청났다.

이렇게…… 은랑족이 사랑해 마지않는 놀이, 프리스비가 탄생했다.

프리스비를 마치고 가브의 집으로 돌아가 보니, 호쿠토가 또 바구니를 줬다. 호쿠토가 있으면 이곳에 머물 동안 식량 걱정은 안 해도 될 것 같았다.

호쿠토는 우리와 따로 행동했는데, 이 촌락에 사는 은랑족 부모들이 자식에게 축복을 내려달라는 부탁을 빈번히 받은 것 같았다. 참고로 축복이란 아이의 머리에 앞발을 얹기만 하는 것인데, 부모들은 그 광경을 보며 감동에 겨워했다.

꽤 많은 인원을 상대한 것 같으니, 나중에 칭찬을 해줘야겠다.

참고로 호쿠토가 프리스비에 참가하지 못해서 기분이 약간 나빠져서, 남매가 몇 번이나 사과했다고 한다.

그렇게 이 촌락에서 이틀 동안 보냈을 즈음, 에밀리아가 좀 이상하다는 걸 눈치챘다.

아침에 잘 일어나지 못했고, 은랑족 아이들이 부모에게 어리광을 부리는 광경을 보며 고개를 돌리는 등, 마음에 여유가 없어진 것이다.

원인은 짐작이 되지만, 지금은 손을 쓸 때가 아니기에 조용히 지켜보기로 했다.

슬슬 출발을 해야겠다고 정했을 즈음, 가브가 저녁 식사 후에 나에게 같이 밤 산책을 하자는 말을 꺼냈다.

아직 가브를 데려가겠다는 이야기를 하지 않았고, 단둘이 있는 자리에서 물어보고 싶은 것도 있기에 그 제안을 받아들였다. 그리고 가브에게 안내를 받으면서 촌락에서 좀 떨어진 곳에 있는 언덕으로 향했다.

가브는 촌락을 한 눈에 내려다볼 수 있는 바위에 앉더니, 가지고 온 술을 술잔 두 개에 따랐다. 그리고 술잔 하나를 옆에 앉은 나에게 내밀었다.

"한잔 같이 하지 않겠나?"

"그럼 한 잔만 하죠. 가브 씨가 아껴둔 술이죠?"

"그래. 축하할 일이 있을 때 마시는 술이다. 그리고 나는 가브라고 불러도 된다. 너는 나에게 이겼으니, 존댓말을 쓸 필요 없어."

"알았어요…… 아니, 알았어. 그럼…….."

"음, 건배를 하지."

주먹다짐을 통해 서로를 인정한 탓인지, 나와 가브는 전우애 같은 것이 생겨났다.

미소를 지으면서 술잔을 마주 댄 나와 가브는 느긋하게 술을 마시면서 촌락을 내려다보았다. 그리고 가브는 술을 한 잔 더 따르더니, 크게 한숨을 내쉬면서 조용히 이야기를 시작했다.

"손주는…… 귀엽구나. 이제 와서 이런 말을 하는 것도 좀 그렇지만, 그 아이들을 구해줘서 정말 고맙다."

가브가 드디어 남매를 향한 솔직한 마음을 입에 담자, 나는 약간 기뻐졌다. 역시 남매를 소중히 여기는 것 같았다.

가브의 복잡한 감정은 이해가 되지만, 역시 가족과는 사이좋게 지내는 편이 좋을 것이다. 그러니 서로에게 조금 더 다가갈 수 있도록 등을 조금 밀어줄까.

"그 귀엽다는 말을 에밀리아와 레우스에게 해줘. 그 두 사람이라면 기뻐할 거야."

"아냐……. 나는 아들의 원수를 갚을 때까지는 손주를 가족이라 여길 자격이 없다. 이건…… 내 나름대로 매듭을 지으려는 거지."

술잔의 술을 단숨에 들이켠 가브는 뭔가를 참으려는 것처럼 달을 올려다보며 독백을 이어갔다.

"나는 페리오스와 레이나의 사랑을 믿어주지 못했다. 내 마음속에 있는 수많은 후회가 나를 짓누르고 있지. 이렇게 후회할 바에야, 마물에게 습격을 당해 죽는 편이 나을지도 모른다는 생각이 들 정도로 말이야……."

"하지만 가브는 살아 있어. 그리고 손주와도 만났잖아?"

"그래……. 알아. 아무리 후회하더라도 과거는 바꿀 수 없어. 그리고 처음으로 손주의 얼굴을 본 순간, 아들이 태어났을 때에 버금갈 만큼 마음이 떨렸지. 최근 몇 년 동안은 페리오스의 원수를 갚는 것이 내 전부였지만, 그런 감동은 정말 오래간만에 느꼈어. 이대로 손주를 위해 사는 것도 괜찮을 것 같다는 생각이 들 정도였지……."

"하지만 그럴 수는 없는 거지? 그래서 에밀리아와 레우스에게 그런 태도를 취한 거잖아."

"그래. 알고 있는데도 마음이 받아들이지 못하는 거다. 아들의 원수를 갚을 때까지는 앞으로 나아갈 수 없는 고집불통이, 손주에게 할아버지라고 불릴 자격은 없어."

그 말을 끝으로, 우리는 아무 말 없이 술잔을 기울였다.

가브가 하고 싶은 말을 이해한 나는 어느새 비워버린 술잔을 내려놓은 후, 네 잔째 술을 마시는 가브를 향해 고개를 돌렸다.

"우리와 같이 갈 거지?"

"젊은이에게 의지하는 못난 늙은이라고 여겨질지라도, 나는 너희와 함께 가고 싶다. 부디 나를 데려가 다오."

가브는 술잔을 조용히 내려놓더니, 나를 향해 고개를 숙였다.

하지만 고개를 숙일 필요는 없다. 가브가 이런 말을 하지 않더라도, 애초부터 데려갈 생각이었으니까 말이다.

"고개를 들어. 어차피 우리한테는 촌락까지 안내를 해줄 사람이 필요하고, 가브 같은 실력자가 같이 가준다면 환영해 마지않을 일이야. 무엇보다 가브는 에밀리아와 레우스의 가족이잖아? 개의치 말고 당당하게 따라와도 돼. 그리고 기왕 고민할 거면 에밀리아와 레우스를 어떻게 귀여워해줄 건지나 생각하라고."

"그래. 생각해보마…… 시리우스."

"고집불통 할아버지보다, 손주를 귀여워하는 할아버지가 훨씬 좋거든."

아직 시간이 필요하겠지만, 조금은 앞으로 나아간 것 같았다.

그리고 친근하게 나를 이름으로 불러주는 가브와 함께, 달밤의 술을 즐겼다.

나는 가브를 데리고 가기로 멋대로 결정했지만, 남매와 리스는 내 결정을 환영해줬다.

그 이야기는 순식간에 촌락 전체에 퍼져 나갔으며, 같이 가고 싶어 하는 은랑족도 잔뜩 있었다.

하지만 얼마 전에 에어리 모자가 인간족에게 납치당했으니 한동안은 촌락 주변을 경계해야 한다고 촌장과 가브가 말하자, 다들 체념했다.

남매가 살던 촌락에는 현재 마물이 잔뜩 있다고 하니 인원이 많을수록 좋을지도 모르지만, 인원이 적다면 여차할 때는 도망치기도 편할 테니 개인적으로는 가브만이 함께 가주는 편이 낫다. 게다가 동포가 곁에 있으면 가브가 솔직해지지 못할 수도 있다.

금세 준비를 마치고 다음 날 아침에 출발한 우리는 수많은 은랑족에게 배웅을 받으면서 촌락을 떠났다. 참고로 호쿠토가 평소에 앉아 있던 위치에 호쿠토의 석상이 조각되어 있었지만, 개의치 않기로 했다.

그리고 안내를 맡은 가브는 방향을 파악하기 힘든 숲속을 거침없이 나아갔고, 남매는 미소를 머금은 채 할아버지의 옆에서 걷고 있었다.

"할아버지, 저희는 괜찮으니까 좀 더 속도를 내도 돼요."

"우리도 수련을 하고 있으니까 말이야. 신경써주지 않아도 돼, 할아버지!"

"……딱히 신경써주는 건 아니다."

손주를 대하는 태도는 여전히 딱딱하지만, 은근슬쩍 걸음걸이를 조절하는 걸 보면 조금은 가까워진 것 같았다.

아들의 원수를 갚을 때까지는…… 같은 결의에 찬 발언을 하기는 했지만, 어리광을 부리는 손주가 사랑스러운 건지, 내 조언을 듣고 조금은 신경을 써주기 시작한 남매의 맹공에 결의가 깨질 것만 같았다. 필사적으로 무표정을 유지하고 있지만, 마음속으로는 헤벌쭉거리고 있는 것 같은 느낌이 들었다.

"할아버지. 저 식물은 식용인가요?"

"저기, 할아버지. 그 기술을 좀 더 자세하게 가르쳐줘."

"⋯⋯이익, 가르쳐줄 테니까 한 명씩 말해라!"

촌락을 되찾는 것이 먼저일지, 가브가 남매에게 함락당하는 게 먼저일지⋯⋯ 어느 쪽이든 간에 볼만할 것 같았다.

그런 훈훈한 광경을 보면서, 우리는 남매의 고향으로 향했다.

《마음의 상처》

동료가 된 가브와 함께 촌락을 출발한 우리가 향한 곳은 숲에 숨겨둔 우리의 마차였다.

이야기에 따르면 남매의 고향에서 약간 떨어진 곳에 길이 있는 것 같으니, 거기까지는 마차로 이동하기로 했다. 여담이지만, 그 약간은 어디까지나 백랑의 감각이며, 도보로 하루 정도 거리라고 한다.

마차를 두고 가도 되겠지만, 장시간 동안 방치해두는 것도 좀 그럴 것 같았다. 그리고 마차로 이동하는 편이 편할 것이다.

에어리보다 숲에 익숙해 보이는 가브의 안내 덕분에 촌락으로 향할 때보다 빠르게 마차를 숨겨둔 곳에 도착한 우리는 마차의 위장을 제거했다.

"흠…… 멋진 마차구나."

"그렇지? 전원이 자기에는 좁지만, 우리 집 같은 거야."

"하지만 나는 사양하도록 하지."

다른 은랑족만큼은 아니지만 가브도 백랑을 숭배하고 있기 때문에, 호쿠토가 끄는 마차에 타는 게 황송한 것 같았다.

아무튼 마차에 이상이 없다는 걸 확인한 우리는 남매의 고향을 향해 출발했다.

도중에 마물과 도적에게 몇 번 습격을 받았지만, 레우스와 가브가 전부 쓰러뜨려서 나와 호쿠토가 나설 일은 없었다. 그래서 싸움을 떨어진 곳에서 지켜볼 때가 많았는데, 덕분에 가브의 성격을 파악할 수 있었다.

예를 들어, 도적이 은랑족을 보고 눈빛이 변하자…….

"어이, 저기 좀 봐. 은랑족이 잔뜩 있어."

"게다가 여자잖아. 나한테 꼬리를 흔드는 노예로 조교해줄까……커억?!"

"이 꼬맹이, 죽여버리겠다!"

간단히 말해, 가족 이외에게는 인정사정없었다.

특히 에밀리아를 노리는 상대에게는 과할 정도로 공격을 했다. 그냥 순순히 손주를 귀여워하면 될 텐데, 자식의 원수를 갚을 때까지는 참을 생각인 것 같았다.

손주 바보인 가브 때문에 어이없어 하면서도 여행은 순조로웠지만, 문제가 딱 하나 있었다.

그게 판명된 것은 촌락을 떠나고 이틀이 지났을 즈음이었다.

내가 점심을 만들고 있을 때, 옆에서 도와주던 리스가 주위에 아무도 없다는 걸 확인한 후에 이런 말을 했다.

"저기, 시리우스 씨. 실은 에밀리아에 관해 할 이야기가 있어."

"아, 나도 물어볼 생각이었어. 겉으로는 괜찮은 척하지만, 에밀리아가 오늘 아침부터 묘하게 기운이 없어 보였거든. 무슨 일이 있었던 건지 이야기해주지 않겠어?"

"응. 실은 밤에……."

다른 이들은 사냥과 식재료 채집하러 갔으니, 주위에는 나와 리스뿐이다. 호쿠토가 근처에 있기는 하지만, 들어도 딱히 문제가 될 리가 없으니 개의치 않기로 했다.

리스의 이야기에 따르면, 어젯밤에 에밀리아가 잠들어 있던 자기 자신을 꼭 끌어안았다고 한다.

단순히 남을 끌어안는 버릇이 있는 것 같지만, 리스에게는 그런 에밀리아가 이상하게 보였던 것 같았다.

"에밀리아가 엄청 떨고 있었어. 그래서 내가 꼭 끌어안아주며 머리를 쓰다듬어줬더니 진정하기는 했는데, 결국 아침까지 거의 잠을 못 잔 것 같아."

"엄마…… 같은 말을 하진 않았어?"

"응, 했어. 이건 역시……."

"리스의 생각이 맞아. 에밀리아는 과거에 일어났던 일을 꿈에서 보고 두려움에 떨고 있는 거야."

몇 년 전의 일이지만, 저택에 데려온 남매와 가까워지고 얼마 지나지 않았을 즈음에 같은 상황이 벌어졌다.

당시의 에밀리아는 과거에 일어난 일을 꿈에서 보고 두려움에 떨었고, 엄마와 노엘의 침대에 숨어들었던 것 같다.

하지만 그로부터 1년이 흘렀을 즈음부터 그 꿈을 꾸지 않게 되면서 다시 밝아진 에밀리아는 훈련에 열성적으로 참가했다.

다시 그런 상황에 처한 것은 고향에 점점 다가가고 있기 때문이겠지만, 계기는 은랑족 모자인 에어리와 쿠아드를 구한 것이리라.

"리스도 알고 있지? 에밀리아와 레우스의 부모님이 어떻게 됐는지 말이야."

"부모님이 눈앞에서…… 맞지? 하지만 그렇게 두려움에 떠는 에밀리아는 더는 못 보겠어. 그러니까 시리우스 씨가 위로해줬으면 해."

"유감이지만, 그건 나라도 힘들 거야."

부모님이 눈앞에서 마물에서 잡아먹히는 광경이 에밀리아의 마음에 깊은 상처를 남겼다. 그 아픔을 잊을 수는 있지만, 아직 상처는 아물지 않고 남아 있었던 것이다.

설령 내가 위로해줘서 기운을 내더라도, 또 사소한 계기로 그 일을 떠올리면 두려움에 떨 것이다. 그건 결국 이전과 같은 일이 반복되는 것이다.

어릴 적에는 과거와 마주하는 게 한계였지만…… 지금은 다르다.

에밀리아는 이제 어른이나 다름없는 연령이며, 마음과 몸을 단련해왔다. 그리고 이제부터 악몽의 원천인 장소로 향하고 있는 것이다. 자신의 의지로 마음의 상처를 뛰어넘을 때가 온 것이다.

"이건 자신의 의지로 뛰어넘어야만 해. 그러지 못하면, 에밀리아는 앞으로도 몇 번이나 악몽에 떨어야 할 거야."

"그……래. 하지만 그냥 입 다물고 지켜보기만 하는 건 괴로워. 혹시 내가 할 수 있는 일은 없을까?"

"다행인 건 에밀리아가 그걸 자각하고 있다는 거야. 의존은 하지 않을 정도로 적당히 어리광을 받아주면서 몸과 마음이 휴식을 취하게 해줘."

에밀리아는 나에게 어리광을 부리지만, 엄마에게 시종 교육을 받았기 때문에 일방적인 의존은 하지 않았다.

하지만 지금 정신 상태에서 함부로 어리광을 받아줬다간 아예 의존을 하게 될 수도 있다. 그러니 적당히 진정시키면서 과거와 마주할 체력을 유지시키는 게 최선이라고 생각한다. 아직 고향에도 도착하지 않았으니까 말이다.

리스는 적당히 어리광을 받아주라는 말을 듣더니, 갑자기 얼버무리는 듯한 미소를 지었다.

"으, 으음…… 어쩌지? 어젯밤에 에밀리아가 너무 귀여워서 어리광을 너무 받아준 것 같아."

"에밀리아는 리스에게 꽤 미안해하는 것 같으니까, 아마 아직 괜찮을 거야. 그건 그렇고 리스가 어리광을 받아준다면 그건 그것대로 공격력이 엄청날 것 같네."

음식을 좋아하고, 언뜻 보기에는 약간 얼빠진 듯한 구석이 있는 여성이지만, 리스는 성녀라고 불릴 정도로 어머니에게 버금가는 포용력을 지녔다.

남을 안심시키는 자연스러운 미소를 지을 수 있으니, 남자가 그녀에게 어리광을 부린다면 그대로 푹 빠져버리고 말 것이다.

나도 조심해야겠다고 생각하고 있을 때, 리스는 생각에 잠긴 척하면서 나를 쳐다보았다.

"시, 시리우스 씨도 나한테 어리광을 부려도 돼."

"그럼 너무 힘들 때는 너의 품에 안겨도 된다는 거지?"

"뭐?! 으, 응. 언제든…… 저기, 기다리고 있을게."

리스는 내 대답을 듣고 볼을 붉혔지만, 왠지 기뻐하는 듯한 미소를 지었다.

"아무튼 에밀리아를 지켜보는 게 힘들지도 모르지만, 리스도 견뎌줬으면 해. 우리가 그 애의 버팀목이 되어주자."

"응! 아, 하지만 내 예상으로는 다음번엔 시리우스 씨에게 어리광을 부릴 것 같아."

리스는 힘내라는 듯이 약간 장난스러운 미소를 지었다.

그리고 그날 밤…… 리스의 예상은 적중했다.

저녁때가 되어서 오늘 이동을 마치겠다고 가브가 말하자, 우리는 마차를 길옆에 정차시켰다.

그리고 야영 준비를 들어간 우리는 저녁 식사를 마친 후, 제비 뽑기로 불침번 순서를 정하고 잠에 빠져들었다.

그 후, 가브가 잠들어 있던 나를 깨웠다. 아무래도 내 차례가 된 것 같았다.

내가 불침번을 설 시간대는 한가운데라 가장 힘들 때지만, 나는 밤샘에 익숙한데다 마력을 활성화시켜서 단시간에 회복이 가능하다. 그러니 차라리 잘됐다는 생각이 들었다.

남매는 나한테 불침번을 서지 않아도 된다고 말했지만, 내가 두 사람에게 어리광을 부려서야 사부를 자처할 자격은 없다고 생각하기에 불침번을 서기로 했다. 게다가 지금 남매는 중요한 시기이니 가능한 한 부담을 덜어주고 싶었다.

졸음을 떨치며 어깨에 걸칠 모포를 움켜쥔 내가 물을 마시고 있을 때, 자리에 누우려던 가브가 눈을 가늘게 뜨면서 나에게 말을 걸었다.

"대단하구나. 너는 일부러 이 시간대를 맡기 위해 아까 제비에 손을 썼지?"

"알고 있었나 보네. 뭐, 저 두 사람은 지금 정신적으로 지쳐 있을 테니까, 조금이라도 쉬어줬으면 하거든. 그리고 가브도 마찬가지잖아?"

"……고맙다."

모닥불에서 조금 떨어진 장소에 누운 가브, 그리고 그의 옆에서 곤히 잠들어 있는 레우스를 번갈아 쳐다본 나는 모닥불 앞에 앉아서 장작을 던졌다.

아까부터 내 등받이가 되어주던 호쿠토가 내 곁에 앉자, 나는 머리를 쓰다듬어줬다. 바로 그때, 기척을 느끼고 돌아보니 에밀리아가 마차에서 얼굴을 내밀었다.

오늘도 잠을 자지 못한 듯한 에밀리아는 아무 말도 없이 내 옆에 앉더니, 금방이라도 울음을 터뜨릴 것 같은 표정으로 내 어깨에 기댔다.

에밀리아는 평소 나한테 어리광을 부리지만, 이렇게 노골적으로 어리광을 부리는 일은 거의 없다. 평소의 에밀리아답지 않은 행동이었다. 아무래도 마음이 꽤나 약해져 있는 것 같았다.

아까부터 아무 말도 하지 않지만, 그녀는 몸을 떨고 있었다. 아무래도 또 악몽을 꾸다 깬 것 같았다. 리스의 말한 대로 되고 말았다.

이럴 때, 에리나 엄마나 노엘이라면…… 무릎베개를 해줬을까?

그래서 내가 에밀리아의 머리를 무릎 위에 올려놓고 귓가를 상냥하게 쓰다듬어주자, 그녀의 떨림이 서서히 잦아들기 시작했다.

"……죄송해요. 저는 시종인데…… 시리우스 님에게……."

"내가 하고 싶어서 하는 거야. 너는 주인의 뜻에 따르는 것뿐이니까 개의치 마."

에밀리아는 자기 자신이 한심한지 팔로 얼굴을 가린 채 울음을 필사적으로 참고 있었다.

한동안 그렇게 계속 쓰다듬어주자, 에밀리아는 마음이 진정된 건지 손을 치우며 나와 시선을 마주했다.

"아무것도…… 묻지 않으시는 군요."

"물어봐줬으면 하는 거야?"

"아뇨…… 그렇지는……."

"네가 잠들지 못하는 이유는 짐작이 돼. 하지만 나는 딱히 별말 하지 않을 거야. 그 이유는 에밀리아도 알지?"

에밀리아는 이렇게 어리광을 부리고 있지만, 나에게 모든 것을 맡기면 안 된다는 사실은 이해하고 있다. 그래서 나에게 이야기하는 걸 주저하고 있는 것이다.

하지만…… 그러면 된다.

"직접 극복해야만 의미가 있거든. 망설이고 있다는 건 에밀리아도 그걸 이해하고 있다는 증거야."

"하지만 저는 이렇게 시리우스 님에게 어리광을……."

"이건 네가 잠시 휴식을 취하는 것뿐이야. 고향에 돌아가면, 너는 싫어도 과거와 마주해야만 해. 그때 피로 때문에 아무것도 하지 못했다…… 같은 상황이 벌어지면 의미가 없잖아."

만전의 상태는 무리더라도, 마음에 조금이라도 여유가 생기도록 에밀리아가 휴식을 취하게 해주고 싶다.

"피곤할 때는 나쁜 생각만 나는 법이야. 그러니까 지금은 그때에 대비해 쉬도록 해. 오늘만은 내 무릎을 베고 자도 돼."

"고맙습니다. 하지만…… 오늘만인가요?"

"무사히 극복한다면, 또…… 무릎베개를 해줄게."

"약속한 거예요. 저는 반드시…… 극복하고…… 말 거예요……."

에밀리아는 나와 이야기를 나눈 덕분에 마음이 조금 가벼워졌는지 평온한 숨소리를 내면서 잠들었다. 이걸로 최소한의 수면은 취한 것 같으니, 내일도 괜찮을 것이다.

나는 걸치고 있던 모포를 에밀리아에게 덮어주려 했지만, 호쿠토가 모포 대신으로 꼬리를 그녀에게 덮어줬다.

에밀리아는 이렇게 괴로워하는데, 동생인 레우스는 평소와 다름없다는 게 좀 마음에 걸렸다.

하지만 그렇다고 레우스가 매정한 것은 아니다. 레우스는 성격 자체도 에밀리아와 크게 다른데다, 누나와 달리 부모님의 최후를 목격하지 않았다. 그리고 에리나 엄마가 엄마 역할을 해줬으니까 말이다. 에밀리아에게 있어 에리나 엄마는 어머니라기보다 시종으로서의 스승이었다.

하지만 레우스도 평소와 좀 다른 건 명백했다. 마물을 상대할 때 평소보다 공격적이며, 가브와 마찬가지로 필요 이상으로 공격할 때가 있었던 것이다.

지금은 내가 '하우스' 하고 말하면 멈추지만, 언젠가는 '스트링'으로 묶어서 막아야 할지도 모른다.

참고로 가브는 자는 척을 하면서 우리를 쳐다보고 있었다.

하지만 자신이 끼어들 때가 아니라는 걸 이해하고 있는지, 결국 아무 말도 하지 않으며 눈을 감고 있었다. 아무래도 에밀리아는 나에게 맡기려는 것 같았다.

앞날이 걱정되기는 하지만, 이제 와서 되돌아갈 수도 없다.

지금은 그저 내 무릎에서 잠든 이 애가 과거를 극복할 수 있도록 지켜볼 뿐이다.

그리고 아침이 되자, 우리는 마차를 숨겨두고 출발했다.

가브의 예상에 따르면 우리의 이동속도라면 점심 전에 촌락에 도착할 것이라고 한다. 도중에 조그마한 계곡을 건너야 하지만, 가브가 사는 촌락에 향하면서 지나간 길만큼 험하지는 않았다. 그래서 우리는 별문제 없이 나아갈 수 있었다.

하지만…… 숲을 가르는 강을 건넌 후부터 주위의 상황이 달라지더니, 마물의 숫자가 비정상적으로 늘어나기 시작했다.

이곳에 올 때까지는 호쿠토의 위압감을 느끼지 못한 마물들이 덤벼들기만 했었지만, 강을 건넌 후부터는 빈번하게 습격을 당하고 있었다.

"여기서부터는 마물이 급격하게 늘어나니 정신 바짝 차려라!"

"알았어, 할아버지!"

"저도 싸울게요!"

마물이 빈번히 나타났지만, 은랑족 일가가 나서서 전부 해치워줬기에 우리는 걸음을 멈추지 않으며 계속 나아갔다. 좀 아쉽기는 하지만, 마물의 소재 중에서 특이한 것 이외에는 전부 버려뒀다. 소재를 벗기는 사이에 다른 마물이 나타나서 싸움이 끝없이 계속 이어지는 것이다.

그런 와중에 나는 전체적인 상황 파악과 지시를 내리며 '매그넘'으로 마물을 공격했다.

"에밀리아, 레우스, 물러나! 나와 호쿠토가 싸우겠어."

"어? 나는 아직 더 싸울 수 있어!"

"저도 아직……."

"자기 호흡이 흐트러지기 시작한 걸 모르겠어? 물러나서 쉬고 있어."

가브는 아직 괜찮아 보였기에, 나는 남매를 물러나게 하고 호쿠토와 함께 앞으로 나섰다.

레우스는 몰라도 평소에는 유격대 역할을 맡던 에밀리아가 전방에 나서서 싸우는 걸 보면 역시 좀 이상했다.

나는 리스에게서 음료수를 건네받는 남매를 확인한 후, 다가오는 마물을 향해 검을 휘둘렀다.

호쿠토가 돌격을 해서 단숨에 쓸어준 덕분에 마물은 얼추 전멸했다. 하지만 가브는 미간을 찌푸리며 혼잣말을 중얼거렸다.

"……이상하군."

"뭐가 말이야? 아직 큰 문제는 없는 것 같은데, 신경 쓰이는 점이 있으면 가르쳐줘."

"마물의 숫자가 너무 적어. 전에 이곳에 왔을 때는 지금의 곱절은 될 정도의 마물에게 습격을 받았었지."

"은랑족들이 몇 번이나 여기에 왔지? 그래서 숫자가 준 거 아냐?"

"으음, 아니면 마물들이 대대적으로 이동했거나 말이야."

"좀 조사해볼까."

내가 눈을 감고 '서치'를 발동시키자, 곳곳에서 마물의 반응이 느껴졌다. 하지만 아까 싸웠던 것 같은 마물 무리는 확인되지 않았다.

숫자가 적은 것 같지는 않지만, 그래도 가브를 비롯한 은랑족들이 후퇴할 정도의 숫자 같지는 않았다.

"가브가 말한 것처럼 마물의 숫자가 딱히 많지는 않네. 좀 신경 쓰이기는 하지만 주위에서 별다른 반응이 없으니까 이 틈에 이동하는 편이 좋을 것 같아."

"……좋다. 네 말에 따르도록 하지."

옆에서 보면 그냥 한동안 가만히 서 있다가 수상한 소리를 늘어놓는 것 같지만, 가브는 내 '서치'를 전혀 의심하지 않으며 걸음을 내디뎠다. 한 번 주먹다짐을 한 덕분인지, 가브는 내 말을 전적으로 믿어주는 것 같았다.

울창한 숲속의 덩굴과 나뭇가지를 헤치면서 나아가자, 뒤쪽에서 다가오던 에밀리아가 가브에게 다가가며 말을 걸었다.

"할아버지. 얼마나 더 가야 촌락에 도착하나요?"

"조금만 더 가면 된다. 여기만 빠져 나가면 촌락이 보일 거다."

가브가 말한 것처럼, 커다란 나무 옆을 지나자 숲이 끊어진 것처럼 시야가 탁 트이더니 예전에 사람들이 살았던 것 같은 촌락 터에 우리는 도착했다.

당연히 그 촌락에서는 인기척이 전혀 느껴지지 않았다.

하지만 남매는 드디어…….

"……돌아왔네."

"응. 누나, 우리의 집은…… 이제 남아 있지 않아."

드디어 돌아온 남매의 고향은 완전히 폐허가 되어 있다.

잡초와 덩굴로 뒤덮인 광장과, 원형만 겨우겨우 남아 있는 가옥들.

예전에 이곳에 살 때와는 완전히 달라져버린 고향을 보고 있는 남매의 눈에서는 자연스레 눈물이 흘러나왔다.

"에밀리아…… 레우스……."

"지금은 그냥 내버려 두자."

리스도 그런 남매를 동정하는 건지 눈물을 흘렸다.

"드디어 이곳까지…… 왔구나. 페리오스…… 너는 여기 있는 거지?"

가브는 광장으로 보이는 장소까지 걸어가더니, 털썩 주저앉으면서 고개를 푹 숙였다.

마음의 정리를 해야 할 테니, 한동안 내버려 두는 편이 좋을 것 같았다.

다들 진정하려면 시간이 필요할 것 같지만 곧 마물이 몰려올 가능성이 크다. 그래서 나는 호쿠토의 머리를 쓰다듬어주며 지시를 내렸다.

"호쿠토, 부탁해."

"멍!"

호쿠토는 나한테 맡겨달라는 듯이 울음소리를 내더니, 땅을 박차면서 주위의 숲에 뛰어들었다.

내가 호쿠토에게 내린 지시는 주위에 있는 마물의 처리, 그리고 마킹 등을 통해 마물이 다가오지 못하게 하는 것이다.

지금 내가 할 수 있는 것은 고인을 기리며 울고 있는 이들을 방해하려 하는 자들을 처리하는 것뿐이다. 호쿠토가 처리를 마치기 전에 다가오는 마물들은 내 '매그넘'으로 해치웠다.

원래라면 나도 제자들과 함께 슬퍼해야 할지도 모르지만, 주위를 경계할 이가 필요한 상황이다.

게다가…….

"……미안해."

이 정도의 참상을…… 나는 수도 없이 봤다.

전생의 전장에서 본 시체의 산에 비하면, 시체가 남아 있지 않아 그나마 다행……이라는 현실적인 생각만 떠올랐으며, 무엇보다 자신들의 안전을 우선하고 마는 것이다.

살아남기 위해 자연스레 생겨난 버릇이지만, 이 버릇을 고칠 생각이 들지 않았다.

그러니 나는 너희와 함께 슬퍼해줄 수 없어…… 그런 감정을 느끼며 사과를 했다.

그리고 호쿠토가 주위의 마물을 처리하고 돌아왔을 즈음, 나는 '서치'를 사용했고…… 다음 순간, 고함을 질렀다.

"전투 준비!"

훈련 덕분인지, 울고 있던 제자들은 눈물을 닦으면서 무기를 움켜쥐었다.

가브는 내가 고함을 지르기 전에 전투태세를 취하며, 내가 포착한 반응이 존재하는 쪽을 노려보았다.

"시리우스 님, 마물인가요?!"

"그래! 남서쪽이야!"

내가 그렇게 말한 순간, 나무 사이로 탄환처럼 튀어나온 호쿠토가 우리 앞에 착지하더니, 으르렁거리며 숲을 노려보았다.

그리고 땅이 뒤흔들리는 가운데, 숲의 나무들을 부러뜨리면서 그것이 모습을 드러냈다.

"뭐가 저렇게 커?! 이런 마물은 나도 처음 본다!"

"할아버지도 본 적이 없는 거야?! 형님은 저게 뭔지 알아?"

"아마…… 다이나로디아라는 용일 거야."

분명…… 날개가 없고, 강인한 발로 지상을 내달리는 용의 아종이다.

겉모습은 전생에서 본 티라노사우르스라는 공룡과 비슷하지만, 몸집이 호쿠토의 몇 배는 되었다.

그 거대한 몸을 지탱하는 다리는 어마어마하게 두꺼웠으며, 좀 짧지만 굵은 팔에는 날카로운 손톱이 달려 있었다. 뾰족한 송곳니가 잔뜩 달린 커다란 턱은 사람 정도는 간단히 물어뜯어서 삼킬 수 있으리라.

학교 자료에 실린 것과 똑같은 형태지만…….

"왠지…… 다른 것 같네. 묘하게 흉흉하다고나 할까…….."

묘한 위화감이 느껴졌지만, 눈앞에 나타난 마물은 그런 걸 생각할 여유를 주지 않았다.

우리를 발견하자마자 그 커다란 입을 벌리며 충격파 같은 포효를 터뜨린 것이다.

"크오오오오——!"

마물의 포효는 웬만한 모험가를 웅크리게 만들고, 충격파만으로 날려버릴 수 있을 만큼 위력적이지만, 호쿠토가 포효를 터뜨려서 그걸 상쇄시켰다.

호쿠토 혼자서도 싸워볼 만한 마물일지도 모르지만, 무리를 하지 말라는 내 말에 따라 이쪽으로 유인한 것 같았다.

게다가 우리는 이 정도로 움츠러들 만큼 약하지 않다.

"호쿠토가 정면을 맡고, 좌우에서 협공하자. 신중하게 공격해!"

"알았어, 형님! 할아버지, 나는 왼쪽에서 공격할게!"

"음, 알았다."

"엄호는 나한테 맡겨!"

아무튼 수적 우세를 이용해 포위 공격을 하기 위해 흩어진 순간…….

"시…… 싫어어어어어어어어어————?!"

149

······누가 비명을 지른 건지 바로 파악하지 못했다.

귀에 익지 않은 그 비명소리를 듣고 고개를 돌려보니, 에밀리아는 새파랗게 질린 얼굴로 울부짖으면서 고함을 지르고 있었다.

리스가 허둥지둥 다가가서 에밀리아의 어깨를 흔들었지만, 그녀는 계속 비명을 질렀다.

"에밀리아?! 왜, 왜 그래?!"

"싫어어어어——! 다가오지 마! 저리 가!"

에밀리아가 저 마물을 보자마자 저런 반응을 보인 순간, 나는 이해했다.

그녀의 부모님을 죽인 마물이 이곳에 눌러앉더라도 이상할 게 없었다.

즉, 이 마물이······.

"레우스! 가브! 저 녀석이 페리오스 씨와 레이나 씨를 죽인 마물이야!"

에밀리아의 눈앞에서 부모를 잡아먹고, 촌락을 습격했던 마물 중 하나라는 걸 확신했다.

저 마물이 가족의 원수라는 걸 안 레우스와 가브는 살기를 뿜으며 마물을 노려보았다.

"이놈이······ 아빠와 엄마를······!"

"그래······ 네놈이냐!"

두 사람은 명확한 살의를 뿜으면서 다이나로디아에게 달려들었다.

두 사람이 분노에 휩싸이며 정면에서 돌격했지만, 두 사람이 동시에 접근한 탓에 마물은 약간이지만 망설였다.

누구를 먼저 노릴지 망설이던 마물은 약간 앞서서 접근하고 있던 레우스를 노리려 했다. 하지만 가브는 바로 그 틈을 노리 듯 단숨에 몸을 가속시켰다.

"아들의…… 원수!"

가브의 주먹이 마물의 안면에 꽂히자, 그 충격에 의해 마물의 얼굴이 뒤편으로 튕겨났다.

그 틈에 레우스는 마물의 품속으로 다가간 후, 목과 몸통을 분리시키려는 것처럼 대검을 휘둘렀지만…….

"뭐야?!"

레우스의 대검은 마물의 몸에 박히면서 기세가 죽더니, 대검은 마물의 몸에 박힌 채 정지됐다.

레우스는 깜짝 놀라면서도 대검을 뽑으려 했지만, 대검은 마치 접착된 것처럼 빠지지 않았다. 그 사이에 충격에서 벗어난 마물이 검을 뽑으려 하는 레우스를 향해 손톱을 휘두르려 했다.

"그렇게는 안 된다!"

가브가 재빨리 끼어들면서 마물의 팔을 쳐서 손톱의 궤도를 빗겨나게 했고, 나는 그 틈에 '스트링'으로 대검을 감싸면서 고함을 질렀다.

"레우스, 동시에 잡아당기자!"

"응! 하나, 둘!"

"멍!"

'스트링'을 입에 문 호쿠토까지 가세하며 동시에 당기자, 대검은 그제야 마물의 몸에서 뽑혔다.

그와 동시에 내가 수제 나이프를 던지자, 나이프가 눈에 꽂혀 마물이 고통에 휩싸이며 또 포효를 질렀다.

호쿠토는 에밀리아와 리스를 지키기 위해 물러섰기에, 이번에는 상쇄되지 않은 포효가 우리를 덮쳤다. 나와 레우스는 근처 바위 뒤편에 숨었지만, 유일하게 그 자리에 서서 견뎌낸 이가 있었다.

"아들이 느꼈을 고통에 비하면…… 이딴 건 아무것도 아냐!"

포효가 잦아든 순간, 마물은 방대한 마력과 살기를 느꼈지만 이미 가브의 필살기가 작렬했다.

"받아라!"

방어를 도외시하면서 날린 필살기 '실버 팽'이 마물의 복부에 정통으로 꽂히자, 가브보다 열 배는 몸집이 큰 다이나로디아가 그대로 튕겨져 날아갔다.

촌락 밖까지 날려버릴 정도의 일격이지만, 마물에게는 제대로 먹히지 않았는지 금세 몸을 일으켰다.

"큭…… 이놈이!"

"가브는 일단 물러나! 가자, 호쿠토!"

에밀리아도 부모님의 원수와 싸워줬으면 하지만, 아직도 울부짖고 있는 걸 보면 무리일 것 같았다. 하지만 레우스와 가브가 흥분한 상태인지라 후퇴를 하는 것도 어려울 것 같았다.

레우스와 가브의 공격이 제대로 먹히지 않는 것 같으니, 일단 내 마법도 시험해봐야겠다.

마물의 발을 묶기 위해 호쿠토가 앞으로 나서자, 나는 관통력이 뛰어난 '안티머테리얼'을 날릴 준비를 했다. 하지만 바로 그때, 마물은 뒤돌아서더니 숲속으로 도망쳤다.

""거기 서!""

"하우스!"

레우스와 가브가 도망치는 마물을 쫓아가려 했지만, 나는 두 사람을 말리기 위해 '스트링'으로 묶었다.

"뭐, 뭐하는 거냐! 저 녀석을 해치워야 한단 말이다!"

"풀어줘, 형님! 아빠와 엄마의 원수가 도망친단 말이야!"

"진정해! 너희 공격이 제대로 통하지 않는데, 어떻게 해치울 거냔 말이야!"

""윽?!""

학교에서 본 자료를 통해 저 마물에게 무기 공격이 거의 효과가 없다는 것은 알고 있었지만, 이 정도로 효력이 없을 줄은 몰랐다.

가브의 필살기를 맞고도 멀쩡한데다, 철도 자르는 레우스의 검으로도 제대로 벨 수 없는 걸 보면 저 마물의 몸에는 뭔가 비밀이 있는 게 틀림없으리라.

게다가 호쿠토가 달려들자 도망친 걸 보면, 불리하다는 걸 깨닫고 도망칠 지식도 갖춘 것 같았다.

아무튼 이대로 쫓아가는 건 위험할 것 같기에, 일단 좀 진정하는 편이 나을 것이다. 지금은 신경을 써줘야 하는 애도 있으니까 말이다.

내가 그런 생각을 하는 사이에 그 두 사람은 진정한 것 같았기에, 직접 싸워본 이들의 의견을 들어보기로 했다.

"좀 진정됐어?"

"……그래. 미안하다."

"잘못했어, 형님."

"신경 쓰지 마. 그것보다 마물과 싸워본 느낌을 이야기해주지 않겠어?"

"으음…… 내 기술은 정확하게 들어갔다만, 좀 묘한 감촉이 느껴졌다. 한 부분을 완전히 꿰뚫어야 하는 일격이, 뭐랄까…… 몸 전체로 확산되는 것 같았지."

"살을 찢는 느낌이 다른 마물과 좀 달랐어. 게다가 베는 도중부터 엄청난 힘으로 검을 밀어내더라고. 마치 몸 전체가 살아 있는 것 같다고나 할까…… 말로 잘 설명을 못하겠네. 미안해."

"아냐……. 얼추 이해했어."

두 사람의 의견을 정리하면, 외부의 충격을 몸 전체로 확산시킬 뿐만 아니라, 몸 안에 침입한 칼날을 부드럽게 꿈틀거리는 살로 감싸며 밀어내는 건가.

즉, 타격계, 특히 가브와는 치명적일 정도로 상성이 나쁘다. 가브에게 버금가는 실력을 지닌 레우스의 아버지가 진 것도 그래서다.

그리고 레우스의 검도 살은 벨 수 있지만, 깊숙이 찔러 넣었다간 도중에 검의 기세가 죽어버리는 것 같았다. 마치 살아 있는 고무 덩어리 같은 마물이다.

저런 마물은 창처럼 날카로운 무기로 단숨에 꿰뚫어버리는 편이 나을지도 모른다.

그러니 내 '안티머테리얼'은 유효할 것 같지만, 내가 저 마물을 쓰러뜨려선 안 된다.

가족을 잃은 레우스나 가브…… 아니, 과거를 뛰어넘기 위해서라도 에밀리아가 저 마물과 싸워야 하겠지만, 그녀가 저런 상태여선…….

"시리우스 씨. 에밀리아를……."

"응……. 에밀리아, 괜찮아?"

"아, 아아……."

얼굴이 창백해진 채 주저앉아 있던 에밀리아는 옆에 있는 리스에게 매달린 채 꼼짝도 하지 않았다.

내가 한쪽 무릎을 꿇으며 시선을 맞추자, 에밀리아는 나를 쳐다보았다. 그런 그녀의 얼굴은 공포에 물들어 있었으며, 눈물이 쉴 새 없이 흘러나오고 있었다.

"엄마…… 아빠…… 가지, 마…… 가지 마……."

그리고 어린애로 되돌아간 것처럼, 에밀리아는 내 품에 뛰어들었다.

지금까지 남에게 의존하지 않으려고 노력했지만, 부모님의 원수인 마물을 보고 마음이 꺾이고 만 것 같았다.

고향으로 돌아간 에밀리아가 정신적으로 흐트러지고 말 가능성은 고려했지만, 저 마물과 이렇게 빠른 시기에 마주칠 거라고는 예상도 못했다.

저 마물은 이미 죽거나 다른 곳으로 이동했다면 그걸로 됐고, 설령 있더라도 몰래 약화시킨 다음에 마지막 일격을 에밀리아에게 양보할 생각이었다. 하지만 저 마물에게는 그게 쉽지 않을 것 같았다.

"시리우스 님…… 시리우스 님……."

눈앞에 있는 게 나라는 건 이해한 것 같지만, 에밀리아는 도저히 제대로 싸울 수 있는 상태가 아니다.

에밀리아…… 너는 강해져서 내 버팀목이 될 거라고 몇 번이나 말했지?

그렇다면 이렇게 울부짖기나 해선 안 되며, 내 제자라면 아무리 힘들어도 과거를 극복해주기를 바란다.

에밀리아의 장래를 좌우할 결단이 코앞까지 다가온 가운데, 나는 몰래 각오를 다졌다.

마물이 도망친 덕분에 일단 다들 진정하자, 나는 현 시점에서 판명된 정보를 동료들과 공유하기로 했다.

우선 저 마물…… 다이나로디아는 용이지만 하늘을 날지 못하며, 흉포해서 매우 위험한 마물 같았다.

하지만 무리를 짓지 않고 단독으로 살아가고, 개체 숫자 자체가 적기 때문에 마주칠 기회가 극히 드물다.

거구에 눈에 띄는데도 마주칠 기회가 적은 것은 다이나로디아가 1년에 며칠 동안만 활동하는 마물이기 때문이다.

인간이 다가오지 않는 산속에 구멍을 파고 땅속 깊은 곳에서 잠을 자며, 그 잠에서 깨어나면 강렬한 굶주림 때문에 흉포해진 채 마물과 인간을 닥치는 대로 습격해서 잡아먹고 만다.

그리고 며칠 동안 배를 채우면, 다시 잠든다고 한다.

"잠에서 깨어 있는 동안에는 닥치는 대로 먹기만 해서, 어떤 지역에서는 걸어 다니는 재해라고 불리는 마물 같아."

"젠장. 그런 마물이 왜 우리 촌락을⋯⋯."

"거기까지는 모르겠지만, 내가 알고 있는 정보는 이게 다야. 그리고 그 녀석의 성가신 점은 실제로 싸워본 두 사람이 더 잘 알 거야."

"나는 말로 설명을 못하겠지만, 아무튼 싸우기 힘들었어."

"나도 동감이다. 그것보다⋯⋯ 이제 그만 풀어주지 않겠느냐?"

습격을 당하고 1시간가량이 흘렀지만, 두 사람은 여전히 '스트링'에 묶여 있었다.

좀 꼴사나운 모습이지만, 원수를 만나 흥분한 두 사람이 그 마물을 쫓아갈 것 같았기에 이럴 수밖에 없었다. 물론 저 두 사람은 힘으로 끊으려 했지만, 마력으로 만든 튼튼한 줄을 몇 겹으로 감아뒀기 때문에 끊는 것은 불가능했다.

겨우 마음을 진정시킨 것 같았기에, 나는 확인 삼아 그 두 사람과 시선을 마주했다.

"이제부터 풀어줄 건데, 멋대로 마물을 쫓아가지 마."

"응! 이제 진정했으니까 걱정하지 마."

"⋯⋯알았다."

마물이 거대할지라도 이 두 사람의 실력이면 얼마든지 싸울 수 있겠지만, 공격이 통하지 않는다면 이길 수 없다. 나는 다짐을 받은 후에 풀어줬지만, 혹시 몰라 호쿠토를 두 사람의 뒤편에 대기시켜뒀다.

그렇게 전원이 진정한 후, 우리는 작전회의를 가졌다.

참고로 에밀리아는 울다 지쳐 잠들어버렸기에, 근처에 깔아둔 모포에 뉘여 놓았다. 리스가 무릎베개를 해주며 간병을 하고 있으니 괜찮을 것이다.

"자아…… 원수인 다이나로디아와 어떻게 싸울 건지가 문제인데……. 참, 너희는 아까 무턱대고 쫓아가려고 했는데, 승산은 있었던 거야?"

"모른다. 하지만 같은 장소를 계속 공격하다보면 언젠간 쓰러지겠지."

"검으로 벨 수 없는 상대는 아냐. 깊은 상처를 입힐 수 없다면, 얕은 상처를 계속 입혀서 쓰러뜨리면 되지 않아?"

"가브의 생각은 무모하고, 레우스의 생각은 확실성이 부족해."

"그럼 어떻게 하라는 건데! 그 녀석은…… 나와 할아버지가 쓰러뜨려야만 해!"

"둘이서만 싸우려고 하지 마. 이 자리에는 우리도 있잖아?"

대화를 듣고 있던 리스가 자기도 돕겠다는 듯이 주먹을 말아쥐었다.

리스는 싸움을 좋아하지 않지만, 남매를 위한 일이라 그런지 적극적이었다. 그 마물과 싸울 때는 그녀의 정령마법이 크게 도움이 될 것이다.

"호쿠토도 있고, 나도 떨어진 곳에서 엄호를 할 수 있어. 그렇게 하면……."

"형님, 미안한데 말이야. 이번에는 나서지 말아줬으면 해."

"나도 부탁하마. 아들의 원수는 하다못해 우리 손으로 갚고 싶다."

"하, 하지만…… 시리우스 씨와 호쿠토가 도와주면……."

"형님과 호쿠토 씨한테 도움을 받아서 원수를 갚는 건 꼴사납잖아."

애초부터 직접적으로 손을 쓸 생각은 없었기에, 나는 고개를 끄덕였다. 살아남는다는 의미에서 본다면 무모한 일이지만, 은랑족의 긍지를 더럽히고 싶지 않은 저 두 사람의 심정도 이해가 됐다.

리스는 위험하니 돕겠다고 몇 번이나 말했지만, 두 사람의 확고한 결의를 느끼더니 한숨을 내쉬었다.

"정말…… 알았어! 하지만, 다치면 바로 나를 찾아와! 물론 생채기 정도라도 말이야!"

"으, 응!"

"우리는 웬만한 상처로는 끄떡도……."

"바로 오란 말이야!"

"할아버지, 그냥 알았다고 해! 리스 누나는 화나면 엄청 무섭단 말이야!"

"으, 음……."

레우스가 필사적인 것도 당연했다.

평소에 온화하고 상냥한 사람이 화나면 무섭기도 한데다, 리스는 물의 정령마법으로 꽤나 과격한 벌을 주는 것이다.

일전에 리스를 화나게 했던 레우스는 물 구슬 안에 갇혀서 따끔한 맛을 봤다.

게다가 리스가 마음만 먹으면 산속에서도 해일을 일으킬 수 있을 것이다. 정령마법이라는 것은 그만큼이나 강력한 것이다. 뭐, 그녀가 그 정도로 화를 낸 적은 아직 한 번도 없지만 말이다.

그리고 호쿠토도 두 사람의 말을 이해한 것 같았다. 아까 전투 때도 내가 지시를 내릴 때까지 에밀리아와 리스를 지키기만 했었으니까 말이다.

"하지만, 진짜로 너희가 위험해지면 개입할 거야. 그리고 문제는…… 에밀리아네."

"형님, 누나가 그 마물과 싸우는 건 무리야."

"음. 이런 말을 하는 건 좀 그렇지만, 그 아이에게는 무리일 거다."

"그걸 결정할 사람은 너희가 아니라 에밀리아야. 그러니까 그녀가 눈을 뜰 때까지 쉬게 해주고 싶지만……."

나는 에밀리아가 깨어나면 어떻게 할 건지 물어본 후에 행동하라고 말하고 싶었지만, 레우스와 가브의 눈빛을 보아하니 두 사람에게는 기다린다는 선택지가 없는 것 같았다. 지금은 차분해 보이지만, 내버려 뒀다간 무턱대고 그 마물과 싸우러 갈 것 같았다.

저 둘이서만 그 마물과 싸우는 걸 막을 방법을 고민하고 있을 때, 레우스가 아직 원형을 유지하고 있는 집을 손가락으로 가리키며 입을 열었다.

"그럼 누나는 저 집에서 쉬게 하고, 우리끼리 가자."

"그래. 더는 이 애가 우는 모습을 보고 싶지 않구나. 그냥 두고 가자."

"시리우스 씨도 같이 남는 게 어때? 에밀리아가 깨어났을 때, 시리우스 씨가 눈앞에 있으면 안심할 거야."

확실히 그것도 하나의 방법일 것이다.

저 두 사람의 싸우는 광경을 지켜봐줄 수 없다는 게 마음에 걸리지만, 호쿠토와 리스가 함께 간다면 만일의 사태에도 대처할 수 있을 테니까 말이다.

하지만…… 나는 에밀리아가 직접 선택을 했으면 싶었다.

그녀가 직접 마물에게 맞설 결심을 하고, 승리를 거둬서 과거를 극복해주기를 나는 바라고 있는 것이다.

하지만 에밀리아는 깨어날 기색조차 없었다.

망설이고 또 망설인 끝에 내가 내린 결론은…….

※ ※ ※ ※ ※

촌락을 나선 우리는 부러진 나무들이 굴러다니고 있는 험난한 길을 따라 걷고 있었다.

"시리우스 씨, 발치 조심해."

"형님, 이제 내가 교대해줄까?"

"멍!"

"아냐, 괜찮아. 너희는 체력을 온존해둬."

에밀리아를 두고 간다는 선택지를 고르지 못한 나는 그녀를 업은 채 걸음을 옮기고 있었다.

길이 험해서 걸음이 느려지기는 했지만, 거구의 마물이 도망치면서 나무들을 부러뜨렸기 때문에 추적 자체는 쉬웠다.

나무가 굴러다니고 있는 돌길을 걸으면서, 발자국과 피 흔적만을 표식 삼아 나아가는 게 아니라 때때로 몇 번이나 '서치'를 사용해 마물의 정확한 위치를 조사했다.

"마물의 반응은…… 저 산의 중심에서 느껴지네. 기슭에 동굴이 있거나, 혹은 구멍을 파서 둥지를 만든 걸지도 몰라."

"그런 걸도 알 수 있는 거냐?"

"우리 형님은 대단하거든!"

"아니, 잘 이해가 안 된다만…… 그게 아까 그 마물이 틀림없는 것이냐? 다이나로디아가 한 마리뿐이라고 단정할 수는 없지 않느냐."

"내가 던진 나이프가 그 녀석의 눈에 꽂혔잖아? 그 반응을 쫓고 있는 거야. 그리고 이 주변에서 그 마물보다 강한 반응은 느껴지지 않으니까, 아마 틀림없을걸?"

내가 반사적으로 던졌던 그 나이프는 엘리시온의 대장장이 그란트가 만든 것이다.

내가 가장 던지기 쉬운 형태로 만든 특별주문품이며, 모든 나이프에는 조그마한 마석이 박혀 있다. 그래서 개수는 적지만 마석의 마력을 탐지하면 회수할 수 있는 것이다.

그 반응을 표식 삼아 걸음을 옮기고 있을 때, 주위를 둘러보던 리스가 고개를 갸웃거리면서 이렇게 중얼거렸다.

"그러고 보니 아까부터 마물이 나타나지 않네."

"아까 전의 마물 때문에 겁먹어서 도망쳤거나 잡아먹힌 거겠지. 재해라고 불릴 만한걸."

촌락으로 향할 때 마물이 적었던 것은 아마 다이나로디아 때문일 것이다. 재해라는 호칭에 걸맞게, 그야말로 민폐 덩어리인 것 같았다.

"재해……. 그건 그렇고, 내 주먹이 통하지 않는 건 난감하구나. 페리오스도 원통했을 거다."

"나도 그래. 있는 힘껏 검을 휘둘렀는데도 베지 못했잖아. 정말 나 자신이 너무 한심해."

상성이 너무 나쁘기도 하지만, 레우스는 무기 때문에 불리하기도 했다.

레우스의 대검은 강파일도류에 적합하도록 만든 것이며, 칼날이 크고 폭이 넓다. 그래서 상대를 벨 때 접촉하는 면적이 넓어서 체내의 살에 파묻히기 쉬운 것이다. 만약 대검이 아니라 절단에 특화된…… 예를 들어 내 전생에 존재하던 도(刀) 같은 거라면 해볼 만할지도 모른다.

여담이지만, 라이오르 할아버지라면 간단히 베어버렸을 것이다. 그 정도로 뛰어난 기술을 지녔을 뿐만 아니라, 도중에 검이 살에 파묻히더라도 힘으로 밀어붙여 버릴 테니까 말이다. 그 할아버지는 차원 자체가 다른 존재이니 비교대상으로 삼지 않는 편이 좋을 것이다.

"역시 머리를 노려야 할까? 하지만 그렇게 움직여댄다면 그것도 어려울 거다."

"베는 게 아니라 찔러볼까? 하지만 또 살에 파묻혔다간, 이번에는 검을 뽑아내지 못할 텐데……."

가브와 레우스는 마물을 상대할 방법에 대해 이야기하고 있었지만, 좋은 생각이 나지 않는 것 같았다.

마물과의 전투에 끼어들지 말아달라는 부탁을 받기는 했지만, 조언 정도는 해도 될 것이다.

"물어볼 게 있는데 말이야. 가브는 그 필살기 이외에는 할 줄 아는 게 뭐가 있어?"

"……나는 주먹으로 때리거나 걷어차는 것만 할 줄 안다."

"그럼 가브는 그 마물의 움직임을 봉쇄하는데 주력하는 편이 나을 거야. 공격을 레우스에게 맡겨."

효과는 없더라도, 가브가 타격으로 상대의 공격을 방해하는 것은 가능하다. 마물의 주의를 끌어 빈틈을 만들고, 레우스는 공격에 전념하는 전법이 최선일 것이다.

"그리고 레우스는 두터운 복부와 목이 아니라, 우선 꼬리 끝이나 팔을 노려봐. 비교적 가느다란 부분이라면 검이 살에 감싸이기 전에 잘라낼 수 있을 거야."

"아하. 하지만 그래선 그 녀석을 쓰러뜨리는데 시간이 걸릴 거야.”

“너희끼리 싸운다면 장기전을 벌일 수밖에 없어. 보기에는 좀 그렇지만 야금야금 괴롭혀줘서 촌락을 습격한 걸 후회하게 만들어준다고 생각해.”

“……좋다. 내 손으로 숨통을 끊어줄 수는 없겠지만, 그걸로 충분해.”

“할아버지, 나한테 맡겨. 내가 반드시 그 자식을 베어버리겠어.”

“음, 해봐라.”

지금까지 함께 싸워온 덕분인지, 레우스와 가브는 서로를 향해 미소를 지을 수 있을 만큼 가까워졌다. 원래라면 에밀리아도 함께했겠지만, 유감스럽게도 그녀는 나한테 업힌 채 잠을 자고 있었다.

나는 서로의 연계를 확인하며 앞장서서 걷고 있는 두 사람에게 들리지 않도록 근처에 있는 리스에게 귓속말을 했다.

“위험해 보이면 바로 개입하자. 리스는 마물의 접근을 차단할 벽과 떨어진 곳에서의 엄호를 맡아줘.”

“응, 알았어. 그것보다, 에밀리아를 진짜로 데려갈 거야?”

“그래. 싸우지는 못하더라도 부모님의 원수가 자기 눈앞에서 당하는 광경을 보면 심정적으로 조금은 나아질지도 몰라.”

나는 그렇게 말했지만, 그것은 바람직하지 않은 결과다.

에밀리아가 자기 의지로 공포를 극복하고, 마물과 싸우는 게 최선인 것이다. 설령 마물에게 이기지 못하더라도, 맞서 싸운다면 성장할 것이다.

"지금은 내가 버팀목이 되어줄 차례네. 무슨 일이 있어도 나는 네 편에 설 테니까, 힘내…… 에밀리아."

리스는 자애에 찬 미소를 짓더니, 잠들어 있는 에밀리아의 머리를 쓰다듬어줬다.

나이프의 반응을 좇아서 산기슭으로 향한 우리가 발견한 것은 다이나로디아도 드나들 수 있을 듯한 거대한 동굴이었다.

혈흔과 발자국이 동굴 안쪽으로 이어져 있는 걸 보면, 마물은 이곳을 지나간 게 틀림없어 보였다.

입구에서 동굴 안을 쳐다보며 벽과 천장을 조사해보니, 꽤 오래된 동굴 같았다.

게다가 내부에는 커다란 강이 흐르고 있었으며, 동굴 특유의 서늘한 공기가 기분 좋았다. 그 마물이 거처로 삼고 있다는 게 믿기지 않는 공간이었다.

"근처에 강이 있어서 그런지 물의 정령이 활발해. 여기라면 마음껏 힘을 발휘할 수 있을 것 같아."

"흠……. 꽤 옛날부터 존재했던 동굴 같다만, 지반은 튼튼한 것 같구나. 이 정도면 다소 거칠게 날뛰더라도 무너지지는 않겠지."

그래도 우리는 벽에 괜히 충격을 가하지 않도록 주의하면서 동굴 안을 나아갔다.

그리고 통로의 종착점은 널찍한 공간이었다.

소규모 성을 통째로 옮겨놓을 수 있을 만큼 넓으며, 고개를 들어보니 천장이 훤히 뚫려 있어서 푸른 하늘이 보였다. 햇빛이 광장의 중앙에 쏟아지며 약간 몽환적인 광경을 자아내고 있었다.

왠지 유적 같지만, 우리는 딱히 유적 마니아가 아니기에 딱히 관심을 가지지 않았다.

이곳으로 오는 도중에 갈림길은 없었으니, 마물을 이 동굴의 막다른 곳에 몰아넣은 것이나 다름없다.

이 광장의 안쪽에는 바닥에 돌이 깔려 있었으며, 다이나로디아는 그곳에 있었다. 마물은 우리에게 등을 보인 채 뭔가를 열심히 먹고 있었다. 아마 이곳으로 오는 도중에 잡은 마물일 것이다. 살과 뼈가 으스러지는 소리가 주위에 울려 퍼지고 있었다.

"드디어 궁지에 몰아넣었어!"

"지금 먹고 있는 게 네 마지막 식사가 될 거다. 이번에는 네가 사냥당할 차례니까 말이다!"

기합이 잔뜩 들어간 두 사람이 마물에게 천천히 다가갔다.

광장의 한가운데까지 걸어가자, 마물도 우리의 존재를 눈치챈 건지 식사를 멈추며 피범벅이 된 얼굴로 우리를 쳐다보았다.

다시 그 마물을 살펴보니, 레우스가 입혔던 상처가 완전히 아물어 있었다.

단단하지는 않지만 충격을 분산시키는 유연한 육체에 더불어, 뛰어난 재생능력까지 갖췄다니…… 정말 성가신 상대다.

그런데도 겁먹지 않고 나아가는 두 사람을 쳐다보고 있을 때, 내가 업고 있던 에밀리아가 천천히 눈을 떴다. 아무래도 무대는 완전히 갖춰진 것 같았다.

"아…… 시리우스…… 님?"

"일어났구나. 기분은 좀 어때?"

"아, 이제 괜찮아요. 그것보다 시리우스 님의 등은…… 정말 따뜻하네요……."

자신이 지금 나한테 업혀 있다는 걸 이해한 에밀리아는 내 뒤통수에 볼을 비비면서 어리광을 부렸다. 아직 잠이 덜 깼는지 마물을 눈치채지 못한 것 같았다.

그런 느긋한 분위기가 조성된 가운데, 이미 전투는 시작되려 하고 있었다.

"내가 정면에서 달려드마. 가자!"

"응!"

가브와 레우스가 미리 짜뒀던 작전에 따라 대지를 박차며 몸을 날린 순간, 다이나로디아는 천장을 향해 포효를 터뜨렸다.

"그딴 건 통하지 않는다!"

"내 검으로 이번에야말로 베어버리고 말겠어!"

주위에 충격파를 날리는 포효는 동굴 전체가 아니라 천장을 통해 밖으로 퍼져나간 것 같았다.

레우스와 가브는 전혀 움츠러들지 않았지만…… 나는 위화감을 느꼈다.

방금 그 포효는 촌락에서 질렀던 것과 왠지 다른 것 같았다. 내 옆에 있는 호쿠토도 나와 같은 생각인지 귀를 몇 번이나 쫑긋거리면서 천천히 이동하기 시작했다.

하지만 가장 큰 문제는 나한테 업힌 채 잠을 자고 있던 에밀리아가 방금 그 포효를 듣고 정신을 차리고 말았다는 점이다.

"아…… 아아…… 싫어……."

"정신 차려, 에밀리아! 마물한테서 눈을 떼지 마!"

에밀리아는 눈앞에 원수인 마물이 있다는 걸 안 순간부터 떨기 시작하더니, 마물을 보기 싫어하듯 내 등에 얼굴을 묻었다.

하지만 저 마물을 보는 게 두 번째인데다 나와 몸을 밀착시키고 있기 때문에 아까보다 냉정한 것 같았으며, 내 목소리를 듣고 천천히 고개를 들었다.

"저 녀석은 부모님의 원수지? 네가 싸워야만 하는 상대한테서 고개를 돌리지 마!"

"아…… 예. 엄마와…… 아빠의 원수를…… 갚을 거예요."

호흡이 흐트러지고 있지만, 에밀리아는 내 목에 두른 팔을 천천히 풀더니 내 등에서 내려오려 했다.

바로 그때, 다른 두 은랑족은 작전대로 싸우고 있지만, 상대가 예상했던 것보다 더 맷집이 좋아서 고전하고 있는 것 같았다. 레우스는 가브가 만든 틈을 이용해 마물의 손가락을 한 개 잘랐지만, 다이나로디아는 전혀 움츠러들지 않으며 팔과 꼬리를 휘둘러대고 있었다.

"젠장! 겁이라는 걸 모르는 것 같네!"

"내가 주의를 끌 테니 좀 물러나 있어라!"

"……으, 으으……."

그리고 전투 중인 마물이 울부짖을 때마다, 에밀리아가 필사적으로 끌어 모은 투지가 흩어지고 마는 것 같았다.

에밀리아는 몇 번이나 다시 내 등에 매달렸지만, 그래도 그녀는 마음이 꺾이지 않았는지 자신의 두 발로 일어서려 했다.

하지만…….

"할아버지?!"

"으윽?! 이…… 이 정도 쯤……!"

도중에 휴식을 취하긴 했지만, 저 두 사람은 아침부터 계속 싸웠을 뿐만 아니라, 폐허가 된 촌락을 본 바람에 정신적으로도 지쳐 있었다.

그 탓에 집중력이 흐트러져서 마물에게 물릴 뻔했지만, 가브는 힘껏 옆으로 몸을 날려 공격을 피했다.

겨우겨우 위기에서 벗어나기는 했지만, 역시 둘이서 이기는 건 힘들지도 모른다.

한편, 에밀리아는 방금 그 광경을 보고 과거에 있었던 일을 떠올린 것 같았다.

"아아…… 엄마…… 아빠……."

과거의 광경이 떠오른 에밀리아는 이번에야말로 내 등에 얼굴을 묻은 채 고개를 들지 못했다. 그런 에밀리아를 리스가 필사적으로 격려했지만…… 유감스럽게도 더는 시간을 줄 수 없다.

너희에게는 미안하지만, 지금은 시간이 없으니 과격한 방식을 쓰기로 했다.

"좀 물러나자. 리스도 따라와."

"뭐?! 으, 응……."

나는 레우스와 가브가 다치지는 않을지 걱정하고 있는 리스를 데리고 통로 쪽으로 향했다.

마물의 모습이 완전히 보이지 않는 곳까지 물러난 후, 나는 걱정스러운 눈길을 띠고 있는 리스에게 아무 말도 하지 말라고 말했다. 그리고 나는 등에 업혀 있던 에밀리아를 억지로 끌어 내렸다.

바닥에 주저앉아 울고 있는 에밀리아가 또 나에게 안기려 했지만, 나는 그녀의 두 어깨를 잡아서 막았다.

"싫어…… 버리지 마……."

"에밀리아. 너는 진짜로 과거를 극복하고 싶은 거야?"

"그, 극복…… 극복하고 싶어요! 하지만…… 아무리 힘을 내도, 몇 번이나 저 자신을 타일렀는데도…… 무서워요!"

"무섭다……. 너는 저 마물과 싸우고도 남을 힘을 갖췄는데도 말이야?"

"그래도 다리가…… 몸이…… 말을 듣지 않아요! 저한테는 역시…… 무리일지도 몰라요. 시리우스 님, 부디 저 마물을…… 엄마와 아빠의 원수를……."

"한심한 소리 하지 마!"

이 순간, 나는 처음으로 에밀리아에게 화를 냈다.

에밀리아는 내가 화를 내는 모습을 보고 충격을 받았지만, 나는 그녀의 두 볼에 살며시 두 손을 대면서 진지한 표정으로 이렇게 말했다.

"잘 들어. 두 번 다시 그딴 소리를 하지 마. 나는 아무것도 해 보지 않고 포기하는 제자를 기른 적 없어."

"아…… 아……."

"저 마물이 너한테 두렵고, 힘든 상대라는 건 알아. 하지만……
나는 네가 도망치는 것만큼은 절대 허락 못 해. 설령 내가 저 마
물을 해치워서 네 부모님의 원수를 갚더라도, 너는 이 자리에서
아무것도 하지 않은 걸 평생 후회할 거야."

공포 때문에 앞으로 나아가지 못하는 게 얼마나 힘든 건지는
나도 안다.

하지만 지금은 타인이 만들어준 발판을 밟고 공포를 뛰어넘을
때가 아니라, 자신의 두 발로 공포를 뛰어넘어야만 한다.

"아무리 무섭더라도, 두 발로 서서 저 마물에게 맞서. 나는 네
가 그럴 수 있도록 네 몸과 마음을 단련시켜왔어."

"하지만…… 저에게는……."

"만약 그럴 수 없다면……."

나는 에밀리아를 차가운 눈길로 쳐다보며 딱 잘라서 이렇게
말했다.

"두 번 다시…… 내 제자를 자처하지 마."

"윽?!"

그리고 그녀를 거부하듯 뒤돌아선 나는 그대로 걸음을 옮겼다.

나는 이 동굴의 통로를 걸으면서 생각했다.

마지막으로 본 에밀리아의 표정은 이 세상에 종말을 맞이한
것처럼 절망에 물들어 있었다.

하지만 방금 그 말은 에밀리아를 버린다는 의미가 아니다. 그

저 내 제자라는 직함이 사라지는 것뿐이다.

내 시종이라는 사실에는 변함이 없으니, 내 곁에는 계속 있을 수 있다.

하지만 에밀리아는 내 시종일 뿐만 아니라 제자라는 사실을 긍지로 여기고 있다. 그 긍지가 저 마물에 대한 공포보다 강한지가 관건일 것이다.

내가 이렇게 매몰차게 대함으로써, 자신의 마음을 독려하며 공포를 극복해주길…… 나는 바랐다.

마음 같아서는 곁에서 계속 지켜봐 주고 싶지만…… 지금의 나에게는 해야 하는 일이 있다.

어쩔 수 없었다고는 해도 저렇게 나를 신뢰하며 노력해온 제자에게 방금 같은 말을 한 바람에 한숨을 내쉬며, 나는 동굴 밖을 향해 걸어갔다.

그 와중에 리스가 물어볼 게 있다는 듯한 표정으로 뛰어오더니, 내 앞을 막아섰다.

그리고 리스가 책망하는 듯한 시선으로 나를 쳐다보자, 나는 자조적인 미소를 지으며 그녀에게 물었다.

"……에밀리아의 곁에 있어주지 않아도 괜찮은 거야?"

"그건 내가 할 말이야. 에밀리아에게 왜 그런 말을 한 거야? 에밀리아가 시리우스 씨의 제자라는 걸 얼마나 자랑스럽게 여기는지 모르는 건 아니지?"

"공포보다 강한 충격을 줄 필요가 있어서 그런 거야. 딱히 에밀리아를 버리려는 건 아냐."

"이해가 안 되는 건 아니지만, 그래도 다른 방법은 없었던 거야?"

"있을지도 모르지만, 지금은 시간이 없어. 이제 에밀리아의 마음이 강하기만 빌 수밖에 없어."

"시간이 없다니?"

"멍!"

얼굴에 물음표를 띠운 리스의 옆을 지나가자, 호쿠토가 동굴 입구 쪽에서 다가왔다.

다이나로디아와 싸움이 시작되기 전에 입구로 향한 걸 보면, 내가 늦을 때에 대비하고 있었던 것 같다.

내가 머리를 쓰다듬어주자 호쿠토는 꼬리를 흔들며 기뻐했고, 리스는 그 광경을 보면서 더욱 의문을 느꼈다.

"에밀리아에게 왜 그런 건지는 이해했어. 하지만 왜 에밀리아를 내버려 두고 입구로 향하는 건데? 그리고 시간이 없다니? 그리고 호쿠토는 왜 여기에…….."

"으음, 우선 마음을 진정시키고 정령의 목소리를 들어봐."

"아, 알았어. …………어?"

리스는 에밀리아가 신경 쓰여서 정령의 목소리에 주의를 기울이지 않은 것 같았다.

내 말을 듣고 정령의 목소리에 귀를 기울인 리스는 정령을 통해 이쪽으로 다가오는 존재…… 수많은 마물들을 눈치챈 것 같았다.

"이 동굴을 향해 수많은 마물들이 몰려오고 있잖아?! 왜 이렇게 많은 마물들이 여기로 오는 거야?"

"저 마물…… 다이나로디아가 아까 하늘을 올려다보며 포효했지? 그건 위협이나 공격이 아니라, 주위의 마물을 불러들이기 위한 거였어."

사냥감인 마물을 모으기 위한 것인지, 위험한 상황에 처했을 때 도움을 받기 위한 건지는 모르겠지만, 다이나로디아가 이런 능력을 가지고 있을 거라고는 생각도 못했다.

자료에는 그런 정보가 적혀 있지 않았으며, 위화감의 결정체 같은 마물이지만, 딱 하나 확실한 게 있다.

에밀리아와 레우스의 촌락이 습격을 당한 건, 저 다이나로디아가 마물을 불러들였기 때문이다.

그리고 가브가 동포들과 함께 몇 번이나 이곳에 올 때마다 마물들이 많았던 것은 다이나로디아가 때때로 깨어나서 자기가 불러들인 마물을 전부 잡아먹지 않은 탓이다.

리스는 내 추측을 듣더니 허둥지둥 동굴 안쪽을 쳐다보았다.

"빨리 다른 사람들에게 알려야 해!"

"그건 무리야. 안쪽에서 싸우고 있는 두 사람은 다이나로디아를 상대하는 것만으로도 벅차고, 에밀리아도 공포를 극복할 수 있을지 없을지 모르잖아. 아무튼 협공을 당하지 않기 위해, 그리고 그 녀석들의 싸움을 방해하지 못하도록, 내가 마물들을 막겠어."

"그, 그럼 나도 도울게!"

"그 마음은 고맙지만, 리스는 에밀리아를 지켜줘. 그 애가 앞으로 어떻게 할지는 모르지만, 곁에서 지켜봐 줬으면 해. 그리고 내 걱정은 할 필요 없어. 나는 혼자가 아니거든."

"멍!"

옆에 있던 호쿠토가 자기를 믿으라는 듯이 울음소리를 냈고, 나는 리스를 안심시키기 위해 미소를 지었다.

"보다시피 믿음직한 파트너가 있으니까 안심해도 돼. 게다가 나는 너희의 스승이잖아? 마물 따위에게 당할 리가 없다고."

"그건 그래. 시리우스 씨는 마물보다 훨씬 강한 사람들에게 이겼잖아."

"그래. 이 근처의 마물이 아무리 몰려들어 봤자 문제될 건 없어. 그것보단 동굴 안에서 싸우고 있는 두 사람이 더 걱정돼. 에밀리아가 공포를 극복한다면, 바로 도우러 가줬으면 해."

이미 수많은 마물들이 동굴 입구 근처까지 몰려왔으니, 서두르는 편이 좋을 것 같았다.

필요한 사항만 전달한 내가 팔의 근육을 풀어주면서 리스의 옆을 지나려고 한 순간, 그녀가 갑자기 내 소매를 움켜잡았기에 나는 그녀를 돌아보았다.

"왜 그래? 무슨 일……."

"시리우스 씨……."

리스의 얼굴이 가까운 곳에 있다 싶더니, 그녀의 입술이 내 볼에 닿았다.

리스는 금세 떨어졌지만, 그녀의 얼굴은 새빨갛게 달아올라 있었다.

"내, 내가 본 책에 말이야. 여신과 성녀가 입맞춤으로 축복을

내려주는 이야기가 있었어. 나는 이야기 속의 성녀가 아니지만, 시리우스 씨를 생각하는 마음만큼은 성녀 못지않으니까, 효험은 있을…… 거라고 생각해. 저기, 그러니까……."

당황할 대로 당황한 채 그런 말을 늘어놓고 있는 리스를 본 나는 무례한 행동이라고 생각하면서도 웃음을 터뜨리고 말았다.

"으으…… 우, 웃을 것까지는 없잖아."

"미안해. 하지만 성녀님의 축복을 받았어. 그러니까 이제 절대 지지 않아."

"그, 그 정도로 효험이 있을 것 같지는 않지만, 아무튼 무리는 하지 마. 시리우스 씨에게 무슨 일이 생기면 에밀리아와 레우스가 슬퍼할 테고, 나도 그건 싫어."

"그래. 안전을 최우선으로 여기면서 싸울게. 그리고 리스도 조심해."

"응. 호쿠토도 조심해."

"멍!"

리스는 마지막으로 호쿠토를 꼭 끌어안아준 후, 에밀리아의 곁으로 돌아갔다.

그런 리스의 뒷모습을 쳐다본 후, 호쿠토를 데리고 동굴 밖으로 나간 나는 숲이 크게 흔들리고 있는 광경을 봤다.

나는 그쪽을 향해 '서치'를 써봤지만…….

"대접 한 번 융숭한걸. 용케도 이렇게 잔뜩 긁어모았네."

내 머릿속에 떠오른 레이더에는 마물이 붉은 점으로 표시되어 있는데…… 내 주위는 그야말로 붉은색으로 완전히 물들어 있었다.

적게 잡아도 수백 마리는 가볍게 넘을 것 같았다.

게다가 마물이 동굴에 침입하는 것도 저지해야만 하니 꽤나 고생을 하게 될 것 같지만, 그렇다고 물러설 수는 없다.

"자아, 그럼 빨리 끝내고 돌아가기로 할까. 준비는 됐지?"

"멍!"

나는 믿음직하게 울음소리를 낸 호쿠토를 힐끔 쳐다본 후, 머릿속의 스위치를 전투용으로 바꿨다.

아직 콩알만 해보일 정도로 떨어져 있지만, 하늘을 나는 마물도 눈에 들어왔다. 하지만 내 사정거리 안에 있으니 저 녀석들부터 해치워야겠다.

나는 마력을 집중시킨 두 손을 마물들을 향해 내밀면서 선언했다.

"이 앞으로는…… 보내줄 수 없어."

―― 에밀리아 ――

'두 번 다시…… 내 제자를 자처하지 마.'

그렇게 말한 후 뒤돌아서며 멀어져가는 시리우스 님의 뒷모습을, 저는 멍하니 쳐다볼 수밖에 없었습니다.

시리우스 님의 무시무시할 정도로 냉혹한 눈빛이 저를 향한 순간, 저는 부모님의 원수인 마물과 마주쳤을 때보다도 더 극심한 공포를 느꼈어요. 항상 저희를 따뜻하게 지켜봐 주며 걱정해 주시던 눈빛이 저렇게 변해버렸다는 게 저는 믿기지 않았어요.

아빠와 엄마를 빼앗아간 마물을 향한 분노.

그 마물과 마주했을 때 느낀 공포.

그리고 시리우스 님에게 버림받을지도 모른다는 절망감.

다양한 감정이 제 안에서 소용돌이치고 있지만, 제 마음을 옥죄어든 건…… 너무 분했기 때문이에요.

소중한 주인인 시리우스 님이 저런 태도를 취할 수밖에 없게 했다는 게 너무 분해서 참을 수가 없었어요.

시리우스 님은 저를 독려하기 위해 일부러 저런 말을 하며 매몰차게 대했지만, 방금 그 말은 거짓말이 아니에요.

안이한 거짓말은 하지 않는 분이시니, 이대로 아무것도 하지 않았다간 저는 분명 파문당하고 말겠죠.

그것만은…… 싫어요.

저는 그분의 제자이고 싶어요.

앞으로도 많은 걸 배우며 강해져서, 인정을 받은 후, 시리우스 님이 기댈 수 있는 존재가 되고 싶어요.

그렇게 되면…… 저는 시종으로서 시리우스 님을 더욱 도울 수 있을 거예요.

하지만 지금의 저는 마물 한 마리 때문에 울부짖고, 꼴사납게 시리우스 님에게 매달린 끝에, 지금은 이런 곳에 혼자 앉아 있

어요.

그런 저 자신이 한심하고 분하지만…… 저는 그 마물이 무서워서 도저히 일어날 수가 없어요.

마물의 모습을 볼 때마다, 포효를 들을 때마다, 아빠가 잡아먹히는 광경이 떠올라요.

그리고 지금 그 마물과 싸우고 있는 레우스와 할아버지도…….

"아냐. 그럴 리가…… 없어."

점점 말도 안 되는 광경을 떠올리기 시작한 저는 머리를 감싸쥐며 그 생각을 떨쳐내려 했지만, 불길한 상상을 멈출 수가 없어요.

저는 어느새 무릎 사이에 얼굴을 묻은 채, 꼼짝도 하지 않았어요.

역시, 저는…….

"……에밀리아."

"윽?!"

귀에 익은 목소리를 듣고 고개를 든 저는 눈앞에 서 있는 리스를 보고 안도의 한숨을 내쉬었어요.

한심하게도 저는 눈앞에 나타난 친구를 보고 버림받지 않았다고 여기며 안심하고 말았어요.

제가 어이없는 걸 넘어 비참한 기분을 맛보고 있을 때, 리스가 상냥한 어조로 저에게 말을 걸었어요.

"시리우스 씨는 동굴 밖으로 나갔어."

"……밖?"

그분이 도망칠 리가 없으니, 뭔가 다른 이유가 있을 거예요.

그런 생각을 한 저는 리스가 가르쳐준 이유를 듣고 숨이 멎을 뻔했어요.

"마물 무리가 이 동굴로 밀려오고 있어. 그래서 시리우스 씨는 그 마물들을 막기 위해, 호쿠토와 함께 밖으로 나갔어."

"마물…… 무리?!"

그 순간…… 저의 고향이 습격당하는 광경이 머릿속에 떠올랐어요.

압도적인 숫자의 폭력에 차례차례 쓰러지는 동포들과…… 아버지.

그런 마물 무리를, 시리우스 님이……?

"왜…….."

"아까 그 마물은 포효로 다른 마물을 불러들일 수 있는 것 같아. 어쩌면 우리를 협공하기 위해 일부러 여기로 도망친 걸지도 모른다고, 시리우스 씨가……."

"그런 걸 물은 게 아니에요! 왜 리스가 여기 있는 거죠?! 왜…… 같이 가지 않은 거죠?!"

"나도 가고 싶었어. 하지만 시리우스 씨가 나한테 너를 맡겼어."

"아…….."

저는 감정에 따라 고함을 지르고 말았지만, 리스의 진지한 표정을 보고 마음을 진정시켰어요.

그……래요. 리스는 다툼을 싫어하지만, 적 앞에서 도망칠 리가 없어요.

"하지만 말이야. 시리우스 씨가 부탁을 하지 않았어도 나는 여기에 왔을 거야. 왜냐하면…… 친구를 내버려 둘 수는 없잖아."

"……리스."

"게다가 시리우스 씨라면 걱정할 필요 없어. 간단히 해치울 거라면서 엄청 자신만만했거든. 그리고 호쿠토도 곁에 있으니까, 무사히 돌아올 거야."

"시리우스 님 다우세요."

"후후, 우리의 스승이잖아. 그러니까 에밀리아, 너는 진짜 이대로 가만히 있을 거야?"

"그럴 수는…… 없어요."

레우스와 할아버지만이 아니에요.

우리와는 아무 상관없는 시리우스 님이 싸우고 계신데, 저만 이러고 있을 수는 없어요.

마물이…… 무서워요.

하지만…….

"시리우스 님에게…… 버림받는 게, 더…….."

이대로 있다간, 시리우스 님이 또 냉혹한 눈길로 저를 쳐다볼지도 몰라요.

그게 훨씬 무서워요.

마물 따위보다…… 훨씬…… 훨씬…….

"저기, 리스."

"……응?"

"저를…… 때려주세요."

"응. 힘껏 때릴 거야."

"부탁드릴게요."

리스는 제 부탁을 듣더니, 고개를 끄덕이면서 있는 힘껏 저를 때려줬어요.

"너무 세지 않았어? 괜찮아?"

"괜찮아요. 덕분에 정신이 들었어요."

볼이 얼얼하지만, 지금까지 한심한 꼴을 보였던 저는 맞아도 싸요.

제 마음을 이해하고 힘껏 때려준 리스에게 감사한 저는 크게 숨을 내쉬면서 몸에 힘을 줬어요.

괜찮아요……. 이번에야말로 일어날 수 있어요.

시리우스 님에게 배운 마법을 쓸 때처럼, 강렬하게 이미지를 하는 거예요.

아까 그 눈길을 또 볼 바에야…….

"마물 따위…… 하나도 무섭지 않아요!"

제가 꼼짝도 못한 건 마음이 공포에 굴했기 때문이에요.

그러니 그것 이상의 공포가 있다는 걸 몸에 새겨서 불식시키자, 저는 드디어 몸을 일으킬 수 있어요.

마력의 감각을 확인한 제가 손을 쥐었다 폈다를 해보니, 몸은 뜻대로 움직여졌어요.

몸 상태가 좋은 편은 아니지만, 이 정도면…… 해볼 만해요!

"이제 괜찮은 거지?"

"예! 리스 덕분이에요."

"개의치 마. 엘리시온에 있을 때부터, 에밀리아에게는 항상 도움을 받아왔잖아."

"그럼 이걸로 비긴…… 거네요. 답례는 나중에 할 테니, 빨리 가죠."

"어디에 말이야?"

"그야 물론 레우스와 할아버지가 다이나로디아와 싸우고 있는 곳이에요. 리스도 도와주세요."

"응! 그런데 진짜로 도와도 돼?"

리스가 이런 질문을 한 건, 레우스와 할아버지가 가능하면 나서지 말아달라는 말을 했기 때문일 거예요.

확실히 은랑족의 손으로 원수를 갚아야 할지도 모르지만…….

"리스는 가족이니까 괜찮아요. 시리우스 님이라면 그렇게 생각하실 테고, 그 마물을 확실하게 처리하기 위해서라도 리스의 도움이 필요해요."

"……그래. 나도 보고 있기만 하는 건 싫어."

저는 리스와 마주 보며 고개를 끄덕인 후, 다시 동굴 입구를 쳐다봤어요.

지금쯤, 시리우스 님은 밖에서 싸우고 계실 테죠.

여기서는 그 모습을 볼 수 없지만, 리스가 말한 것처럼 시리우스 님이라면 호쿠토와 함께 마물들을 전멸시킬 수 있을 거예요.

그러니…… 괜찮아요.

저희의 싸움이 끝날 즈음에는, 그분이 아무렇지 않은 얼굴로 돌아오실 거예요.

그런 주인님을 웃으며 맞이하기 위해서라도, 저는 전력을 다해 원수인 마물과 최선을 다해 싸워야만 해요.

"리스. 작전을 짜고 싶으니까, 제가 잠들어 있는 사이에 어떤 일이 있었는지 가르쳐주지 않겠어요?"

"아, 마물에 관한 정보 말이지? 시리우스 씨한테 들은 건데……"

시리우스 님…… 부디 무사하세요.

저도 반드시 마물을 쓰러뜨려서, 과거를 극복하고 말게요.

《넘어서야 할 때》

—— 시리우스 ——

"거리…… 바람…… 좋아. '스나이프'…… 발사."

하늘에서 다가오고 있는 마물과의 거리를 눈짐작으로 계산한 후, 장거리 저격 마법 '스나이프'를 날리자, 마력 탄환에 머리를 꿰뚫린 마물이 지상에 추락했다.

나는 다른 마물을 조준했지만, 그중에는 조준을 피하려는 마물도 있었다. 하지만 저격이라는 것은 항상 냉정침착하게 해야 하는 것이다. 그래서 나는 차분한 마음으로 마물의 움직임을 읽은 후, 한 마리씩 확실하게 격추했다.

이 작업을 담담하게 반복하며 하늘을 날고 있는 마물을 전부 격추한 나는 그제야 한숨 돌렸다.

"전부 격추하는데…… 1분 정도 걸렸나. 실력이 좀 녹슬었는걸."

전생에 비해 저격을 할 기회가 줄었으니 당연할지도 모른다.

얼추 50마리 정도 되는 마물을 전부 격추했을 즈음, 지상을 뛰며 다가오던 마물들의 모습이 나무 사이로 보이기 시작했다.

자주 봐서 익숙한 고블린과 이족보행 도마뱀인 리저드맨 등, 이곳에 오면서 싸웠던 마물을 비롯해 각양각생의 마물들이 잔뜩 몰려오고 있었다.

다이나로디아 정도는 아니지만 꽤 거대한 마물도 있으며, 전부 다 흥분한 상태로 이쪽을 향해 일심분란하게 몰려오고 있었다. 마치 광전사(버서커) 같은데, 어쩌면 다이나로디아가 터뜨린 포효의 영향 때문에 저렇게 된 것일지도 모른다.

호쿠토가 포효를 터뜨렸는데도 단 한 마리도 멈춰 서지 않은 게 그 증거다. 겁먹고 도망치는 녀석은 눈감아줄 생각이었지만, 전부 다 달려드니 어쩔 수 없다.

포효를 멈춘 호쿠토는 내 지시를 기다리고 있지만, 네 차례는 아직 멀었다.

"자아…… 이번에는 조그마한 놈들부터 청소해볼까."

나는 탄환을 고속으로 연사하는 총기…… 개틀링포를 이미지했다.

1분에 수천 발의 탄환을 발사하는 개틀링을 전생에서 써본 적이 있는데, 나는 그것을 강하게 이미지했다.

제압병기로서는 우수할지도 모르지만, 기본적으로 그 총기는 묵직하기 때문에 무장 헬리콥터나 여러 탈것에 달아서 사용한다.

하지만 마법에는 본체가 존재하지 않기에, 양손에 하나씩 준비해서 쏘는 것도 가능하다.

마력을 집중시킨 후, 양손을 앞으로 내민 나는 방아쇠를 당기듯 마법을 발동시켰다.

"'개틀링'…… 발사!"

발동과 동시에 양손에서 마력 탄환이 연속으로 발사되더니, 그 앞에 있는 마물들이 수많은 탄환에 온몸이 관통당했다. 나는 양손으로 세세하게 움직이면서 적들을 쓸어버리려는 듯이 탄환을 흩뿌렸다.

마법으로 만들어진 탄환은 발사되는 소리가 거의 나지 않아, 그저 바람을 가르는 소리만이 주위에 울려 퍼졌다. 하지만 이게 진짜 개틀링이었다면 고막이 찢어질 정도의 굉음을 내며 수많은 탄피가 내 발치에 쏟아졌을 것이다.

탄환의 위력과 명중률은 최대한 낮췄으니 튼튼한 마물에게는 거의 통하지 않았다. 하지만 고블린처럼 방어력이 약한 마물에게는 어마어마한 위력을 발휘했다.

얼추 수천 발 가량의 탄환을 쏟아냈을 즈음, 소형 마물은 대부분 처리됐다.

하지만 마력 소모를 최대한 억누른 탄환이었지만, 이렇게 대량으로 갈겨서 내 마력이 바닥날 것 같았다. 그래서 나는 공격을 잠시 중단한 후, 마력 회복에 임했다.

하지만 마물은 아직 잔뜩 남아 있으며, 내가 회복하는 사이에도 다른 마물들이 사체를 넘으며 다가왔지만, 걱정할 필요는 없다.

"호쿠토!"

"멍!"

호쿠토가 내 외침을 듣고 앞으로 몸을 날리더니, 달려드는 마물을 격퇴하였다.

겨우 몇 걸음 만에 최고속도에 도달한 호쿠토의 몸통 박치기는 마치 벽을 형성한 것처럼 달려드는 마물들을 간단히 날려버리더니, 그 뒤를 이어 발생한 충격파로 주위에 있는 마물들도 분쇄할 정도의 위력을 자아냈다.

그렇게 호쿠토가 시간을 버는 사이에 나는 마력을 회복했고, 또 '개틀링'을 써서 마물들을 쓸어버렸다.

몇 번에 걸쳐 이러는 사이에 마물의 숫자는 줄었고, 남은 건 '개틀링'이 통하지 않는 마물뿐이다. 그래서 나는 애용하는 '매그넘'으로 마물들을 해치웠다.

호쿠토 또한 뒤늦게 모습을 드러낸 외눈박이 거인, 사이클롭스를 상대하고 있었다.

몸집이 내 몇 배는 되며, 거목을 간단히 쓰러뜨릴 정도의 힘을 지녔다. 그리고 강철 검도 박히지 않을 만큼 단단한 피부를 지닌 거인은 상급 모험가도 고전할 정도로 강한 마물이지만, 호쿠토는 전혀 겁먹지 않으며 달려들었다.

그리고 사이클롭스가 주먹을 휘두르는 것보다 빠르게 달려든 호쿠토는 발톱을 휘둘러서 마물의 옆구리에 상처를 입혔다. 하지만 상대는 몸집이 크기에 발톱이 깊숙한 곳에 박히지는 않았으며, 태연히 서 있는 걸 보면 치명상은 입지 않은 것 같았다.

하지만 호쿠토의 공격은 아직 끝나지 않았다.

나무를 박차며 방향을 전환한 호쿠토는 마물의 등을 향해 몸을 날렸다. 마물이 돌아보기도 전에 호쿠토의 송곳니가 거인의 목에 박히더니, 살점을 찢을 뿐만 아니라 뼈가 부서지는 소리가 울려 퍼졌다.

목뼈가 부서진 사이클롭스는 그대로 목숨을 잃었다. 그리고 사이클롭스가 쓰러지기도 전에, 호쿠토는 다른 마물을 향해 몸을 날렸다.

발톱으로 늑대 마물을 찢고, 등 뒤에서 달려드는 리자드맨을 꼬리로 쳐서 날려버리는 등, 호쿠토는 전장을 종횡무진하면서 마물을 섬멸했다.

대형 마물과 움직임이 빠른 마물은 호쿠토가 해치웠고, 나는 중형 마물이나 동굴에 접근하는 마물을 해치우면서 호쿠토에게 지시를 내렸다.

"오른편에 집중!"

"멍!"

마물의 밀도가 높은 장소에 호쿠토를 투입하고, 나는 그 사이에 다른 쪽에 있는 적들을 '매그넘'으로 해치우며 마물의 숫자를 착실하게 줄였다.

도중에 뛰어난 도약력을 지닌 토끼 타입 마물이 몇 마리 나타났기에 즉시 해치웠지만, 그 틈을 노리듯 거대한 원숭이처럼 생긴 마물이 나에게 달려들었다.

마물이 괴성을 지르면서 팔을 휘두르자, 나는 오른손의 무기를 바꾸는 이미지를 하며 검지와 중지를 세운 손을 그 마물에게 내민 후, '샷건'을 날렸다.

마력으로 된 산탄을 가까운 거리에서 맞은 마물의 상반신이 그대로 날아가더니, 하반신만이 남았다.

내가 다시 오른손을 '매그넘'으로 되돌리려 한 순간, 마물들이 돌도끼나 나무 창 같은 것을 던졌다. 그래서 나는 '임팩트'를 써서 그것들을 격추했다.

"왼쪽! 사격수를 노려!"

방금 그것들을 던진 이는 돼지와 흡사하게 생긴 이족보행 마물…… 오크다.

고블린과 다르게 다소 지혜가 있으며, 무기도 쓸 줄 아는 중형 마물이다.

내가 그들이 던진 무기를 간단히 막아내자, 오크들은 믿기지 않는다는 듯이 격렬하게 동요했다. 그 사이에 호쿠토가 돌격해서 오크들을 단숨에 쓸어버렸다.

현재 어찌어찌 방어선은 유지되고 있지만, 역시 나와 호쿠토 둘이서 싸우는 탓에 틈이 생기는 것을 막을 수 없다. 그리고 그 틈을 노리며 접근하는 마물도 있었다.

어느새 측면에서 접근해 오는 마물 집단이 있었기에, 나는 미리 준비해놨던 함정을 발동시켰다.

"그쪽은 통행금지야."

대기상태로 설치해둔 '임팩트'를 '스트링'을 통해 기폭시키자, 압축된 충격이 해방되면서 마물들이 한참 떨어진 곳까지 튕겨져 날아갔다.

내가 곳곳에 설치해둔 지뢰형 함정 덕분에 어찌어찌 막아내고 있지만, 그 탓에 주위에 구멍이 잔뜩 생겼다.

"좀 심했나? 뭐, 마물이 접근하는 걸 방해하는데 도움이 될 것 같긴 하니까……."

덕분에 마물들의 숫자가 줄어들었으니 잘된 거라고 여기기로 했다.

마물 중에는 함정을 견뎌내는 놈도 있었지만, 그런 녀석들은 내가 즉시 '매그넘'으로 처리했기 때문에 방어선을 돌파한 마물은 현재 없었다.

바로 그때, 호쿠토가 나에게 경고를 하듯 울부짖었다. 그 소리를 듣고 고개를 돌려보니, 말만한 몸집을 지닌 멧돼지 같은 마물이 이쪽을 향해 돌진하고 있었다.

숫자는 둘이었으며, 하나는 뒤편에서 다가온 호쿠토가 앞발로 두들겨 패서 해치웠지만, 남은 하나는 나를 향해 정면에서 쇄도하고 있었다.

나는 즉시 '매그넘'을 쐈지만, 마력 탄환은 마물의 머리를 관통하기만 할 뿐 돌진을 막진 못했다.

"단단…… 아니, 빗겨나갔나."

마물의 머리는 단단한 피부로 감싸여 있을 뿐만 아니라, 전체적으로 동글동글하기 때문에 빗겨나고 만 것 같았다.

정면에서 맞서는 건 힘들 것 같았기에, 나는 공중으로 몸을 날려 마물의 돌진을 피한 후, '샷건'을 아래쪽에 있는 마물을 향해 연사했다.

등은 단단하지 않은지, 산탄과 충격 때문에 등이 너덜너덜해진 멧돼지형 마물은 몸의 절반이 지면에 박힌 채 숨이 끊어졌다.

나는 그대로 공중에서 균형을 잡으며 지면에 착지하려다, 가까이 다가온 호쿠토의 등에 착지했다.

"나이스 타이밍이야. 그럼 이제부터는 같이 싸워볼까!"

"멍!"

호쿠토는 알았다는 듯이 짖은 후, 나를 등에 태운 채 근처에 있는 마물을 향해 몸을 날렸다.

모여 있는 마물을 향해 정면에서 돌격한 호쿠토가 발톱과 송곳니로 적들을 쓸어버렸고, 나는 그런 호쿠토의 등 위에서 '매그넘'과 '샷건'으로 마물들을 해치웠다.

마물들에게 접근한 탓에 동굴 입구의 방비가 허술해졌지만, 호쿠토라면 단숨에 되돌아갈 수 있으니 문제될 것은 없었다.

히트 앤드 어웨이를 반복하며 전장을 휘젓던 나는 갑자기 기묘한 감각을 느끼기 시작했다.

"……지금이 비상시국이라는 건 알지만……."

"크응……."

"너와 이러고 있으니 즐겁네."

"멍!"

전생과는 꽤 달라졌지만, 나와 호쿠토는 호흡을 척척 맞추면서 기분 좋은 일체감을 느끼고 있었다.

격렬한 움직임 탓에 호쿠토의 등에서 몇 번이나 떨어질 뻔했지만, 나는 일부러 버티지 않으며 공중으로 몸을 날렸다.

왜냐면 내가 착지할 곳을 향해 호쿠토가 이동해주기 때문에, 또 그 등에 착지하면 되기 때문이다. 그때마다 균형을 잡느라 바빴지만, 이런 움직임이 가능한 것도 호쿠토가 엄청난 감각을 지녔기 때문이리라.

지면에 발을 대지도 않으며 뛰어다니고 있는 나와, 지상을 바람처럼 내달리고 있는 호쿠토의 모습은 남들이 보기에는 불가

사의한 광경일 것이다.

나는 마법을 연이어 펼치고 있었으며, 호쿠토도 마물들을 계속 해치웠기에, 적의 숫자는 계속 줄어갔다.

그리고 사이클롭스 세 마리가 달려들자, 나는 명중한 순간 충격파를 발생시키는 '런처'를 약점인 눈 쪽을 향해 쏴서 그들의 머리를 날려버렸다. 그러자 남은 대형 마물은 겨우 몇 마리뿐이었다.

남은 마물 중 가장 몸집이 큰 건 사이클롭스 한 마리였으며, 그 외에는 이 무리를 이끌고 있는 듯한 늑대 마물 세 마리가 있었다.

이제는 동굴 입구를 지킬 필요가 없을 것 같았기에, 나는 호쿠토에게서 내리며 마물들과 대치했다.

"자아, 남은 건 저 녀석들뿐인데······."

"멍!"

"그래. 저 녀석들은 너한테 맡길게."

호쿠토가 알았다는 듯이 울음소리를 내며 내달리자, 늑대 마물들은 호쿠토에 의해 사이클롭스에게서 떨어진 장소로 유인됐다.

사이클롭스도 호쿠토를 따라가려 했지만, 내가 '매그넘'을 복부에 쏴주자 다시 나를 표적으로 삼았다.

나를 향해 고개를 돌린 사이클롭스의 안면을 향해 '매그넘'을 날리려 했지만, 이 마물은 다른 마물보다 머리가 좋은지 팔로 머리를 감싸면서 접근했다.

"흠……. 해치우는 건 일도 아니지만, 이참에 대형 마물을 상대하는 걸 경험해둘까."

마음만 먹으면 탄환을 다른 방향으로 쏴서 튕겨나게 함으로서 약점을 노릴 수 있고, '안티머테리얼'로 팔을 꿰뚫는 것도 가능할 것이다. 하지만 이참에 접근전을 벌이기로 결정한 나는 사이클롭스를 향해 내달렸다.

내가 다가가자, 사이클롭스는 다른 한 팔을 휘둘렀지만, 나는 몸을 빼서 피하는 것과 동시에 그 팔을 발판 삼으며 사이클롭스의 몸 위를 달렸다.

사이클롭스는 다른 한 팔을 휘둘러 나를 떨쳐내려 했지만, 나는 그 팔을 발판으로 삼으며 그대로 상대의 머리 쪽으로 다가갔다. 그리고 약점인 눈을 향해 디에게서 받은 검을 꽂아 넣었다.

하지만 스쳐 지나가면서 공격한 바람에 검이 깊숙이 꽂히지는 않은 것 같았다.

사이클롭스는 고통에 몸부림치면서 팔을 마구 휘둘렀지만, 나는 일부러 품속으로 파고들어 그 팔을 피한 후, 마물의 눈에 꽂힌 검을 향해 발차기를 날렸다.

"이걸로…… 끝이다!"

내가 검의 손잡이를 향해 발꿈치 찍기를 날리자, 검이 깊숙이 박힌 바람에 목숨이 끊어진 듯한 사이클롭스가 굉음을 내면서 지면에 쓰러졌다.

"아우우우우우──!!"

바로 그때, 포효가 들려와서 고개를 돌려보니 호쿠토가 늑대 마물들을 해치우고 승리의 포효를 지르고 있었다.

역시 백랑은 상상을 초월할 정도로 강한 건지, 호쿠토는 마물
세 마리를 상대로도 압승을 거뒀다.

그 마물이 평범한 상태였다면 도망갔겠지만…… 다이나로디
아라는 마물은 정말 남에게 폐만 끼치는 존재 같다.

그런 다이나로디아가 어떤 상황인지 파악하기 위해 '서치'를
써보니…….

"……그래. 무사히 싸우러 간 것 같군."

아직 전투가 이어지고 있으며, 다이나로디아도 건재했다. 하
지만 에밀리아도 싸우고 있는 반응이 포착됐다.

아직 안도하기에는 이르지만, 나는 에밀리아가 다시 일어섰다
는 사실을 알고 자연스레 미소를 지었다. 그리고 다가온 호쿠토
의 머리를 쓰다듬어줬다.

"수고했어. 네 덕분에 무사히 일을 마쳤네."

"멍!"

호쿠토는 내가 쓰다듬어주자 기쁜지 꼬리를 흔들면서 내 가슴
에 머리를 비비려 했지만…… 입가에 마물의 피가 잔뜩 묻은 것
을 알고 관뒀다.

"왜 관두는 거야. 네가 안 하면 내가 한다?"

"……크응."

하지만 나는 호쿠토의 머리를 쓰다듬듯 꼭 끌어안으며 상냥히
쓰다듬어줬다. 피는 나중에 씻어내면 되니, 칭찬을 할 때는 제
대로 해주고 싶다.

실은 이대로 빗질을 해주고 싶지만, 아직 할 일이 남았기에 그건 나중에 하기로 했다.

"자아, 돌아가자. 에밀리아가 성장한 모습을 지켜봐 줘야 하니까 말이야."

"멍!"

그리고 근처 강에서 가볍게 씻은 후, 우리는 전쟁이 일어난 듯한 참상이 펼쳐져 있는 동굴 앞을 지나며 동굴 안으로 다시 들어갔다.

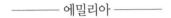 에밀리아

저와 리스가 다이나로디아가 있는 곳으로 가보니, 레우스와 할아버지는 꽤 힘든 상황에 처해 있었어요.

"할아버지! 그쪽으로 갔어!"

"윽?!"

두 사람은 아직 무사했지만, 몸 곳곳에 상처가 나있는데다 피로가 쌓인 탓에 움직임이 둔했어요.

저는 리스와 눈빛을 교환한 후, 동시에 마법을 썼어요.

"레우스! 할아버지! '에어 임팩트'."

"나도 도울게! '아쿠아 필러'."

제가 펼친 바람의 충격탄이 다이나로디아의 턱에 꽂혔고, 리스의 마법에 의해 다이나로디아의 발치에서 격렬한 물줄기가 뿜어져 나오면서 그대로 상대를 넘어뜨렸어요.

"리스 누나! 그리고…… 누나?!"

"……왔느냐?"

이쪽으로 온 두 사람은 저를 보고 놀랐지만, 저는 차분히 고개를 끄덕이며 마물을 향해 걸음을 내디뎠어요.

솔직히 말해 아직…… 무서워요. 긴장을 풀면 손발이 떨릴 것 같고, 몸에 힘을 줘서 억지로 그 떨림을 억누르고 있는 상태예요.

하지만 저는 그것보다 더 무서운 걸 알기에…… 싸울 수 있어요.

"걱정을 끼쳐서 죄송해요. 하지만 이제 괜찮아요. 저도 같이…… 싸우겠어요."

"하지만 너는…….."

"누나, 할 수 있지?"

"당연하죠! 저는…… 시리우스 님의 제자니까요."

리스가 두 사람의 상처를 치료하는 사이, 저는 마물을 관찰하면서 작전을 짰어요.

레우스가 손가락과 꼬리 끝부분을 잘랐는데도 저렇게 멀쩡하게 움직이는 걸 보면 치명상과는 거리가 먼 것 같아요.

게다가 저희의 마법도 전혀 통하지 않은 것 같으니, 리스가 말한 것처럼 직접적인 충격은 잘 통하지 않는 것 같네요.

그리고 치료가 끝나자, 저희는 마물을 주의하면서 한곳으로 모였어요.

"으음…… 다 됐어. 그런데, 이제 어떻게 할 거야?"

"글쎄요······. 역시 레우스의 검이 가장 유효할 것 같지만, 그 전에 저와 리스의 마법이 통하는지 시도해볼까 해요."

"리스 누나도 싸울 거야?!"

"상처를 치료해준 것만으로 충분하다."

"무슨 소리를 하는 거예요. 리스는 저희 동료이자 가족이거든 요? 그러니 당연히 참가해야죠."

가족의 원수니 우리 손으로······라는 레우스와 할아버지의 심 정은 이해하지만, 리스의 상냥한 마음을 헛되이 하고 싶지는 않 아요. 그리고 저 마물을 완벽하게 해치우기 위해서는 그녀의 도 움이 꼭 필요해요.

지금은 모두가 힘을 합쳐 저 마물을 쓰러뜨리는 게 가장 중요 하니까요.

"······알았어, 누나. 리스 누나, 우리와 함께 싸워줄래?"

"처음부터 그럴 생각이었어. 엄호와 회복이라면 맡겨줘."

"할아버지, 리스가 저희와 함께 싸워도 되죠?"

"······멋대로 해라."

할아버지는 약간 삐친 것 같지만, 그래도 이해한 것 같아요.

그리고 할아버지는 저보다 앞으로 나서며 주먹을 움켜쥐었어 요. 아무래도 마물을 유인하는 역할을 맡아주려는 것 같아요.

레우스도 그 뒤를 이어 앞으로 나서더니, 두 사람은 좌우에서 마물을 향해 쇄도했어요. 그러자 마물은 울부짖으며 분노를 터 뜨렸죠.

그 포효를 들은 순간······ 또 저는 호흡이 거칠어지면서 과거의 광경이 떠올랐지만……

"……그렇게는 안 돼요!"

그런 일은 두 번 다시 일어나지 못하게 막을 거예요.

제 힘으로…… 반드시 막고 말겠어요!

볼을 세게 때리면서 공포를 떨쳐낸 저는 앞으로 한 걸음 나서면서 마력을 집중해 마법을 발동시켰어요.

"우선 갈가리 찢어주겠어요! '에어 슬래시'."

그리고 수많은 바람 칼날을 날렸지만, 다이나로디아의 피부를 살짝 찢기만 할 뿐, 큰 대미지는 입히지 못했어요.

상처를 입고 분노한 다이나로디아가 저를 향해 다가왔지만, 옆에서 뛰쳐나온 레우스가 검으로 공격해서 마물의 발을 묶었어요.

"그럼 이번에는…… 이거예요!"

저는 아까와 같은 마법을 펼쳤지만, 이번에는 양이 아니라 질에 치중한 바람 칼날을 날렸어요.

그래서 칼날을 하나만 만들어냈지만, 예리하기 그지없는 그 칼날이 다이나로디아의 몸통을 찢었어요. 꽤 깊이 베인 것 같지만, 그것만으로도 부족한 것 같아요.

바람 칼날이니 무기를 회수하지 못하는 걸 걱정할 필요는 없지만, 효율이 나쁜데다 마물을 해치우기 전에 제 마력이 바닥날 것 같아요.

"네 상대는 나다! 저 아이에게 다가가지 마라!"

다이나로디아가 다시 저를 노리려 했지만, 할아버지가 마물의 턱에 주먹을 꽂아서 주의를 끌어줬어요. 그리고 저는 그 틈에 '에어 샷건'을 날렸죠. 하지만 마물의 몸에 조그마한 구멍만 몇 개 만들었을 뿐, 효과는 미미했어요.

역시 시리우스 님만이…… 아니, 쉽게 포기할 수는 없어요. 이 마물만큼은 시리우스 님의 힘을 빌리지 않고 쓰러뜨려야만 해요.

"젠장! 누나, 피해!"

"걱정하지 마. 물은 이런 식으로 이용할 수도 있어! '아쿠아 실드'."

다이나로디아가 분노에 사로잡히며 돌진하자, 리스는 그 마물의 앞에 물로 된 벽을 몇 겹으로 만들었어요.

하지만 물의 벽은 두께가 얇기 때문에 마물이 간단히 돌파할 것 같았어요. 하지만 그걸 반복하면 할수록 돌진의 기세가 약해지더니, 마지막 벽을 돌파했을 즈음에는 걷는 거나 다름없을 정도로 속도가 떨어졌죠.

"한 번 더 저쪽으로 가! '아쿠아 필러'."

그리고 기세가 완전히 떨어졌을 즈음, 리스는 격렬한 물기둥을 만들어내서 다이나로디아를 벽 쪽으로 튕겨냈어요.

물의 정령이 활성화되어 있다고 말한 만큼, 공격 하나하나의 위력이 평소보다 더 뛰어난 것 같아요.

다른 사람들 덕분에 여러모로 공격을 시도해봤지만, 역시 시리우스 님이 쓰시는 마법…… 관통에 특화된 마법이 가장 효과적일 것 같아요.

리스에게 들은 시리우스 님의 정보에 따르면, 다이나로디아의 몸속에서는 핵 같은 것이 존재하며 그걸 부수면 쓰러뜨릴 수 있을 가능성이 크다고 해요. 저 마물의 눈에 꽂힌 나이프에 '스트링'을 걸고, 그것을 통해 '스캔'을 써서 알아낸 거래요.

그 핵이 있는 곳은 마물의 중심…… 즉, 몸속 가장 깊은 곳이에요.

그런 중심까지 미칠 수 있는 공격을 쓸 수 있다면 좋겠지만, 공교롭게도 저희에게는 시리우스 님처럼 관통에 특화된 공격방법이 없어요.

레우스의 검을 찔러 넣는 것도 생각해봤지만, 칼날이 핵에 닿을지는 확실하지 않은데다, 칼날이 살에 휘감겨서 뽑지 못하게 된다면 유효한 공격방법이 하나 봉쇄되고 말아요.

할아버지의 공격은 통하지 않는 것 같으니, 그야말로 손쓸 방법이 없는 상황이지만…….

"저기 좀 봐. 마물이 우리를 경계하는지 다가오지 않아. 이틈에 공격을…… ."

"………… ."

"에밀리아?"

시리우스 님이라면…… 이럴 때 어떻게 하실까요?

항상 최악의 경우에 대비해 다양한 해결책을 모색하는 시리우스 님이라면, 마법을 쓸 수 없는 상황에서의 대책도 생각해두셨을 거예요.

그리고 저는 그분의 제자이자, 그 운명의 만남 이후로 항상 곁을 지켜왔어요.

저는 마법으로는 리스에게 이길 수 없고, 힘으로는 레우스에게 이기지 못해요. 하지만 시리우스 님의 관해서라면 누구보다 잘 안다고 확신해요.

즉, 누구보다 그분을 열심히 관찰해온 저라면, 그분이 생각했을 대책을…… 그 편린 정도는 모방할 수 있을 거예요.

그러니…… 생각해보죠.

차분하게 생각하며, 저희가 지닌 무기와 능력으로 저 마물의 방어를 꿰뚫을 방법을…….

"정신 차려, 누나!"

"역시 너는 아직……."

"아뇨. 저는 괜찮아요. 그것보다 레우스는 체력이 얼마나 남아 있니?"

"응? 아직 충분히 남아 있어."

"할아버지. 그 필살기를 사용할 체력은 남아 있죠? 그럼 그 필살기의 정확도는 어느 정도인가요? 노리는 장소에 정확하게 맞출 수 있나요?"

"체력은 남아 있다만, 왜 그런 걸 묻는 거지? 내 기술은 효과가 미미하다는 건 너도 알고 있지 않느냐."

"괜찮으니까 빨리 가르쳐주세요!"

"……오랫동안 갈고 닦은 기술인만큼, 손가락 끝에 놓인 조그마한 돌이라도 정확하게 맞출 자신이 있다."

저는 걱정을 해주는 두 사람에게서 정보를 모으면서, 승리를 하기 위한 작전을 짰어요.

　그리고 어떤 작전이 머릿속에 떠오르자, 저는 그걸 다른 사람들에게 알려줬죠.

　그건 이 자리에 있는 모든 이의 힘을 모아야만 가능하지만, 실패한다면 최고의 공격수단을 잃을 가능성도 있어요. 하지만 다들 제 작전을 듣더니 조용히 고개를 끄덕이며 동의해주었어요.

　"어차피 이대로 싸워봤자 궁지에 몰리기만 할 거야. 그럼 다음 일격에 모든 걸 걸자고!"

　"나만 믿어라. 반드시 일격을 명중시키마."

　"꽤 거창할 테니까, 몸이 젖는 건 각오해줘. 그럼 에밀리아……."

　"예! 여러분, 부탁해요!"

　다들 흩어진 순간, 물을 경계하고 있던 다이나로디아가 다시 다가왔어요. 그러자 레우스와 할아버지가 작전대로 측면에서 공격을 가해 마물의 발을 묶었죠.

　그건 마물을 쓰러뜨리기 위한 공격이 아니라 움직임을 봉쇄하기 위한 공격이었어요. 리스는 잠시 동안 발이 묶인 마물을 향해 마력을 해방하면서, 정령에게 말을 걸었어요.

　"다들…… 마음껏 날뛰어! '아쿠아 프레셔'."

　리스가 마법을 발동시키자, 대기와 근처 강에서 넘쳐난 대량의 물이 마물의 머리 위에서 소용돌이치더니, 한군데에 몰려들면서 아래쪽을 향해 그대로 낙하했어요.

　마물의 중량을 가볍게 능가하는 물이 그대로 쏟아지더니……
다이나로디아를 지면에 내동댕이쳐서 꼼짝도 못하게 되었어요.

"으으…… 오래…… 버티진, 못할 것 같아…….."

"충분해요. 레우스! 할아버지!"

"언제든 할 수 있어!"

"나도 마찬가지다."

"그럼…… 부탁드려요!"

"알았어! 물이여!"

내 신호에 맞춰 리스가 정령에게 부탁해서 물을 조작하더니, 다이나로디아를 누르고 있던 물의 기세를 부분적으로만 약화시켜 마물의 배 일부를 노출시켰어요.

저는 그 복부를 향해서 최대한 날카롭게 만든 '에어 슬래시'를 날렸어요.

바람 칼날이 복부를 찢으면서 커다란 절단면을 만든 순간, 레우스는 애용하는 검을 창처럼 들며 돌진했어요.

"꿰뚫어라아아아──!"

검을 돌격창처럼 들며 돌진한 레우스가 노린 건 제 마법에 의해 찢겨진 다이나로디아의 복부예요.

절단면을 노린 레우스의 검은 깊숙이 박혔지만…….

"큭! 젠……장!"

역시 마물의 살 때문에 레우스의 검은 핵에 닿지 않았어요.

하지만 저희의 공격은 아직 끝나지 않았어요. 저희가 다음 단계로 넘어가려고 한 바로 그때, 레우스가 뜻밖의 행동을 취했어요.

"아직…… 멀었어어어엇!"

레우스는 검이 생각만큼 깊숙이 박히지 않은 게 분한 건지, 은랑족 사이에서 저주로 여겨지는 변신을 한 거예요.

근육이 부풀어 오르면서 온몸이 털에 뒤덮이더니, 늑대가 이족보행을 하는 듯한 형태가 된 레우스는 검을 더욱 깊숙한 곳까지 찔러 넣었어요.

덕분에 마물을 해치울 확률이 커졌지만, 문제가 발생했어요.

"이럴……수가. 네가, 설마…….”

다음 공격을 날리기 위해 마력을 끌어올리고 있던 할아버지가 망연자실한 얼굴로 레우스를 쳐다보고 있었던 거예요.

하지만 그것도 당연해요. 저주받은 아이라는 것이 판명된 은랑족은 규율에 따라 죽여야만 하기 때문이죠.

게다가 자신의 손주가 그런 존재라는 사실을 알고 큰 충격을 받은 듯한 할아버지는 작전을 까맣게 잊은 채 가위에 눌리기라도 하는 것처럼 딱딱하게 굳어버렸어요.

"큭…… 으으…… 가브 씨, 서둘러요!"

리스도 한계에 도달한 것 같으니 망설일 때가 아니지만, 할아버지의 심정도 이해는 돼요.

저도 예전에 레우스가 저주받은 아이라는 사실을 알고 절망에 사로잡혔죠.

그때…… 저희는 어떤 말에 구원받았어요.

시리우스 님은 그때, 저희에게…….

"뭐하는 거야, 할아버지! 하찮은 걸로 고민하지 말라고!"

"뭐?!”

"레우스의 말이 맞아요. 하찮은 걸로 고민하며 멍하니 있지 마세요!"

저주받은 아이 따위 하찮다…… 시리우스 님이 그렇게 말해준 덕분에 작별을 해야 했던 저희는 이렇게 함께 있을 수 있는 거니까요.

그렇게 그릇이 큰 분이기에, 저희는 생애를 함께하겠다고 저달에 맹세했어요.

그러니 주인이 하찮다고 말했다면, 저희도 마찬가지예요.

게다가 저주받은 아이일지라도, 레우스는 레우스예요.

이렇게 저희와 함께 지내고, 고민하며, 웃을 수 있다면 아무 문제없으니까요.

비상시라 그런지 그때의 시리우스 님처럼 말투가 거칠어졌지만, 덕분에 할아버지도 정신을 차린 것 같아요.

"하, 하찮다고?! 규율 따위는 하찮다는 것이냐?!"

"예. 할아버지가 고민하고 있는 건 저희에게 있어선 하찮은 일이에요. 그것보다 가족의 원수를 갚는 게 훨씬 중요해요!"

"누나 말이 맞아! 싸우지 않을 거면, 할아버지는 물러나 있어!"

변신을 해서 기분이 고양된 듯한 레우스는 딱 잘라 그렇게 말하더니, 몸에 힘을 주며 검을 더욱 밀어 넣으려 했어요.

검은 서서히 더 밀려 들어가고 있지만 그 속도는 느렸으며, 완전히 박히기 전에 리스의 마력이 바닥나버리고 말 거예요.

저도 최후의 수단인 '에어 임팩트'를 준비하려 한 순간, 할아버지 쪽에서 뭔가를 패는 듯한 소리가 들렸어요.

고개를 돌려보니, 입가에서 피가 흘러내리고 있는 할아버지가 필살기를 날리려는 듯한 자세를 취하고 있었어요.

"손주에게 한심한 꼴을…… 더 이상 보여줄 수 없다!"

아마 자신의 볼을 때려서 정신을 차리신 거겠죠.

그대로 망설임을 떨쳐내듯 고함을 지른 할아버지는 마력을 끌어올리더니 지면을 박차는 듯한 기세로 레우스를 향해 육박했어요.

그리고 할아버지는 마력이 담긴 주먹을 치켜들더니…….

"할아버지!"

"하아아아아아아아아아——!"

레우스가 검에서 손을 뗀 순간, 할아버지는 검 손잡이의 끝부분에 '실버 팽'을 날렸어요.

작전을 짤 때 말했던 것처럼, 할아버지의 주먹은 검 손잡이의 끝부분에 정확하게 꽂혔고, 그 검은 마치 빨려 들어가는 것처럼 마물의 몸속에 밀려 들어갔어요.

시리우스 님이 검이나 나이프가 옅게 박혔을 때 쓰는 기술을 모방하며 날린 일격 덕분에, 레우스의 검은 날 부분만이 아니라 손잡이 부분도 절반가량이나 마물의 배에 박혔어요.

검이 저만큼이나 박혔으니, 약점인 핵에는 분명 닿았을 거라고 생각하지만…….

"미안해. 더는…… 무리 같아…… ."

리스도 한계에 도달했는지 물줄기가 끊어지고 말았지만, 물의 압박에서 벗어난 다이나로디아는 엎드린 채 꼼짝도 하지 않았

어요.

이걸로 저희는 부모님과 동포의 원수를…… 갚은 걸까요?

긴장한 탓에 그 자리에서 주저앉고 싶은 심정이었지만, 마력이 고갈된 탓에 거친 숨을 내쉬고 있는 리스는 괜찮은 걸까요?

그리고 리스를 살피려고 한 순간, 불길한 느낌이 들어서 반사적으로 고개를 돌려보니…… 해치운 줄 알았던 다이나로디아가 몸을 일으키려 했어요.

"할아버지, 비켜!"

본능적으로 아직 마물을 해치우지 못했다는 걸 눈치챈 걸까요.

이 자리에 있는 그 누구보다 먼저 주먹을 휘두른 레우스는 할아버지와 마찬가지로 검의 손잡이 부분을 주먹으로 쳤어요.

그 일격 때문에 다이나로디아는 움직임을 멈췄고, 이번에야말로 해치웠다고 생각했지만…….

"큭?! 이렇게까지 했는데도 죽지 않는 것이냐?!"

"아직 멀었어! 이렇게 되면 몇 번이든……."

"멈춰, 레우스! 할아버지도 멈추세요!"

"오지 마, 누나!"

"물러나라! 저 녀석은 아직 움직인단 말이다."

"아뇨, 이제 끝났어요."

두 사람은 흥분한 탓에 눈치채지 못한 것 같지만, 천천히 이쪽을 향해 걸어오고 있는 다이나로디아는…….

"이 마물은 이제…… 죽었어요. 약간의 본능에 따라 몸을 움직였을 뿐이에요."

순식간에 아물던 상처도 치유되지 않는데다, 생기라는 게 느껴지지 않아요. 아마 생명력이 강하기 때문에 숨이 끊어지는데 시간이 걸린 거겠죠.

그저 생전과 같은 움직임을 취할 뿐, 동굴 밖은 고사하고 이 광장을 벗어나기도 전에 쓰러지겠지만, 저희 곁으로 천천히 다가온 다이나로디아는 그 커다란 입을 벌렸어요.

"그래요. 식욕……이 남아 있는 거군요."

"누나, 뭐하는 거야?!"

"그래. 나는 걸을 수 있으니까 빨리 물러나자."

"……괜찮아요."

몇 걸음만 움직이면 피할 수 있을 것 같을 정도로 움직임이 완만했지만, 저는 일부러 그 자리에 멈춰선 채 다이나로디아를 향해 손을 내밀었다.

그 커다란 입으로…… 제 아빠와 엄마를 먹어치웠죠.

공포의 상징이라 할 수 있는 존재가 코앞까지 다가온 탓에 제 몸을 부들부들 떨렸지만…….

"저는…… 과거를 극복할 거예요!"

제가 마력을 쥐어짜내 날린 '에어 슬래시'가 다이나로디아의 얼굴을 세로로 찢었어요.

그 일격에 의해 다이나로디아는 무너지듯 쓰러졌고, 두 번 다시 일어서지 못했죠.

"하아…… 우리가, 해냈구나……."

"페리오스…… 드디어 네 원수를 갚았다……."

변신을 푼 레우스는 달성감으로 가득 찬 미소를 지으며 그 자리에서 주저앉았고, 할아버지가 눈물을 흘리는 가운데, 저 또한 그제야 전부 끝났다는 걸 실감했어요.

저는…… 저희는 드디어…… 해낸 거죠?

그걸 인정한 순간, 스스로도 모르는 사이에 한계에 도달해 있던 저는 무의식적으로 몸에서 힘이 빠지며 그대로 뒤로 넘어가기 시작했다.

"아…… 큰일……."

이대로 쓰러졌다간 바닥에 몸을 찧을 거라는 건 알고 있지만, 낙법도 취할 수 없을 만큼 몸이 피폐해지고 말았어요.

리스가 허둥지둥 손을 뻗었지만, 그녀도 마력이 고갈된 탓에 움직임이 둔해졌어요.

의식이 몽롱해진 가운데, 하다못해 머리라도 감싸려고 생각한 순간, 누군가가 저를 상냥하게 부축해줬어요. 이 냄새와 감촉은…….

"최선을 다했구나."

"시리우스…… 님?"

저를 부축해준 사람은 바로 저의 주인인 시리우스 님이셨어요.

아까 헤어지기 전에 보여줬던 냉혹했던 눈빛은 온데간데없고, 지금은 평소와 마찬가지로 상냥한 미소를 짓고 계셨죠.

그리고 자애에 찬 손길로 제 머리를 쓰다듬어주시자, 너무 기분이 좋아서 의식이 멀어질 것만 같았어요. 하지만 저는 억지로 버티면서 시리우스 님에게 미소를 지었어요.

"지켜봐…… 주셨나요?"

"물론이지. 너희가 싸우는 모습을, 에밀리아가 과거를 극복하는 모습을 내 두 눈으로 똑똑히 봤어."

"다행이에요. 그럼 저는 앞으로도 시리우스 님의 제자여도…….."

"그래. 너는 나의 멋진 제자이자, 내…… 자랑거리야."

"후후…… 해냈네요…….."

아아…… 저 미소와 말만으로도 지금까지의 노력이 전부 보답받은 것 같아요.

저는 사랑하는 시리우스 님의 품에 안긴 채, 행복한 심정을 맛보며 의식을 잃었어요.

모든 것이 어둠으로 뒤덮인 세계를, 저는 숨을 헐떡이며 뛰고 있었어요.

달리고…….

달리며…….

숨이 턱까지 차서 금방이라도 쓰러질 것 같지만, 저는 그저 앞만 보며 계속 달렸어요.

왜냐하면 엄마와 아빠가 제 앞에 서 있으니까요.

만나서 싶었어요.

목소리가 듣고 싶었어요.

이번에는 제가 어깨를 깨물어드리고 싶어요.

하지만…… 제가 아무리 뛰어도, 엄마와 아빠에게 다가갈 수가 없어요.

빨리…….

빨리…… 엄마와 아빠의 곁으로 가야…….

"엄마! 아빠! 도망쳐어어어——!"

왜냐하면 엄마와 아빠의 뒤편에는 거무튀튀하고 거대한 마물
이 있어요.

그리고 그 커다란 입을 벌리더니, 저의 소중한 가족들을 먹어
치우려 하고 있어요.

저는 마법을 써서 그 마물을 쓰러뜨리려 했지만…….

"……어?"

마법을…… 쓸 수 없어?

아니, 애초에 저는 마법 같은 걸 쓸 수 있었나요?

"어떻게 된 거야?! 나는 분명…….

뭔가를 알면서도, 모르는 듯한 느낌이 들었어요.

말로 설명할 수 없는 감각 속에서 당황한 가운데, 저는 눈치챘
어요.

제 손을, 몸을 보니 이유가 판명됐어요.

"아…… 어린애…….

저의 몸은 어린애로…… 촌락이 습격을 당하기 이전으로 돌아
가 있었어요.

제가 마법을 쓸 수 있게 된 것은 시리우스 님과 만난 후부터
예요.

그래요. 당시의 저는 아무것도 모르는, 그저 무력한 어린애였

어요.

마물에게 잡아먹히는 부모님을, 그저 쳐다볼 수밖에 없었죠.

이 광경을…… 꿈을…… 몇 번이나…… 몇 번이나 봤고, 결국 엄마와 아빠는…….

"아냐!"

그렇지 않아요.

저는…… 저는…… 이제, 어린애가 아니에요!

시리우스 님의 제자로서 수련하고, 마법을 익히며 성장한…… 에밀리아 실버리온이에요!

"사라져요!"

그걸 자각한 순간, 어린애였던 제 몸은 원래대로 되돌아왔어요.

그리고 마법을 쓸 수 있게 된 저는 마물을 막아서며 바람 칼날을 날려 마물을 갈가리 찢었어요.

그러자 바람의 칼날은 마물만이 아니라, 주위를 뒤덮은 어둠까지 찢었어요.

"이제 당신은 하나도 무섭지 않아요! 저는…… 극복했으니까요!"

제가 단호한 어조로 그렇게 선언하자, 검은 마물은 완전히 사라졌고, 어둠의 세계는 빛의 세계로 변했어요.

그 갑작스러운 변모에 놀랐지만, 우선…….

"엄마, 아빠…… 괜찮아?"

저는 뒤를 돌아보며 부모님의 안부를 살폈어요.

마지막으로 봤을 때와 똑같은 엄마와 아빠의 얼굴을 본 순간…… 저는 눈물이 났어요.

기쁜 건지, 아니면 슬픈 건지…… 저 자신의 감정을 이해할 수가 없어요.

왜냐면 이건…… 꿈이니까요.

진짜 엄마와 아빠는 이미 이 세상에 없다는 걸, 저는 알고 있으니까요.

"후후…… 에밀리아는 울보구나. 우리는 너를 이런 애로 기른 적이 없단다."

"그래. 너는 울음을 터뜨리기보다 화를 내며 말대꾸하는 말괄량이였지."

"하지만…… 하지만……."

"자아, 평소처럼 머리를 쓰다듬어줄게. 에밀리아는 여기를 쓰다듬어주는 걸 좋아했지?"

"어이어이, 너만 그러기야? 나도 하고 싶다고."

엄마의 상냥한 손길도, 아빠의 투박한 손길도 변함이 없었어요.

옛날에는 당연시했던 그 손길이, 지금은 반갑고 기뻤어요.

하지만…… 지금은 다른 식으로 쓰다듬어주는 분이 제 곁에 계시답니다.

"어머? 평소보다 반응이 밋밋하구나."

"지금은 더 기분 좋게 쓰다듬어주는 분이 계시거든."

"어머, 완전히 그 사람에게 물들어버린 것 같구나."

"무, 물들어?! 호, 혹시…… 남자냐?"

"예. 상냥하고, 그릇도 큰 분이야. 나와 레우스는 시종으로서 그분을 모시고 있어. 시리우스 님이라는 분이신데, 마물에게 습격을 당한 저희를 구해주셨──……."

그리고 저는 엄마와 아빠에게 옛날이야기를 했어요.

시리우스 님과 다른 이들에 대해 알려드리고 싶어서, 저는 계속 말을 늘어놓았죠. 그러자 엄마와 아빠는 미소…… 아, 아빠는 약간 인상을 쓴 채 제 이야기에 귀를 기울여주셨어요.

새하얀 세계에 녹아들듯 모습이 서서히 옅어지고 있는데도 말이죠.

"시리우스 님은 엄청 강하고, 박식하셔. 정말 모르는 게 없으시다니깐. 저희를 항상 신경 써주시고, 만들어주시는 요리도 전부 맛있는 데다, 저희를 이렇게 멋지게 길러주신 스승이야."

엄마의 모습이…….

"레우스도 멋지게 성장했어. 지금은 커다란 검을 휘두르며 마물 같은 건 간단히 해치워버려. 좀 폭주하면서 이상한 행동을 취할 때도 있지만, 정말 강해졌어."

그리고 아빠의 모습도…… 옅어져 가고 있어요.

"그리고 학교에 가서, 리스라는 여자애와 친구가 됐어. 엄청 상냥하고, 물마법도 잘 쓰는 소중한 친구……."

눈물 때문에 앞이 보이지 않는 데다, 제가 무슨 말을 하는 건지도 모르겠어요.

하지만 저는 감정에 이끌리는 대로, 엄마와 아빠에게 열심이 이야기를 했어요.

머릿속에 떠오른 말을 전부 토해내고 눈가의 눈물을 닦아보니, 엄마와 아빠가 거의 사라지고 말았어요.

아직 하고 싶은 말이 잔뜩 있는데…… 이제 시간이 얼마 남지 않은 것 같아요.

하지만 그 전에 엄마와 아빠에게 꼭 전해야만 하는 게 있어요.

"어머, 이제 끝났니? 네 이야기를 더 듣고 싶구나."

"저기…… 나, 엄마와 아빠에게 사과해야 할 일이 있어."

"그래? 말해보렴."

"나는 시리우스 님을 사랑해. 그분과 만나서, 그분의 시종이 된 게 너무 기뻐."

시리우스 님의 곁에 있는 게, 저는 너무 너무 행복해요.

제가 그렇게 고백을 하자, 엄마는 기뻐하며 고개를 끄덕였고, 아빠는 투덜거리면서 고개를 끄덕였어요.

"응, 안단다. 네가 그 사람의 이야기를 할 때…… 정말 행복한 표정을 짓고 있었거든."

"……은인이라서 그런 건 아닌 듯하구나. 분하지만 인정할 수밖에 없나……."

"그리고, 시리우스 님과 함께 하는 게 기뻐서…… 행복해서…… 어느 날, 생각하고 말았어."

그건 평범하지만 행복한 일상 속에서 불쑥 떠오른 것이에요.

너무나도 자연스럽게 떠오른 생각이라, 당시의 저는 혐오감을 느끼고 말았죠.

"우리 촌락이…… 엄마와 아빠가 마물에게 습격을 당했기 때문에…… 저는 시리우스 님과 만날 수 있었다고…….'

그래요. 저는 죽은 이들을 모독하는 생각을 하고 말았어요.

"엄마와 아빠는 사랑해요! 촌락 사람들도 사랑해요! 하지만 저는, 시리우스 님을 만난 게 더…… 더…….'

"……에밀리아."

제가 죄책감에 사로잡힌 채 그렇게 울부짖자, 엄마는 저를 꼭 끌어안아 줬어요.

"그 시리우스 님이라는 사람을 만나서 정말 행복하다……는 거지?"

"죄송해요…… 죄송해요…….'

그리고 엄마는 자신의 품에 안긴 채 사과하는 제 머리를 상냥하게 쓰다듬어주며 이렇게 말했어요.

"에밀리아. 네가 사과할 필요는 없단다."

"우리가 죽은 건 내 힘이 부족했기 때문이다. 너와 레우스를 남겨놓고 죽은 우리야말로 사과를 해야겠지."

"그렇지 않아! 엄마와 아빠가 사과할 필요는 없어!"

왜냐하면…… 엄마와 아빠가 목숨을 걸고 지켜줬기 때문에, 저와 레우스는 살아남을 수 있었으니까요.

제가 고개를 들자, 엄마와 아빠는 미소를 지으며 저를 쓰다듬어줬어요.

"그러니, 네가 괴로워할 필요는 없단다. 왜냐하면…… 우리는 이미 죽었잖아. 이미 이 세상에 없는 우리를 신경 쓰느라 지금이 순간을 즐기지 못하는 건 절대 안 돼."

"너는 나와 엄마 이상으로 소중한 사람을 만났고, 강해져서 우리와 동포의 원수를 갚았지. 부모로서 이것보다 기쁜 일은 없단다."

"아빠의 말이 맞아. 네가 이렇게 멋지게 성장한 게, 우리는 무엇보다 기쁘구나. 자식의 성장을 기뻐하지 않는 부모는 없어."

눈물이…… 멎지를 않아요.

왜…… 왜…… 이렇게 소중한 사람이 사라져…….

"에밀리아와 레우스가 행복하다면, 우리는 그것만으로 충분하단다."

"그래. 레우스도 어엿한 전사가 됐으니, 나도 안심이 되는걸."

"……안심하기에는 아직 일러. 그 애는 툭하면 폭주하거든. 나와 시리우스 님이 항상 지켜볼 수밖에 없다니깐."

"그렇구나. 그럼 앞으로도 잘 부탁할게. 하지만 레우스를 너무 챙기느라 자기 자신을 소홀히 하면 안 돼."

"걱정하지 마. 시리우스 님과 함께라면 나는 무슨 일이 생겨도 괜찮아."

"너는 정말 그 사람을 좋아하는구나. 그럼 빨리 가렴. 여기는 네가 있을 곳이 아니지 않느냐."

엄마와 아빠는 마지막으로 내 어깨를 깨물어준 후, 저한테서 떨어졌어요.

저도 어깨를 깨물어주고 싶었지만, 제가 뻗은 손은 부모님의 몸을 만지지 못하고 그냥 통과했죠.

"괜찮단다. 깨물어주지 않아도, 네 마음은 전해져 온단다."

"분하지만 그 마음은 시리우스라는 인간에게 쏟아주렴."

"……응."

"이제부터는 네 마음 가는 대로 살며 행복해지렴. 우리가 바라는 건…… 그게 다란다."

"이 아버지도 같은 마음이란다. 무슨 일이 있든, 나는 너를 축복하마."

"엄마…… 아빠…….."

이미 엄마와 아빠의 몸은 새하얀 세계에 녹아든 탓에 희미한 윤곽만이 보였어요.

그래도…… 아직 전해야 할 게 남아 있어요. 그래서 저는 눈물을 닦으며 고함을 질렀어요.

"나, 엄마와 아빠의 딸로 태어나…… 정말 좋았어!"

'사랑해, 에밀리아.'

'사랑한다, 에밀리아.'

"나도 사랑해!"

그리고…… 엄마와 아빠는 완전히 사라지고 말았어요.

엄마와 아빠가 사라진 후, 얼마나 울었을까요?

이 새하얀 세계에 주저앉은 채 울며 조금 마음이 풀렸을 즈음, 저는 천천히 뒤편을 쳐다보았어요.

반대편에도 새하얀 세계가 펼쳐져 있었는데, 그곳에는 상공에 따뜻한 빛을 뿜는 태양이 존재했어요.

그 태양을 쳐다보면 마음이 편안해졌고, 제 꼬리가 자연스럽게 흔들렸어요.

몸에서 느껴지는 온기는…… 틀림없어요.

저 태양이야말로 제가 향해야 할 곳이며, 생애를 함께하기로 맹세한 주인님이 있는 장소예요.

눈물을 닦으면서 몸을 일으킨 저는 그 태양을 향해 걸음을 내디뎠어요.

제가 있어야 할 곳으로 돌아가기 위해서…….

"……정신이 들었어?"

의식이 멍한 가운데, 그 목소리에 이끌려 고개를 들자 저의 주인인 시리우스 님의 모습이 눈에 들어왔어요.

무의식적으로 손을 뻗자, 시리우스 님은 상냥하게 제 손을 잡아주셨어요.

따뜻해……. 역시 이분이 저의 태양이군요.

"몸은 좀 어때?"

"아…… 좀 나른하기는 하지만 이제 괜찮아요."

공격을 당하지는 않았으니, 마력 고갈과 긴장에 의한 정신적 피로 때문에 쓰러진 거겠죠.

어느새 모포 위에 누워 있던 저는 몸에 덮은 모포를 걷으면서 상반신을 일으킨 후, 주위를 확인했어요.

이곳은 마물과 싸웠던 동굴이 아니라, 인간이 산 흔적이 있는 건물 안인 것 같아요. 실내에는 먼지가 쌓여 있지만…… 꽤 눈에 익은 건물이네요.

"시리우스 님, 여기는 어디죠?"

"너희가 살던 촌락에 있던 집 중 하나야. 기절한 너를 이곳으로 옮겼어."

그러고 보니 촌락에는 아직 무너지지 않은 집이 몇 채 있었어요. 그래서 눈에 익은 거군요.

실내에는 시리우스 님의 마법 덕분에 밝지만, 창밖을 보니 어느새 어둠에 뒤덮여 있었어요.

"저는 얼마나 자고 있었나요? 그리고 다른 사람들은……."

"그 후로 한나절 정도 지났어. 그리고 레우스와 리스는 가브와 함께 다른 집에서 쉬고 있어."

시리우스 님은 제가 기절한 후의 일을 설명해주셨어요.

제가 기절한 후, 할아버지도 그 뒤를 이어 의식을 잃으신 것 같아요.

지금 생각해보니 오늘 할아버지는 쉬지 않고 계속 싸우신 데다, 마력을 대량으로 소모하는 필살기를 몇 번이나 날렸으니 당연한 걸지도 몰라요.

"지친 데다 원수를 갚으면서 긴장이 풀린 걸 거야. 레우스가 곁을 지키고 있으니, 내일은 정신이 들겠지. 그러니 안심해."

"다행이에요. 할아버지는…… 최선을 다하셨으니까요."

"그건 너도 마찬가지야. 자아, 수프를 끓였으니까 먹어둬. 배고프지?"

수프라는 말을 듣자마자 제 배에서 꼬르륵 하는 소리가 흘러나왔어요. 시리우스 님은 그 소리를 듣고 미소를 지으시더니, 수프가 든 접시를 가져오셨죠. 시리우스 님이 저한테서 떨어지셔서 좀 쓸쓸했지만, 내색하지는 않았어요.

제가 깨어날 시간에 맞춰 데워둔 건지, 수프에서는 따뜻한 김과 함께 맛있는 향기가 났어요.

이 향기…… 저와 레우스에게 처음으로 만들어주셨던 그 수프 군요.

"그리고 레우스가 달걀을 구해다줘서 그걸로 달걀말이도 만들어봤어. 물론 달콤하게 말이야."

"아, 저기, 부탁이……."

"응? 혹시 먹여줬으면 하는 거야?"

"……예."

시리우스 님은 어쩔 수 없다는 듯이 쓴웃음을 지으면서 저에게 수프와 달걀말이를 먹여주셨어요.

정말 맛있고 상냥한 맛이었어요. 제 입맛에 맞춰 간을 해주신 게 느껴져서 정말 기뻤죠.

게다가 이렇게 먹여주시기까지 하니…… 정말 행복해요.

시리우스 님은 저에게 음식을 먹여주며 이야기를 계속하셨어요.

"네 원수인 마물은 땅에 구멍을 판 후, 태웠어. 너를 위협하던 존재는 이제 완전히 사라진 거지."

우리를 생각해 마물의 소재를 채취하지 않고 완전히 소각한 후, 지면에 묻으신 것 같아요.

그리고 저는 보지 않았지만, 시리우스 님이 동굴 밖에서 해치운 대량의 마물도 구멍을 파서 처분했으니 앞으로는 예전처럼 마물이 대량으로 몰려드는 상황은 벌어지지 않을 거라고 해요. 레우스가 그 작업을 열심히 도왔다네요.

현재 이 촌락에는 울타리도 없지만, 호쿠토 씨가 광장 중심에 앉아서 보초를 서고 있으니 마물의 기습을 걱정할 필요는 없다고 해요.

"그러니 푹 쉬어도 돼. 나도 근처에서 자고 있을 테니까, 무슨 일 있으면 말해."

그렇게 말하며 저에게 음식을 전부 먹여준 시리우스 님은 자리에서 일어나려 하셨어요. 하지만 저는 반사적으로 시리우스 님의 소매를 움켜잡고 말았죠.

하아…… 난처하게 됐네요.

엄마와 아빠의 꿈을 꾼 탓인지, 시리우스 님이 곁에 있어줬으면 좋겠다는 생각이 계속 들어요.

"리스의 말이 맞네. 알았어. 여기 있을 테니까 그런 표정 짓지 마. 그럼 되지?"

시리우스 님은 다시 제 옆에 앉으셔서 머리를 쓰다듬어주셨어요.

처음에는 리스가 여기서 잘 예정이었지만, 시리우스 님이 제 곁을 지켜야 한다고 그녀가 말한 것 같아요.

아무래도 리스는 제가 소매를 잡고 말릴 거라는 것까지 예상했는지, 시리우스 님은 멋지게 적중했다고 말하며 웃었어요. 좀 부끄럽지만, 고마워요…… 리스.

"정신이 든지 얼마 안 됐으니까 좀 더 누워 있어. 자아, 나는 여기 있을 테니까 안심하고 자."

"예. 하지만 그 전에…… 시리우스 님께 드릴 이야기가 있어요. 들어주시겠어요?"

"좋아, 말해봐."

"감사해요. 실은 제가 의식을 잃은 후에……."

저는 제가 계속 봐왔던 악몽의 내용, 그리고 그것을 극복하고 부모님을 만났다는 이야기를 시리우스 님에게 했어요.

시리우스 님은 몇 번이나 고개를 끄덕이며, 마치 자기 일처럼 기뻐하거나 슬퍼해주셨어요. 그리고 몇 번이나 제 머리를 쓰다듬어주셨죠.

꿈에서는 자신의 소망이나 무의식적인 부분이 드러나는 법이라고 시리우스 님에게 들었지만, 저는 그게 꿈이라고 생각하지 않아요. 아뇨…… 설령 꿈이라도 상관없어요. 제 부모님은 분명 그렇게 말씀해주셨을 거예요.

그리고…….

"엄마는 제가 마음 가는 대로 살라고 말씀하셨어요. 그러니 저는 시리우스 님에게 꼭 전해야만 하는 말이 있어요."

저는 시리우스 님의 손을 꼭 감싸 쥔 후, 눈을 지그시 응시하면서 숨을 들이마셨어요.

"저는…… 시리우스 님을 좋아해요. 시종으로서…… 제자로서…… 그리고, 한 사람의 여성으로서 당신을 사랑해요."

"그렇구나."

"저기…… 이미 알고 계시겠지만, 제 마음을 이렇게 말로 표현해봤어요. 하지만 저는 시종이니 너무 신경 쓰실 필요는 없어요. 그저 한 여성이 당신을 진심으로 사랑한다는 것만 알아주시면 돼요. 때때로라도 괜찮으니 저를 쓰다듬어 주시기만 해도, 그걸로 충분……."

행복해요…… 하고 저는 말할 수 없었어요.

왜냐하면 제 입은…… 시리우스 님의 입에 막히고 말았으니까요.

"쓰다듬어주는 것만으로 충분한 거야?"

그리고 입술을 뗀 시리우스 님은 제 볼을 쓰다듬으면서 미소를 지으셨어요.

"어…… 저기…… 방금…… 그건……?"

"별거 아냐. 에밀리아가 나를 좋아하듯, 나도 에밀리아를 좋아해."

"하, 하지만…… 제가 몇 번이나 유혹해도 받아주지 않으셨잖아요. 그래서 제 매력이 부족한가 싶어서…… 항상 불안……."

에리나 씨에게서 배운 시종 교육에는 밤시중도 포함되어 있었어요.

그리고 여성 시종이 주인과 관계를 가지는 건, 그 여성이 신뢰받고 있기 때문이라고 배웠어요. 즉 제 몸으로 주인님…… 시리우스 님의 욕구에 응한다. 그것은 매우 멋진 일이라고 생각해요.

저는 시리우스 님을 사랑하니, 언제 불려도 괜찮도록, 매력적인 여성이 되도록 노력해왔어요. 힘든 일이었지만, 시리우스 님에게 선택을 받을 수 있다면 전혀 괴롭지 않았어요.

그렇게 여성으로서 아름답고, 가슴은 크고 매력적이며, 시리우스 님의 시종에 걸맞은 존재가 되기 위해 저는 자기 자신을 계속 갈고닦아 왔어요.

하지만…… 시리우스 님은 장성하신 후에도 저를 품어주지 않으셨어요.

이불 속에 숨어들어 가기도 했고, 같이 목욕을 하려고 하는 등…… 저는 적극적으로 행동했지만 항상 거부하셨죠.

어쩌면 제가 취향이 아닐지도 모른다는 생각도 했어요. 하지만 시리우스 님의 곁에 있을 수만 있다면 그걸로 충분하다고 생각했지만…… 이렇게, 이…… 입맞춤을 해주실 줄이야…….

너무 기뻐서 기절해버릴 것만 같아요.

"네가 매력이 없다고 말한 적은 단 한 번도 없어. 게다가 이렇게 귀여운 애가 곁에 있어주는데, 좋아하게 되는 건 당연하잖아?"

"그, 그럼 왜 저를 품어주지 않으신 거죠? 저는 언제든…… 설령 도구처럼 여기시더라도 절대 거부하지 않았을 거예요."

"내 일방적인 생각일지도 모르지만, 에밀리아가 나를 도피처로 삼는 걸 막기 위해서야."

과거를 극복하기 전에 제 마음을 받아줬다면, 저는 시리우스 님에게 완전히 의존하며 원수인 마물에게서 도망쳤을지도 모른다는 말이군요.

듣고 보니 이해가 됐어요. 아마 그렇게 됐다면 저는 시리우스 님에게 빠져서, 그 다이나로디아와 마주쳐도 시리우스 님의 등 뒤에 숨은 채 앞으로 나아가려 하지 않았을지도 몰라요.

저를 생각해서 그러셨다는 건 이해했지만, 그래도 너무 잔혹하세요. 정말…… 혹독한 분이라니까요.

"질문이 있어요. 저를 언제부터 의식하셨던…… 건가요?"

"글쎄. 여성으로서 의식하기 시작한 건 엘리시온에 입학하고 3년째…… 쯤일걸? 점점 매력적으로 성장하는 너 때문에, 요즘은 나 자신을 억누르는 것도 힘들었어."

아아…… 다행이야.

제 노력은 결실을 맺었고, 시리우스 님에게 전해지고 있었군요.

제가 기쁨에 떨고 있을 때, 시리우스 님은 진지한 표정으로 제 눈을 응시하셨어요. 이건…… 저희의 본심을 살피려 할 때의 눈빛이네요.

"하지만 에밀리아. 정말 괜찮겠어? 나는…… 사람을 몇 명이나 죽였어."

"……알고 있어요."

밤에 홀로 외출했다 돌아오신 시리우스 님의 몸에서 희미하게 피 냄새가 난 적이 몇 번 있어요.

하지만…….

"그건 시리우스 님이 자신의 신념을 관철하기 위해 취한 필요한 행동이었죠? 게다가 저는 시리우스 님이 함부로 남의 목숨을 빼앗는 사람이 아니라는 걸 알고 있어요. 그런 점도 포함해, 저는 시리우스 님을 흠모하는 거랍니다."

"나는 리스도 좋아해. 그리고 엘프 여성에게 고백을 받은 적도 있는데…… 그래도 괜찮아?"

"리스라면 바라는 바예요. 엘프 여성은…… 나중에 자세한 이야기를 들어봐야겠지만, 그래도 여성이 강한 남자에게 끌리는 건 당연한 일이죠. 앞으로 여자가 얼마나 늘어나든 시리우스 님이라면 전부 평등하게 사랑해주실 테니, 저는 전혀 개의치 않아요."

"딱히 늘릴 생각은 없지만…… 뭐, 설득력이 없는 말이네. 아무튼, 너는 괜찮은 거지?"

"예. 저는 시종으로서 시리우스 님께 도움이 된다면 그걸로 충분해요."

"아…… 그런 건 좋아하지 않아. 나는 에밀리아를 한 사람의 여성으로서 사랑해야만 직성이 풀리거든."

시리우스 님은 다시 한 번…… 저에게 입맞춤을 해주셨어요.

시리우스 님을 향한 이 사랑스러운 마음이 넘쳐나더니, 이 순간이 영원히 계속되었으면 좋겠다는 생각마저 들어요.

서로의 입술이 떨어지려던 순간, 저는 무심코 몸을 내밀고 말았어요. 하지만 시리우스 님이 제 어깨를 잡으며 말리셨죠. 송구하지만, 마음이 북받쳐 오른 탓에 몸이 멋대로 움직이고 만 것 같아요.

시리우스 님은 아직 할 말이 더 있으신 것 같으니, 저는 필사적으로 욕구를 억누르며 그 말에 귀를 기울였어요.

"에밀리아. 네 마음을 받아줄게. 내 연인이 되어줘."

"제가 사랑하는 분은 시리우스 님 뿐이에요."

"그렇구나. 앞으로도 잘 부탁해."

"예! 이 목숨이 다할 때까지 당신의 곁에 있겠어요."

저는 시리우스 님의 품에 안기며 세 번째 입맞춤을 했어요.

저는 이분의 시종이에요.

하지만 지금은 그저 한 명의 여성으로서…… 이분에게 사랑받겠어요.

"시리우스 님…… 사랑해요."

엄마, 그리고 아빠.

저는…… 정말 행복해요.

하지만, 앞으로 더 행복해질 테니, 지켜봐 주세요.

'응. 지켜볼게.'

'그래. 지켜보마.'

《살아남은 자》

———— 시리우스 ————

팔에서 느껴지는 부드러운 감촉과 묘한 소리 때문에, 나는 정신이 들었다.

주위를 둘러보니 어느새 아침이 되었으며, 천천히 고개를 옆으로 돌려보니 내 팔을 꼭 끌어안은 채 편안한 표정으로 잠든 에밀리아의 모습이 눈에 들어왔다.

에밀리아는 아직 잠에서 깨지 않았으며, 무의식적으로 꼬리를 흔들고 있었다. 방금 그 소리는 모포 안에서 날뛰고 있는 꼬리가 내는 소리였다.

창 너머로 보이는 해를 보니, 평소보다 늦게 일어난 것 같았다. 어제는 수많은 마물 무리를 상대해야 한데다, 몇 번이나 마력이 고갈되고 다시 회복시키는 걸 반복했으니 당연할지도 모른다.

그리고 에밀리아도 과거를 극복했으며, 마물과 싸우느라 지쳤는지 평소보다 더 깊이 잠들어 있었다.

지금도 무의식적으로 내 팔에 볼을 비비며 잠꼬대를 하고 있었다.

"시리우스…… 님……."

그건 그렇고…… 표정이 행복해 보였다.

내가 다른 팔을 내밀어 에밀리아의 머리를 쓰다듬어주자, 나와 몸을 밀착시키며 내 냄새를 맡기 시작했다.

"므흐흐……."

"……일어났지?"

"……들켰네요."

에밀리아는 내 지적을 듣고 눈을 떴지만, 나한테서 떨어지려하지 않았다.

그리고 내 얼굴을 쳐다보며 미소를 짓더니, 내 팔을 꼭 끌어안았다.

"제 소원이 이뤄진 게 너무 기뻐서…… 정말 행복해요."

그리고 나한테서 떨어지나 했더니, 내 어깨를 살며시 깨물었다.

어제부터 몇 번이나 어깨를 깨물렸기에, 감각이 좀 둔해진 것같았다. 그래도 에밀리아는 더 깨물고 싶어 했다.

"네 마음은 기쁘지만, 슬슬 피가 날 것 같으니 그만 해줘."

"죄송해요. 하지만 너무 기뻐서 멈출 수가 없어요. 저기, 피가나면 핥아드릴 테니까 잠시만 더……."

에밀리아는 그렇게 말하면서 또 내 어깨를 깨물었다. 이제 될대로 되라고 생각했지만…… 이럴 때는 어깨를 깨무는 게 아니라…….

"에밀리아, 이쪽 좀 쳐다봐."

"아……."

나는 에밀리아의 볼에 손을 대며 내 쪽으로 고개를 돌리게 한후, 입맞춤을 했다.

그러자 에밀리아는 황홀한 표정을 짓더니………… 또 내 어깨를 깨물었다.

"결국 깨무는 거냐?"

"사랑해요……."

그 정열적인 사랑 때문에, 내 어깨에서는 결국 피가 나고 말았다.

그 후, 떨어지려 하지 않는 에밀리아를 겨우겨우 설득한 후, 몸치장을 하고 밖에 나가보니 레우스와 가브가 촌락의 광장에서 마주 서 있었다.

가브의 말에 따라 레우스가 주먹을 휘두르는 걸 보면, 뭔가를 가르쳐주고 있는 것 같았다.

참고로 레우스는 어제 전투에서 딱히 다치지 않았고 푹 쉰 덕분에 기운을 되찾았지만, 가브는 필살기를 연이어 쓰며 몸을 혹사시킨 탓에 왼쪽 팔이 골절됐다.

다행히 내 재생활성과 리스의 치료 덕분에 부상이 심해지지는 않았으며, 나무를 부목 삼아 대고 붕대로 감아뒀으니 안정을 취한다면 금세 나을 것이다.

"아, 안녕, 형님. 누나."

"너희구나. 좋은 아……."

"우후후…… 좋은 아침이에요! 레우스, 할아버지."

우리는 그렇게 아침 인사를 나눴지만, 가브만은 말문이 막힌 것 같았다.

그것도 그럴 것이 에밀리아는 내 팔을 꼭 끌어안은 채 꼬리를 흔들며 행복해하고 있었으니까 말이다.

"서…… 설마, 너……."

"누나, 기분이 좋아 보이네."

"당연하지. 나, 드디어 시리우스 님과…… 우후후."

은랑족은 냄새에 민감한데, 에밀리아의 반응을 보면 무슨 일이 있었는지 금세 알 수 있을 것이다.

가브는 손녀에게 무슨 일이 있었는지 눈치채고 경악했으며, 레우스는 평소와 다름없었다. 뭐, 레우스는 누나에게 무슨 일이 있었는지 알든 모르든 딱히 태도가 달라지지 않을 것이다.

그리고 어제부터 보초를 서고 있던 호쿠토가 다가왔기에 머리를 쓰다듬어주자, 에밀리아와 가브는 진지한 표정으로 마주 보고 섰다.

"내가 끼어들 일은 아니다만…… 정말 괜찮겠느냐?"

"예. 저는 시리우스 님의 곁에 있을 때 가장 행복하니까요."

"그러냐. 나도 이 남자라면 딱히 불만은 없다. 페리오스와 레이나 몫까지 행복해지거라."

"예!"

아무래도 가브는 손녀를 맡길 수 있을 만큼 나를 신뢰하는 것 같았다.

하지만 친할 사이일수록 예의를 차려야 하는 법이다. 그러니 이 자리에서 인사를 해두는 편이 좋겠다고 생각한 나는 가브를 향해 고개를 깊이 숙였다.

"말씀드리는 게 늦었습니다만, 에밀리아와 사귀기로 했습니다. 제가 에밀리아를 꼭 행복하게 해줄 테니, 안심하십시오."

"……부탁한다. 하지만 이 아이가 울면 너를 두들겨 패러 갈 수도 있으니, 그건 똑똑히 기억해둬라."

"그때는 잘 부탁드립니다."

"괜찮아요. 시리우스 님 때문에 제가 운다면, 그건 기쁨의 눈물일 테니까요…… 우후후."

"후…… 축하한다."

에밀리아는 내 말을 듣고 더 기뻐하더니, 황홀한 표정을 지으며 꼬리를 흔들어댔다.

그리고 가브는 쓴웃음을 지으며 솔직하게 우리를 축복해줬으며, 근처에서 이야기를 듣고 있던 레우스도 손뼉을 치며 기쁨을 드러냈다.

"헤헤. 누나, 잘됐네. 이걸로 형님은 진짜 내 형님이 됐는걸."

"레우스, 성급하게 굴지 마. 나는 아직 시리우스 님의 시종이야. 그건 그렇고…… 애는 몇 명 정도가 좋을까요?"

"하아…… 너희는 정말 하나같이 성급하구나. 그런데 리스는 어디 있지?"

"리스 누나라면 저쪽 집에서 아침 식사를 만들고 있어."

"밥 다됐어~!"

그 목소리를 듣고 고개를 돌려보니, 집에서 나온 리스가 손을 흔들고 있었다. 그 모습을 본 우리는 그 집에 모여서 다 같이 아침 식사를 했다.

"그럼 앞으로 어떻게 할지 정할까 해."

너덜너덜하기는 하지만 아직 형태가 남아 있는 테이블에서 아침 식사를 한 우리는 앞으로 어떻게 할지 의논했다.

하지만 우리에게 주어진 선택지는 그렇게 많지 않다. 가장 중요한 과제였던 은랑족 일가의 원수는 갚았고, 주위의 마물도 호쿠토가 힘써준 덕분에 얼추 소탕한 것이다.

그리고 당초의 예정대로 우선 촌락에 살고 있던 이들의 무덤을 만들기로 했다.

"꽤 많은 무덤을 만들어야겠네. 그런데 이 촌락에는 원래 몇 명 정도 살고 있었어?"

"백 명도 채 안 돼요. 그리고 은랑족은 전부 동포 혹은 가족이니까 커다란 무덤 하나만 만들면 되죠. 하지만 뼈나 의류품이 남아 있지 않은 건 아쉽네요."

"그러니 전원의 이름을 새겨줄까 해. 형님, 바위를 준비할 테니까, 나중에 나이프를 빌려줘."

내 미스릴 나이프라면 바위에 글자를 새기는 것도 간단하겠지만, 그랬다간 그건 무덤이 아니라 위령비인 것 같은 느낌이 들었다.

뭐, 어찌 됐든 간에 남매는 그걸로 만족하는 걸까?

"이 촌락을 다시 일으켜 세우고 싶다거나, 이곳에 살고 싶진 않은 거야?"

"그런 마음이 없는 건 아니지만, 이 촌락을 다시 세우는 건 힘들 거예요. 생존자인 저희가 이곳에 남지 않을 거니까요."

"맞아. 우리가 있을 곳은 형님의 곁이잖아. 게다가 원수도 갚았고, 모두의 무덤도 만드니까 그걸로 충분해."

"우리 촌락에서 이곳으로 사람을 보낼 여유는 없다. 지금은 아들과 동포들의 넋을 위로해주는 것만으로 충분하구나."

다들 마음만으로는 어쩔 수 없을 일이라는 걸 이해하고 있는 것 같았다.

일단 백 명 가량의 이들의 넋을 기리는데다 그 안에 남매의 부모님도 포함되어 있으니, 그에 걸맞은 무덤을 만들어야겠다.

그렇게 역할 부담이 끝났을 즈음, 우리를 쳐다보던 리스가 입을 열었다.

"그런데…… 에밀리아는 언제까지 그러고 있을 거야?"

"어?"

에밀리아는 이야기를 나누는 동안에도 나에게 공손히 밥을 먹여주며 시중을 들고 있었다. 내가 사양하면 눈에 띄게 풀이 죽었기에, 결국 에밀리아가 좋을 대로 하게 놔뒀다.

리스를 나에게 밥을 먹여주며 행복해 하는 에밀리아를 보며 약간 어이없어했지만, 왠지 부러워하는 듯한 느낌도 들었다.

"리스, 미안해요. 지금은 시리우스 님의 시중을 들고 싶어서 참을 수가 없네요……."

"정말……. 하지만 오늘은 어쩔 수 없나. 에밀리아의 꿈이 드디어 이루어졌으니깐."

"리스 덕분이에요. 정말 고마워요. 그러니까 리스도…… 자아,

아~ 해보세요."

"나, 나는 됐어."

아침 식사 직전에서 오늘 처음으로 에밀리아와 마주친 리스는 미소를 지으며 그녀를 축복해줬다. 험악한 분위기는 눈곱만큼도 느껴지지 않았다. 두 사람의 사이가 좋아서 정말 다행이다.

에밀리아가 리스를 향해 고개를 돌리자, 나는 한숨을 내쉬며 요리를 향해 손을 뻗었고…….

"시리우스 님, 드세요."

"……고마워."

분명 에밀리아는 리스 쪽을 쳐다보고 있었는데, 어느새 내 입가로 요리를 내밀고 있었다.

"나쁘지는 않지만, 세니아도 저렇게까지 시중을 들진 않았어."

"시중에 있어서의 에리나 씨의 가르침에는 눈곱만큼의 빈틈도 없어요!"

"누나, 컨디션 한 번 끝내주네! 입가의 미소가 정말 눈부셔."

"……훗."

"하, 할아버지도 웃었어!"

"이익! 좀 차분하게 식사를 하란 말이다!"

산 하나를 넘은 우리의 아침 식사는 시끌벅적하기 그지없었다.

아침 식사를 마친 우리는 바로 무덤 제작에 착수했다.

우선 땅을 평평하게 고른 후, 레우스가 검으로 잘라서 가져온 바위를 광장에 설치했다. 그 다음에는 남매가 내 나이프를 빌려서 촌락에 살던 이들 한 명 한 명의 이름을 그 바위에 새겼다.

남매는 때때로 교대를 하면서 이름을 새겼지만, 그래도 백 명 가량이나 되는 이들의 이름을 전부 새기는 데는 상당히 시간이 걸렸다. 그래서 도중에 작업을 멈춘 후, 점심식사 준비를 했다.

그리고 식사 조달반과 요리반으로 나뉘었는데, 에밀리아와 리스가 남성 팀과 여성 팀으로 나뉘자는 말을 했다.

아무래도 에밀리아와 리스는 단둘이서 할 이야기가 있는 것 같았기에, 우리는 호쿠토를 남겨두고 근처 강에 가서 생선을 잡기로 했다. 그리고 생선이 어느 정도 잡히면 두 사람에게 전달하기로 했다.

"……좋아. 다섯 마리……. 꽤 잘 낚이는걸."

나는 딱히 서두를 이유가 없었기에, 두꺼운 나뭇가지와 '스트링'을 이용해 즉석 낚싯대를 만들어서 낚시를 했다.

참고로 은랑족은 맨손과 작살 같은 걸로 생선을 잡으며, 가브는 내 방식을 불가사의하다는 듯이 쳐다보고 있었다.

"그런 식으로 생선을 잡을 수도 있구나."

부상자인 가브는 생선을 잡지 않고 내 옆에 앉아 있었으며, 하류에서 생선을 잡고 있는 레우스를 쳐다보면서 이렇게 말했다.

"……이렇게 느긋하게 지내는 건 정말 오래간만인걸."

이 촌락이 습격을 당했다는 이야기를 들은 후, 가브는 단 하루도 마음을 놓지 못했다. 때때로 아들과 다퉜던 때를 꿈에서 보거나, 후회 때문에 잠들지 못하는 나날이 이어졌다고 한다.

하지만 촌락의 참상을 직접 확인했을 뿐만 아니라 원수도 갚은 가브의 마음은 이제 차분해졌다. 긴장이 풀렸다고 해도 과언이 아닐 것이다.

가브는 그저 자기 심정을 털어놓고 싶은 것뿐인지, 내가 아무 말도 하지 않는데도 계속 이야기를 이어갔다.

"그리고 나에게 남은 건 이것뿐인가……."

가브는 미스릴제 토시를 꺼내서 마른 헝겊으로 손질하기 시작했다.

그것은 가브가 장비하던 왼쪽 토시가 아니라 오른쪽 토시였다.

이 토시는 다이나로디아를 쓰러뜨린 동굴에서 레우스가 발견했다. 그 주위에는 반쯤 녹은 금속 파편이 떨어져 있었으며, 마물이 소화시키지 못한 채 토해버린 것 같았다.

그리고 이 토시가 거기에 있었다는 것은 레우스의 아버지가 잡아먹혔다는 증거이기도 했다.

겨우 아들의 유품을 발견했지만, 잔혹한 현실 또한 알고 만 가브는 쓸쓸한 손길로 손질을 계속했다.

"너무 비관하진 마. 가브에게는 소중한 게 남아 있지."

"그래. 나에게는 아직…… 손주들이 있지."

고개를 돌려 강안에서 물고기를 잡고 있는 레우스를 쳐다보고 있는 가브의 시선은 상냥했다.

그러고 보니…… 가브는 레우스가 저주받은 아이라는 걸 알았는데, 그 점에 대해서는 어떻게 생각하는 걸까?

"저기, 레우스가 저주받은 아이라는 걸 알았는데, 규율에 따르지 않아도 되는 거야?"

"규율 말이냐. 솔직히 말해…… 망설이고 있다."

변신한 레우스를 보고 망연자실해졌던 가브는 남매의 말을 듣고 정신을 차리며 전투를 이어나갔다.

그때는 마물에게 집중해서 깜빡 했지만, 지금은 마음이 복잡한 것 같았다.

"저 아이들은 규율 같은 것은 하찮다고 말했고, 모습이 변할지라도 내 손자라는 사실에는 변함이 없다. 하지만 한때 은랑족의 수장이었던 나는 바로 이해할 수 없구나. 나는 이미 저주받은 아이를 처리한 적이 있거든."

과거에 가브는 저주받은 아이가 된 동포를 죽인 적이 있는 것 같았다. 당시 수장이자 최고의 실력자였기 때문이겠지만, 동족이자 동료였던 그들을 해치면서 몸이 찢어져나가는 듯한 고통을 맛본 것 같았다.

"괴로운 일을 겪었구나. 그런데, 은랑족에게는 왜 그렇게 흉흉한 규율이 있는 거야?"

"……실은 은랑족에게는 이런 전설이 내려오고 있다. 머나먼 옛날, 저주받은 아이가 된 어느 은랑족이 은랑족만이 아니라 다른 종족을 학살하며 돌아다녔다는 이야기지."

학살이라니 꽤 흉흉하게 들리지만, 그래도 이해가 되긴 했다.

변신을 한 레우스는 신체능력이 강해지지만, 비정상적으로 흥분하며 공격적으로 변했다. 이건 내 추측이지만, 변신을 하면 자신의 몸 안에 잠들어 있는 본능이 겉으로 드러나는 걸지도 모른다.

그 전설에 나온 저주받은 아이는 살인을 통해 쾌락을 느끼는 자였을지도 모른다.

"그렇구나. 그리고 그 녀석은 그 전설에 걸맞은 행동을 한 거구나?"

"그래……. 처음에는 아무도 믿지 않았지. 하지만 저주받은 아이가 된 자가 이성을 잃고 동료를 습격하더니, 근처에 있던 어린애를 죽이려 했다. 나는 결국 그 전설을 믿을 수밖에 없었고, 당시의 은랑족 수장으로서…… 그자를 죽였다."

그 전설을 믿으며 자기 자신을 이해시킨 것이다. 힘들었겠는걸.

"너는 레우스가 저주받은 아이라는 것을 알면서 지금까지 기른 거지? 만약…… 만약 말이다. 성장한 레우스가 변신해서 사람을 죽이며 돌아다니는 남자가 되면 어떻게 할 셈이었지?"

"글쎄……. 우선 이유를 물어보겠어. 나는 살인을 하지 말라고 말할 생각은 없고, 내가 이해할 만한 이유가 있다면 아무 말도 하지 않을 거야. 하지만 레우스가 가브가 말한 그자 같은 짓을 하고 돌아다닌다면……."

나는 사람을 죽이지 말라고 말할 자격이 없다.

하지만, 레우스가 쾌락에 빠져 평범한 이들을 죽이겠다고 말한다면…….

"그때는 죽일 거야. 레우스를 지금까지 길러온 스승으로서 그러는 게 당연하지 않아?"

"그렇군……."

가브는 그 말을 듣더니 쓸쓸한 목소리로 그렇게 말했다.

뭔가 달관한 듯한 어조지만, 나는 아직 할 말이 남았다.

"하지만 그건 어디까지나 최종수단이야. 그러니까 레우스를 그런 녀석으로 기르지 않으면 되는 거잖아? 저기 좀 봐. 저 녀석이 살인을 즐길 남자처럼 보여?"

고개를 돌려보니, 커다란 물고기를 잡은 레우스가 우리에게 보여주려는 것처럼 치켜들고 있었다. 그런 그의 표정은 밝았으며, 어릴 적과 마찬가지로 순진무구한 미소가 얼굴에 어려 있었다.

"다소 언동이 거칠어지기는 하지만, 저 녀석은 변신을 해도 자기 자신을 제어할 수 있어. 그건 가브 씨도 봤잖아?"

"……그래."

"저 녀석의 스승으로서, 나는 레우스를 어엿한 남자로 기르자고 결심했어. 만약 폭주한다면 내가 죽여서라도 말리자는 책임과 각오를 품고 있지."

물론 마음만이 아니라 실력으로도 그럴 수 있어야 하겠지만 말이다.

나는 레우스에게 지지 않기 위해 훈련을 계속하고 있으며, 신뢰를 얻기 위해 부모처럼 저 녀석을 대하고 있다. 양쪽 다 의도적으로 그러는 게 아니며, 내 자연스러운 행동이기도 했다.

"뭐, 이런저런 이야기를 하긴 했지만, 나와 가브는 가치관과 사고방식이 다르잖아. 어디까지나 내 방식이지만, 그래도 참고는 됐을려나?"

"그래."

가브가 약간 마음이 편해진 듯한 표정을 지었을 때, 생선을 잡은 레우스가 이쪽으로 뛰어왔다.

"형님! 할아버지! 이렇게 큰 녀석을 잡았어!"

레우스가 잡은 생선은 양손으로 들어 올려야 할 만큼 컸다.

레우스는 자신이 사냥한 생선을 자랑하듯 보여줬지만, 가브는 미소를 지으며 고개를 저었다.

"아직 멀었군. 나는 더 큰 걸 잡은 적도 있거든."

"정말이야?! 좋아, 반드시 할아버지보다 큰 걸 잡고 말겠어!"

그 생선을 내려놓고 다시 강에 뛰어드는 레우스를 본 가브의 눈빛은 손자를 상냥하게 지켜보고 있는 할아버지의 눈빛이었다.

나는 이제 가브도 마음을 정리한 걸지도 모른다고 생각하며 슬며시 미소를 지었다.

"그런데 물고기는 이 정도면 충분하지 않겠느냐? 이 커다란 녀석만으로 몇 인분은 될 거다."

"뭘 모르네. 우리 애들이라면 이 정도 크기의 생선 정도는 순식간에 먹어치워."

"음……. 확실히 잘 먹는 애들이기는 하지."

"그렇지? 만약 남더라도 말려서 보존식량으로 만들면 돼. 그럼 부탁한다, 호쿠토."

"멍!"

나는 생선을 받으러 온 호쿠토에게 레우스가 잡은 물고기와 내가 낚은 물고기가 들어 있는 광주리를 넘겨줬다.

호쿠토가 촌락으로 돌아간 후, 내 말을 듣고 이해한 가브는 토시를 다시 손질하기 시작했고, 나도 다시 낚시를 시작했다.

이렇게 강물 소리와 레우스가 자아내는 물소리만이 울려 퍼지는, 평온한 한때가 흘렀다.

그리고 나는 물고기를 열 마리 정도 잡은 후, 낚시를 잠시 중단하여 어깨와 몸을 풀었다.

이제 아프진 않지만, 에밀리아에게 몇 번이나 물린 바람에 어깨에서 위화감이 느껴졌다. 일시적인 것이겠지만, 앞으로 몇 번이든 일어날 수 있는 일이기에 쓴웃음이 흘러나왔다.

내 행동을 통해 뭐가 어떻게 된 건지 눈치챈 가브는 의미심장한 웃음을 흘렸다.

"어때? 은랑족 여성은 정열적이지?"

"너무 정열적이라 피가 났어. 하지만 그 솔직한 마음이 기쁘긴 해."

"내 아내도 그랬지. 그 애도 내 아내 못지않은 것 같구나."

아무래도 가브 또한 나와 같은 상황에 처했던 것 같았다.

같은 아픔을 공유한 우리가 조용히 악수를 나누고 있을 때, 레우스가 또 생선을 들고 뛰어왔다.

"할아버지, 이건 어때?"

"아직 작구나."

"젠장~!"

식량조달 시간은 그렇게 평온하게 흘러갔다.

그 후…… 점심 식사를 마치고 남매가 바위에 이름을 새기고 있을 때, 나는 바위로 만든 즉석 조리대에서 요리를 하고 있었다.

내가 남은 생선을 손질해서 말리고, 생선을 삶아서 육수를 내는 가운데, 리스가 옆에서 작업을 돕고 있었다. 하지만 그녀는 내가 낚시를 마치고 돌아온 후로 시선을 마주치지 않았다.

아까부터 부끄러워하듯 얼굴을 붉히고 있는데, 아무래도 에밀리아와 단둘이서 어떤 이야기를 나눈 것 같았다. 아무래도 함부로 물어봤다간 골치가 아파질 것 같았기에, 나는 그냥 아무것도 모르는 척했다.

곧 작업이 끝났고, 이제 저녁때까지 계속 끓이기만 하면 될 즈음, 리스가 드디어 나에게 말을 걸었다.

"저기…… 시리우스 씨. 에밀리아와는, 저기…… 연인 사이가 된 거지?"

"나는 그렇게 생각하는데, 에밀리아는 어떻게 여기는지 모르겠어."

"아까 에밀리아에게도 물어봤는데, 자신은 어디까지나 시종이래. 연인이 됐는데도 시종에 집착하는 게 좀 불가사의하다니깐."

에밀리아는 나와 연인이 된 걸 그렇게 기뻐했으면서, 어디까지나 내 시종으로 남으려 했다.

주위에도 그렇게 말하는 것 같은데, 아마 그건 엄마의 영향일지도 모른다. 엄마한테서 기술만이 아니라 시종으로서의 기쁨도 배웠으니까 말이다.

"나도…… 언젠가 연인이 될 수 있을까?"

무의식적으로 그렇게 중얼거린 리스는 허둥지둥 입을 다물었지만, 내 귀는 그 말을 똑똑히 들었다.

그녀는 에밀리아와 처지가 다르며, 평범한 소녀 같은 사랑을 하고 있다. 그러니 에밀리아에게 이끌려가면서도 천천히 사랑을 키워나갔지만…… 지금 상황에서 조금 초조해하고 있는 걸지도 모른다.

지금은 못 들은 척을 해야 할지도 모르지만, 이참에 제대로 전해두는 편이 나을지도 모른다.

"에밀리아에게도 물어봤던 거지만, 리스도 나 같은 걸로 괜찮은 거야?"

"……그렇지 않다면, 나는 여기 있지 않을 거야."

"기뻐. 나도 리스를……."

"잠깐만."

나는 내 마음을 전하려 했지만, 리스는 고개를 저으며 내 말을 끊었다.

"나도 그 말을 지금 바로 듣고 싶지만, 오늘은 에밀리아만을 바라봐줘. 시리우스 씨를 처음 만났을 때부터 마음속에 품어왔던 꿈이 드디어 이뤄진 거잖아……. 응?"

리스는 그렇게 말하더니, 절친한 친구를 진심으로 축복하는 성녀처럼 미소를 지었다.

본인은 자신이 성녀가 아니라고 말했지만, 내가 보기에 리스는 성녀라 불려도 될 정도의 포용력과 상냥함을 가진 것 같았다.

그리고 잘 생각해보니, 에밀리아에게 고백한 김에 겸사겸사 그녀에게 고백을 하는 건 무례한 짓이라는 생각이 들었다.

그러니 오늘은 내 마음을 억눌러야 할 것 같았다.

"그리고…… 나는 아직 볼 키스만으로 벅차니까, 그것보다 더 한 건 좀……."

동굴에서 내 볼에 입맞춤을 했을 때를 떠올린 듯한 리스는 얼굴을 새빨갛게 붉히면서 고개를 숙였다.

성녀의 축복이라며 취했던 그 적극적인 행동이 리스의 현재 한계 같았다.

"알았어. 리스의 페이스에 맞추도록 할게. 나는 언제까지나 기다려주겠어."

"으으…… 으, 응. 잠시만, 기다려줘."

뭐, 너무 시간이 걸린다면 내가 다가갈 생각이지만, 지금은 이쯤에서 관두기로 했다.

소매가 아니라 내 손을 잡을 수 있게 된 리스가 볼을 붉힌 채 미소를 지었기에, 나 또한 마주 미소를 지었다.

그렇게 해가 기울어갈 즈음, 남매는 드디어 모든 이름을 바위에 새겼다.

백 명 가량의 이름이 새겨진 멋진 비석이 완성됐다. 용케도 전원의 이름을 기억하고 있구나. 은랑족은 동료 의식이 강하니 당연할지도 모른다.

"마지막은 네가 새겨라."

"자아, 누나."

"응."

마지막으로…… 에밀리아가 글자를 새긴 순간, 무덤이 완성됐다.

그리고 만들어둔 요리를 공물 삼아 바친 우리는 무덤 앞에서 묵념을 하면서 죽은 이들의 넋을 기렸다.

조용히 시간이 흘러가는 가운데, 나는 남매의 부모님인 페리오스와 레이나에게 맹세했다.

당신들의 소중한 자식은 제가 반드시 행복하게 해주겠습니다.

마음속으로 그렇게 맹세하고 눈을 뜨자, 남매와 가브가 나를 향해 고개를 숙이고 있었다.

"이제 나는 앞으로 나아갈 수 있다. 손주들과 만났을 뿐만 아니라 이렇게 자식의 무덤을 만들 수 있었던 건 전부 네 덕분이다. 정말 고맙다."

"고맙습니다, 시리우스 님."

"고마워, 형님!"

미소를 짓고 있는 은랑족 일가를 본 나는 드디어 전부 다 끝났다는 걸 실감했다.

그리고 에밀리아가 마지막으로 무덤에 새긴 글자는…….

'가족들의 명복을 진심으로 빕니다…… 촌락, 최후의 생존자 올림.'

그 후, 우리는 가브의 상처가 나을 때까지 촌락에 머물렀다.

원래 골절은 보름 정도는 안정을 취해야 낫겠지만, 내 재생활성과 은랑족 특유의 뛰어난 자가 치유력 덕분에 이틀 만에 충분히 회복됐다.

그래도 무리는 금물이라 말했지만, 가브는 다음 날부터 레우스와 함께 훈련을 했다. 그 광경을 본 에밀리아가 가브를 무릎 꿇려놓고 설교를 하는 광경도 봤다.

참고로 에밀리아는 상태가 좋아졌지만, 한동안 나에게 지나칠 정도로 헌신했다.

식사 때마다 나한테 음식을 먹여주려 했던 것이다. 그 호의는 기쁘지만, 이대로 있다간 내가 못난 인간이 되어버릴 것 같았기에 어찌어찌 설득해서 관두게 했다. 하지만 설득에 며칠씩이나 걸릴 거라고는 생각도 못했다.

그 외에도 내 이부자리에 숨어들어 오는 횟수도 늘었다. 물론 자제를 하고 있는지 내 팔을 끌어안고 잠만 잤다.

이곳에 며칠 머무는 동안, 우리는 촌락을 청소하거나 비상식량을 만들면서 보냈다.

그리고 가브가 완치된 후, 우리는 마지막으로 무덤을 찾아 인사를 하고 이 촌락을 떠났다.

촌락에 올 때와 마찬가지로 며칠이 걸려 마차가 있는 곳으로 이동한 후…… 드디어 가브와 헤어질 때가 됐다.

실은 가브에게 우리와 같이 여행을 하자고 말했지만, 그는 촌락에서 자신이 돌아오기만 기다리고 있을 제자들과 동료들 때문에 거절했다. 실은 손주들과 함께 하고 싶은 것 같지만, 그게 손주들을 위한 일이 아니라는 것을 나에게만 몰래 가르쳐줬다.

그리고…… 도로로 돌아간 우리는 가브와 마주 섰다.

처음에는 촌락까지 데려다줄까도 생각했지만, 가브와는 이곳에서 작별을 하기로 결정했다.

이곳에서 북쪽으로 가면 투기장이 있는 커다란 마을이 있으며, 자신을 데려다주기 위해 괜히 왔던 길을 돌아갈 필요는 없다며 가브가 배웅을 사양했다. 게다가 우리와 더 같이 있다간 헤어지기 힘들어질 거라고 생각했으리라.

가브는 응어리가 풀린 덕분에 손주인 남매가 눈에 넣어도 아프지 않을 만큼 귀여운 것 같았다. 어디 사는 딸 바보처럼 완전히 손주 바보가 되었다.

"이쯤에서 헤어지도록 할까. 그 전에 너희에게 사과해야 할 일이 있다."

"응? 사과할 일은 없잖아?"

"그래요. 할아버지는 아무 잘못도 하지 않았잖아요."

"페리오스의 원수를 갚을 때까지 손주인 너희를 제대로 쳐다보지도 않았지. 게다가 너희에게 한심한 꼬락서니를 보이고 말았구나."

가브의 사죄를 듣고 고개를 갸웃거리던 남매는 웃음을 흘리며 할아버지의 손을 잡았다.

"딱히 개의치 않아요. 저희는 할아버지의 상냥함을 느끼고 있었으니까요."

"맞아. 한심한 꼬락서니를 보인 것도 우리가 가족이기 때문이잖아. 게다가 한심한 걸로 치면 누나가 가장…… 히익?!"

"레우스…… 나중에 나와 따로 이야기 좀 하자. 아무튼, 할아버지가 사과할 필요는 없어요."

"……나는 멋진 손주들을 둔 것 같구나. 자아, 너희의 얼굴을 좀 더 가까운 곳에서 보여 다오."

가브는 몸을 살짝 숙이더니, 남매의 얼굴을 응시하며 눈을 가늘게 떴다.

"짧은 시간 동안이지만, 즐거운 여행을 했구나. 그리고 이건 너희에게 주는 작별선물이다. 받아다오."

"할아버지, 이건……."

"아빠의……."

가브는 며칠 동안 손질했던 페리오스의 토시, 그리고 자신이 장비하고 있던 토시를 벗어서 레우스에게 줬다.

"내가 가르쳐준 기술을 제대로 쓰기 위해선 역시 주먹을 보호해야만 하지. 이거라면 검을 휘두르는데 방해가 되진 않을 거다."

주먹으로 적을 때릴 때 손을 지켜줄 뿐만 아니라, 저 토시는 원래 방어구로서 만들어진 것이기에 레우스가 대검을 휘두르는데 방해가 되지도 않을 것이다.

약간 닳은 부분이 있기는 하지만, 이 정도 물건이면 금화 백 닢 이상에 팔 수 있을 것이다. 그래도 가브는 주저 없이 넘겨줬다.

"지금의 너라면 충분히 잘 쓸 수 있을 거다. 사양하지 말고 받아다오."

"할아버지……."

가족의 마음을 안 레우스는 진지한 표정으로 그걸 넘겨받더니, 바로 장비했다.

토시가 조금 크기는 하지만, 좀 조절해주면 별문제는 없을 것 같았다. 게다가 레우스는 아직 성장기이니 곧 몸에 딱 맞을지도 모른다.

레우스는 토시를 조절해서 움직임에 지장이 없다는 걸 확인하더니, 기뻐하면서 두 주먹을 몇 번이나 맞댔다.

"헤헤…… 고마워, 할아버지. 그런데 누나에게는 아무것도 안 주는 거야?"

"음? 마음 같아선 뭐라도 주고 싶지만, 딱히 줄 게 없구나."

"딱히 무리해서 준비하실 필요는 없어요. 정 마음에 걸리시면…… 몸을 좀 숙여주실래요?"

"이렇게 말이냐?"

가브가 몸을 숙이자, 에밀리아는 할아버지의 어깨를 가볍게 깨문 후에 떨어지며 이렇게 말했다.

"저는 할아버지가 이렇게 계신 것만으로도 충분해요. 그러니까 다음에 만날 때까지 건강하게 계셔주세요."

"음…… 그래. 너희가 더욱 성장한 모습을 보고 싶으니 말이다. 장수해야겠는걸……."

"나도 마찬가지야, 할아버지!"

레우스가 마치 달려들듯 할아버지의 어깨를 깨물자, 가브는 행복을 곱씹듯 눈을 감았다.

금방이라도 눈물을 흘릴 것 같은데도 어찌어찌 참은 가브가 남매의 머리를 쓰다듬으면서 뒤돌아섰다.

"시리우스, 리스. 내 손주들을…… 부탁하마."

"응. 나만 믿어."

"안심하세요. 저희는 가족이에요."

"음. 그리고…… 에밀리아."

"아……."

"레우스……."

"할아버지?"

"……잘 지내거라."

처음으로 남매의 이름을 불러준 가브는 뒤도 돌아보지 않으며 걸음을 옮겼다.

그 모습이 완전히 시야에서 사라질 때까지 지켜본 우리는 마차를 타고 다음 목적지로 향했다.

호쿠토가 끄는 마차 안에서 토시를 닦고 있는 레우스, 그리고 마부석에 앉은 내 팔을 꼭 끌어안은 에밀리아, 그리고 반대편에서 내 손을 슬며시 움켜쥔 리스를 태운 마차가 나아갔다.

우리가 향하는 곳은 투기장이 있는 마을이며, 들은 이야기에 따르면 견문을 넓힐 겸 들르는 것도 괜찮아 보였다.

이렇게…… 역경을 넘어선 우리는 다시 여행을 시작했다.

─── 가브 ───

에밀리아와 레우스.

내 손주들은 페리오스를 떠올릴 만큼 강했고, 나에게는 과분할 만큼 귀여웠다.

그런 손주들과 작별하는 게 쓸쓸했지만, 늙은 내가 같이 다녀봤자 저 아이들에게는 아무 도움도 안 될 것이다.

게다가 저 아이들에게는 시리우스가 있고, 호쿠토 님도 함께하고 계신다.

나보다 훨씬 믿음직한 이들이 곁에 있으니, 나는 필요 없을 것이다. 그러니 마음 놓고 보내줄 수 있었다.

다음에 만날 때는 증손주를 볼 수 있을지도 모른다고 생각하며, 나는 자신의 촌락을 향해 걸어갔다.

며칠이 걸려 내가 태어나서 자란 촌락에 돌아가 보니, 다들 내가 무사히 돌아온 걸 기뻐해줬다.

그리고 아들의 원수를 갚고, 무덤을 세워서 죽은 이들의 넋을 기렸다고 말하자, 다들 미소를 지으며 나를 위로했다.

그런 그들을 보면서 내가 있을 곳은 여기라는 걸 다시 한 번 깨달았다.

이곳을 떠나 지낸 것은 겨우 며칠 밖에 안 되지만, 촌락에는 변화가…… 아니, 딱 하나 있었다.

그 아이들이 머무는 동안 호쿠토 님은 내 집 옆에서 주무시곤 했는데, 그 자리에 호쿠토 님을 빼닮은 석상이 세워져 있었다.

매우 영광스러운 일이지만, 때때로 먹을 것이나 공물이 놓여 있어서 곤란하기도 했다.

그리고 며칠 후…… 이 촌락에 사건이 터졌다.

"가브 씨, 큰일 났어! 아크라가……!"

그날, 제자를 상대하던 나를 질리아가 허둥지둥 찾아왔다.

아크라는 내 제자 중에서 가장 어린 소년이며, 1년 전에 아버지를 잃었다.

가족이 산나물을 채집하러 나갔다 마물에게 습격을 당했고, 아버지는 아들을 감싸다 목숨을 잃었다.

남은 아내와 아들은 슬퍼했으며, 아들은 아버지가 자기 때문에 죽은 걸 한탄했다. 그리고 아직 놀고 싶어 할 나이인데도 내 제자가 됐다.

그 열의에 진 나는 그 아이를 어른처럼 대하며 가르쳐왔는데…….

"아크라가…… 저주받은 아이였어!"

저주받은 아이는 평생에 한 명 볼까 말까 하다고 들었는데, 나는 벌써 두 번…… 아니, 세 번이나 보고 말았다.

서둘러 현장에 가보니, 저주받은 아이의 모습이 된 아크라가 울면서 몸을 웅크리고 있었다. 그리고 내가 다가가자 느닷없이 달려들었다.

저주받은 아이는 엄청난 힘을 발휘하지만, 아직 어린애이기 때문에 움직임이 어설펐다. 그래서 간단히 제압할 수 있었다.

그리고 나는 쓰러진 아크라를 내려다본 후, 주위를 둘러보았다.

다들…… 슬픈 표정을 짓고 있었으며, 아크라의 모친은 눈물을 흘리며 자식의 이름을 외쳤다. 남편을 먼저 보내고, 유일하게 남은 아들이 규율 때문에 살해당하게 되었으니, 슬픔에 젖는 것도 무리는 아니었다.

내 일격을 맞고 꼼짝도 못하게 된 아크라는 공포에 떨며 나를 올려다보고 있었다.

"싫어……. 죽고 싶지 않아……. 죽기 싫어……."

눈물을 흘리며 필사적으로 도망치려 하는 아크라를 내려다보고 있을 때, 촌장이 내 어깨를 두드렸다.

"가브 씨…… 뒷일은 저한테 맡겨주세요. 이건 촌장이 해야 할 일이잖아요."

"아냐……. 내가 하지."

내가 아크라의 몸을 들어 올린 후, 흙과 눈물로 범벅이 된 얼굴을 쳐다보았다.

"싫어……. 내가 죽으면, 엄마가…… 외톨이가 되어버려."

"어머니를 지키고 싶은 것이냐?"

"내 탓에…… 아빠가 죽었어! 그러니까…… 아빠 몫까지…… 내가…… 엄마를, 지켜야…… 해……."

"그래. 그렇다면…… 너는 내가 맡으마."

그리고 나는…… 저주받은 아이의 모습이 된 아크라를 꼭 끌어안은 후, 안심시키려는 것처럼 등을 쓰다듬어줬다.

주위에 있던 이들이 그런 내 행동 때문에 허둥댔지만, 나는 손자인 레우스가 저주받은 아이라는 걸 다른 이들에게 설명했다.

저주받은 아이의 힘을 제어했고, 시리우스가 그 점을 고려하며 훈련을 시켜왔다는 점까지 말이다.

주위의 반응은…… 나쁘지 않았다.

시리우스는 이 촌락의 사람들에게 다양한 지식을 알려주며 신뢰를 얻었고, 저주받은 아이인데도 구김 없는 미소를 짓고 있던 레우스를 떠올리며 이해한 것 같았다.

"그러니 내가 아크라를 키우마. 만약 아크라가 또 폭주한다면…… 내가 책임지고 처리하겠다."

반발하는 이는…… 없었다.

규율이라 지금까지는 그냥 지켜봐 왔지만, 내 각오를 안 그들은 묵인해줬다.

은랑족은 원래부터 동료를 죽이는 걸 싫어하니, 이게 좋은 계기가 될지도 모른다.

나는 시리우스에게 저주받은 아이에 대해 물어보고 이해한 게 있다.

그것은 바로…… 제자를 올바른 길로 이끄는 것, 그리고 제자의 모든 것을 받아들일 각오다.

"하지만 규율을 어길 수는……."

촌장은 지위상 찬동할 수 없기에 반론했지만, 나는 손자에게 들었던 말을 떠올리며 눈앞에 있는 조그마한 생명을 끌어안았다.

"괜찮다. 그런 하찮은 규율에 우리가 휘둘릴 이유는 없지."

나는 웃으면서 그 말을 입에 담았다.

《에필로그》

가브와 헤어지고 며칠이 흘렀다.

다음 목적지인 마을을 향해 마차를 몰던 우리는 숲 사이에 난 길을 따라 나아갔다.

사람의 왕래가 많은지 길은 잘 닦여 있었지만, 주위가 숲이기 때문에 도적이나 마물의 기습에 대비해야 할지도 모른다.

하지만 우리는 호쿠토가 있기 때문에 기습을 당할 일이 거의 없다.

그리고 이 숲을 빠져나가면, 목적지인 '가라프'라는 마을이 보일 것이다.

앞으로의 일정을 마부석에 앉아서 멍하니 생각하고 있을 때, 마차 안에서 토시를 손질하던 레우스가 입을 열었다.

"형님, 우리가 지금 가는 마을에는 투기장이 있다며? 혹시 시합 같은 게 열린다면 형님은 출전할 거야?"

"아, 나는 출전할 생각이 없어."

"시리우스 씨라면 우승도 노려볼 수 있을 것 같은데 말이야."

"관전은 할 거야. 전에 들렀던 마을에서 들은 이야기에 따르면, 머지않아 투기장에서 성대한 시합이 열린다고 했거든."

'투무제'라고 해서, 1년에 한 번 열리는 유명한 무투대회가 개최되는 것 같았다.

우승을 하면 막대한 상금과 명예를 얻을 수 있지만, 우리에게는 딱히 필요 없는 것이다. 게다가 우리는 호쿠토 때문에 남들의 시선을 모으는 편이니 별 이유가 없다면 눈에 띄는 행동은 피하는 편이 나을 것이다.

내가 딱히 내키지 않아 하자, 옆에 앉아 있던 에밀리아의 볼에 손을 대며 중얼거렸다.

"유감이에요. 많은 사람들에게 시리우스 님이 얼마나 대단한 분인지 알릴 좋을 기회라고 생각했는데……."

"너는 여전하구나. 투기장에서 싸우는 건 학교에서 충분히 즐겼으니 됐다고."

케이크라면 환장을 하는 최강의 마법사, 로드벨과 전력을 다해 싸웠으니까 말이다. 한동안은 투기장 같은 장소에서 싸우는 건 피하고 싶다.

"형님, 나는 출전하고 싶은데…… 그래도 돼?"

"나는 신경 쓰지 말고 하고 싶은 대로 해. 다양한 상대와 싸워보는 것도 좋은 경험이 될 테니까 말이야."

"정말?! 좋았어!"

레우스는 자신의 실력을 시험해보고 싶은 것 같았다.

가족에게서 물려받은 토시의 손질을 마친 레우스는 그걸 장착하더니 만면에 미소를 지었다.

"레우스. 출전할 거면, 시리우스 님의 제자에 걸맞은 성적을 내도록 해."

"응원할게."

"응!"

이렇게 레우스의 출전이 결정됐지만, 마을에 도착하면 해두고 싶은 일이 하나 더 있었다.

"투기장이 있는 마을이라면 꽤 큰 길드도 있을 테니까, 다음 마을에서 모험가 랭크를 올려 중급 모험가가 될까 해."

"그렇구나. 하긴 우리는 아직 초급이잖아."

"덕분에 길드 여성 직원이 꽤 난처해했지."

엘리시온에 있던 시절, 모험가 등록을 마친 우리는 아직 어린 애였기에 외모와 실력 사이에 상당한 갭이 있었다. 그래서 길드 직원들은 여러모로 난처해했으며, 의뢰인에게 얕잡아 보일 때도 있었다.

그러니 빨리 중급이 되어달라고 직원들이 몇 번이나 투덜댔지만, 당시에는 서둘러 랭크를 올릴 필요가 없었고, 결국 아직도 초급이다.

내가 그 시절을 떠올리며 쓴웃음을 짓자, 뭔가를 떠올린 듯한 에밀리아가 진지한 표정으로 나를 쳐다보았다.

"시리우스 님, 여성하니깐 생각난 겁니다만……."

"……왜 그래?"

나는 불길한 예감이 들었지만, 이야기를 돌릴 수 있을 만한 분위기가 아니었기에 에밀리아를 똑바로 쳐다보았다.

"제 고향에서 마물을 쓰러뜨린 그날, 시리우스 님과 나눈 이야기 중에 매우 신경 쓰이는 부분이 있었어요."

"내가 무슨 말 했었어?"

아마 서로가 서로를 좋아한다고 고백했을 때의 일일 것이다.

하지만 에밀리아가 저런 표정을 지을 만한 말을 한 기억은 없는데 말이다.

"그때, 시리우스 님께서는 엘프 여성에게 고백을 받은 적이 있다……고 말씀하셨죠. 그 이야기를 좀 자세히 듣고 싶어요."

"아……."

내가 예전에 만났던 엘프…… 피아에 관해서 말이구나.

에밀리아는 얼마 전까지 나와 연인 사이가 된 게 기뻐서 잊고 있었지만, 어느 정도 냉정을 되찾으면서 그 말을 떠올린 것 같았다.

그러고 보니 다른 사람에게는 피아와 친구가 됐다고만 설명을 했었다.

"그 말은 어떤 의미였죠? 설명을 해주세요."

이건 질투……가 아닌 것 같았다.

이 세계에는 일부다처제가 존재하며, 에밀리아 또한 연인이 얼마나 늘어나든 개의치 않는다고 말했다.

아마 시종으로서, 주인에게 다가오는 정체모를 여성을 경계하고 있는 것이다.

장래에는 감정에 의해서가 아니라 내 힘을 이용하기 위해 다가오는 여성이 나타날 가능성이 높다고, 에밀리아는 엄마에게 가르침을 받은 것 같았다. 즉, 꽃뱀 같은 녀석들로부터 나를 지키려 한 것이다.

그런 반면, 자신이 인정한 여성이자 자신의 주인에게 도움이 되는 여성에게는 관용을 베푼다. 리스가 그 예다.

"나도 신경 쓰여······."

참고로 리스는 흥미와 질투심이 반반씩 섞인 것 같았다.

피아와의 관계가 복잡하게 얽힐 것 같았기에 그녀와 재회를 한 다음에 이야기할 생각이었지만, 에밀리아와는 이미 연인 사이가 되었으니 이야기를 해두는 편이 좋을 것이다.

왠지 바람피우다 걸린 남편의 기분을 맛보면서 피아와 만났을 때의 일을 이야기하려던 순간······ 마차가 정지됐다.

"호쿠토, 왜 그래?"

"······멍!"

고개를 돌려보니 걸음을 멈춘 호쿠토가 귀와 코를 쫑긋거리고 있었다. 아무래도 뭔가가 다가오고 있는 것 같았다.

나는 곧 '서치'를 사용해서 주위의 반응을 조사해봤지만······.

"······뭐야?"

"형님, 적이야?!"

"으으····· 하필이면 이럴 때에······. 이렇게 되면 빨리 처리해 버리는 편이 좋을 것 같네요."

"정령은 딱히 경계를 하고 있는 것 같진 않은데?"

'서치'에 감지된 반응은 인간형 존재였으며, 놀랍게도 하늘을 날고 있었다.

호쿠토와 나처럼 뭔가를 박차면서 나는 게 아니라, 새처럼 하늘을 활공하면서 마치 바람처럼 나무 사이를 가르고 있었다.

원래라면 경계해야 할 상황이지만, 이 반응은 전에도 느껴본 적이 있다.

왜 이런 곳에 있는 건지는 모르겠지만, 나는 다른 사람에게 경계를 풀라고 말했을 때…… 그자는 말 그대로 하늘에서 내려왔다.

"찾았어!"

그 후로 10년가량이 지났지만, 예전과 변함없이 아름다웠으며, 빛을 흩뿌리듯 반짝이고 있는 녹색 머리카락을 휘날리며 나에게 안긴 이는…….

"……피아?"

"시리우스, 만나고 싶었어!"

내가 다시 태어난 후로 가장 먼저 친구가 되어준 여성이자, 장래를 약속했던 엘프 여성…… 피아였다.

남매의 할아버지인 가브와 싸운 후, 은랑족 촌락에 머물고 이틀이 지났다.

이제부터 우리가 향할 곳은 에밀리아와 레우스의 고향인 촌락이지만, 남매는 촌락 밖으로 나가본 적이 거의 없는데다 마물 무리로부터 도망치느라 촌락의 위치를 알지 못했다.

그래서 다른 은랑족에게 안내를 부탁하려고 했는데, 역시 이 역할은 남매의 가족이자 인연이 있는 가브가 적임이라고 생각한다.

본인도 나와 싸우기 전에 자신을 데려가 달라고 했었으니 오늘쯤 말을 꺼내보자고 마음먹었던 나는 아침 식사를 마치고 집을 나서려 하는 가브에게 말을 걸었다.

"사냥 가는 거야?"

"아니, 식량이라면 충분히 있다. 그냥 밖에 나가서 몸을 좀 움직여보려는 것뿐이지."

평소 훈련 삼아 마물을 사냥하는 데다, 지금은 다른 이들이 호쿠토에게 공물 삼아 바친 식량도 있다. 그러니 숲에 가는 게 아니라 자기 자신을 단련하는 것을 우선하려는 것 같았다.

훈련을 위해서라고 해도 마물을 헛되이 살생하지 않는 점은 그 변태 할배보다 훨씬 낫군.

"그럼 나도 같이 가도 될까?"

"……멋대로 해라."

"그럼 나도 갈래!"

"저도 함께하겠어요."

"그럼 나도 가겠어."

결국 전원이 가브를 따라가기로 하며 집을 나서보니, 오늘도 호쿠토에게 공물을 바치고 있는 은랑족들이 있었다.

건강을 기원하는 이와 풍작을 기원하는 이, 그리고…….

"호쿠토 님. 부디 이 아이에게 축복을 내려주세요."

"멍!"

"에밀리아, 저기 좀 봐. 갓난아기야."

태어난 지 얼마 안 된 갓난아기에게 백랑의 축복을 내려주려 하는 모자가 있었다.

아직 눈을 뜨지도 않은 갓난아기에게 호쿠토가 앞발을 살며시 올려놓으면서 축복이라는 것을 내려주는 광경을, 우리는 조용히 지켜봤다.

그건 그렇고, 아무리 어려도 은랑족 특유의 본능을 지니고 있는 걸까.

모든 면에 있어서 압도적인 존재를 접하고 있는데도, 갓난아기는 평온한 숨소리를 내며 가만히 있었다.

그리고 축복을 마치고 만족스러워 하고 있던 모친은 우리를 보더니 다가왔다.

"안녕하세요, 가브 씨. 여러분."

"음, 안녕. 무사히 축복을 받은 것 같구나."

"예. 이걸로 이 애는 어엿한 전사로 자라겠죠. 저기 있는 가브 씨의 손자와 마찬가지로 말이죠."

"……홍."

남매와 가브의 관계가 신경 쓰이는 이는 우리만이 아니며, 다른 은랑족들도 신경을 쓰고 있는 것 같았다.

약간 심술궂은 소리를 한 모친은 갓난아기를 뚫어져라 쳐다보고 있는 에밀리아와 리스를 보더니, 미소를 지으면서 아기를 내밀었다.

"너희도 안아보겠니?"

"그, 그래도 될까요?"

"물론이지. 너희도 언젠가는 아기를 가질 테니까, 지금 연습을 해두는 것도 좋을 거란다."

"부탁드릴게요!"

우선 리스가 갓난아기를 안아보기로 했다.

만면에 미소를 지으며 신중하게 갓난아기를 넘겨받은 리스가 아이가 너무 귀여운 나머지 헤벌쭉 웃었다.

"하아…… 귀여워라."

"예. 정말 조그마하네요……. 지켜주고 싶다는 마음이 샘솟아요."

에밀리아는 자신의 부모님을 떠올린 건지 표정이 약간 흐려졌지만, 리스의 뒤를 이어 갓난아기를 안아보자 표정이 다시 밝아졌다.

"후후, 귀엽네요."

그 자애에 찬 미소는 어머니를 연상케 했으며, 나는 그런 에밀리아에게서 눈을 떼지 못했다.

"저도 언젠가 시리우스 님의 아이를 품에……."

"후후, 그러고 보니 에밀리아는 이미 운명의 상대가 있지. 그러니 가브 씨도 안심이겠어."

"……나와는 상관없는 일이다."

"정말, 솔직하지 못하다니깐."

이게 어머니의 힘이라는 걸까?

가브가 노려보는데도, 저 아이의 모친은 전혀 주눅 들지 않으며 괜한 참견을 했다.

이 촌락에 오고 나서 생각한 건데, 은랑족 여성은 대부분 드세고 대범한 편인 것 같았다.

에밀리아는 내 시종이라 자제하는 편이지만, 나에게 어리광을 부릴 때는 꽤 대범하기도 했다.

그런 식으로 갓난아기를 안아보며 즐거운 한 때를 보낸 후, 가브와의 훈련을 마친 우리는 집으로 돌아가기 위해 걸음을 옮겼다.

훈련 도중에 남매의 촌락에 안내해달라는 부탁을 가브에게 할 생각이었지만, 그는 나에게 진 게 분한지 훈련에 지나치게 몰두했기에 좀처럼 말을 꺼낼 기회를 잡지 못했다.

뭐, 딱히 초조할 필요는 없으니 점심식사를 하면서 이야기하자고 생각하며 가브의 집 쪽을 쳐다보니…….

"가브 씨, 수고 많으세요! 실은 부탁이 있어서 이렇게 찾아왔어요!"

집 앞에 차렷 자세로 서 있던 은랑족 청년이 우리를 막아서며 고개를 푹 숙였다.

갑작스러운 일이라 우리는 약간 당황했지만, 가브는 익숙한지 한숨을 내쉬며 질문을 던졌다.

"케린이냐. 무슨 일이지?"

"그게 말이죠! 저는 그와…… 시리우스 군과 승부를 하고 싶습니다!"

"……뭐?"

남매만이 아니라 납치되었던 모자도 구출한 나는 은랑족들의 은인이며, 이 촌락 제일의 실력자인 가브에게 이긴 덕분에 지금은 나에게 도전하려 하는 은랑족이 없었다.

그래서 이 케린이라는 청년이 도전을 하는 게 뜻밖으로 느껴졌으며, 나는 위화감을 느꼈다.

그는 가브와 마찬가지로 자기 자신을 단련하기 위해 자신의 실력을 시험해보려는 것 같지 않았다.

"케린. 그 말은 내가 아니라 그에게 해야 할 텐데? 그리고 우선 이유를 말해봐라."

"아, 예! 실은…… ."

나이는…… 우리보다 조금 많나?

아무튼 솔직하고 시원시원한 성격 같아 보이는 이 케린이라는 청년이 나는 왠지 눈에 익었다.

그것도 최근에 봤던 것 같은 느낌이 들었다. 그리고 케린이 에밀리아를 향해 뜨거운 시선을 보내고 있다는 걸 눈치챈 순간, 나는 그를 언제 봤는지 떠올렸다.

분명 저 눈길은…….

'그리고 또 하나, 에밀리아만은 이 마을에 남아줘야겠다. 나중에 저기 있는 저자와 혼인을 해줘야겠거든.'

"……그래. 그는 그때, 가브가 말했던 남자구나."

가브와 승부를 하기 전, 에밀리아와 혼인을 할 상대로서 지목됐던 청년이다.

당시에는 느닷없이 지목을 받고 당황했었지만, 점점 에밀리아의 미모에 빠져들면서 지금과 똑같은 눈길을 보냈었다.

하지만 에밀리아가 나를 선택하는 모습을 보고 체념했는지 그때는 아무 말도 하지 않았지만…….

"저는…… 에밀리아 씨를 진심으로 좋아하게 되었습니다. 그러니 저는 시리우스 군과 싸워서 그녀가 저를 돌아보게 할 겁니다!"

역시 에밀리아를 포기하지 못한 것 같았다.

케린은 이 촌락에서 본 은랑족 중에서 꽤 잘생긴 축에 들어갔다.

서 있는 자세와 단련된 몸으로 볼 때, 상당한 실력자라는 걸 나는 확신할 수 있었다.

좀 감정적인 면도 있는 것 같지만 상대를 공경하며 고개를 숙이는 걸 보면, 진지하고 성실한 청년 같았다.

이건 내 견해지만, 손주들을 멀리하면서도 에밀리아의 행복을 바란 가브가 지명한 상대인 만큼 꽤 괜찮은 남자인 건 틀림없다.

그리고 케린의 뒤편을 쳐다보니, 그를 동경하는 듯한 은랑족 여성이 나무 뒤편에 숨어서 이쪽을 쳐다보고 있었다.

아무튼 여성들이 내버려 두지 않을 듯한 괜찮은 청년이지만, 이번만큼은 포기하는 편이 좋을 것 같았다.

에밀리아에게는 이미 마음에 둔 상대가 있다는 것을 알아도 저런 행동을 취한 케린의 배짱은 나도 꽤 마음에 들었지만…….

"에밀리아 씨, 부디 저의 멋진 모습을 보고……."

"사양하겠어요."

"누나는 형님 거야! 그걸 방해하는 녀석은 내가 상대해주겠어!"

에밀리아는…… 아니, 이 남매는 무시무시하니까 말이다.

에밀리아는 상대의 말을 끝까지 들어보지도 않고 단호하게 거절했고, 레우스는 이미 전투태세에 들어갔다.

엘리시온의 학교에 다니던 시절, 에밀리아는 수많은 이들에게 고백을 받았다. 하지만 그 누구도 이 남매의 철벽을 뚫지 못했다.

"오호라…… 우선 동생인 레우스 군에게 인정을 받아야 하는 것 같군!"

"오, 한 번 붙어볼까?!"

"우선 힘겨루기를 해볼까!"

"바라는 바야!"

하지만 케린은 내 예상보다 끈질겼다.

당사자를 제쳐두고 레우스와 손을 맞잡으며 힘겨루기를 하는 걸 보면, 케린은 아직도 에밀리아를 포기하지 않은 것 같았다.

외부인인 내가 간섭하는 것도 좀 그렇기에 가브를 쳐다보자, 그는 한숨을 내쉬었다.

"실력이 뛰어나고, 장래의 촌장 후보지만…… 보다시피 너무 우직한 게 흠이지."

"제가 어쩌면 좋을까요?"

"괜찮다면 싸워주지 않겠느냐? 그럼 저 녀석도 포기하겠지."

이야기를 듣자하니, 은랑족 여성은 강한 남자뿐만 아니라 마음이 강한 남자에게도 끌린다고 한다.

"꽤 하는걸! 하지만 그 정도 실력으로 형님에게 이기려는 거야?"

"하지만 싸워보지도 않고 포기할 수야 없지! 에밀리아 씨에게 내 멋진 모습을 보여줄 거야."

즉, 결코 굴하지 않는 강한 마음을 보여준다면 에밀리아의 마음을 끌 수 있을지도 모른다고 생각하는 것이다. 가능성은 희미하지만 그는 아무것도 해보지 않은 채로 포기하고 싶지 않은 것이다.

그 뜻을 헛되이 할 수는 없다는 생각이 들었기에…….

"알았어요. 그럼 승부를 하죠."

이렇게 나와 케린은 일전에 가브와 싸웠던 장소에서 대치했다.

참고로 우리가 싸운다는 이야기는 순식간에 촌락 전체에 퍼졌으며, 은랑족들은 하던 일을 멈추며 관전을 하러 왔다. 아마 사냥을 나갔던 이들 이외에는 전원이 이 자리에 모인 것 같았다.

게다가 손재주가 좋은 은랑족들이 간략하게 옥좌 같은 의자를 만들더니, 그 자리에 에밀리아를 앉혔다.

"그야말로 한 여성을 남자들이 다투는…… 느낌이네. 여성으로서 좀 부럽지 않아?"

"아아…… 이건 시리우스 님이 저를 자기 걸로 여긴다는 증거군요. 시종으로서 이렇게 기쁜 일은 없어요."

"왠지 케린 씨가 불쌍하다는 생각이 들어요……."

꽤 떨어져 있어서 목소리가 들리지 않지만 왠지 슬픈 표정을 짓고 있는 리스에게서 시선을 떼며 케린을 쳐다보니, 그는 마물의 소재로 만든 토시를 장비한 채 전투태세를 취하며 나에게 이렇게 말했다.

"네가 강하다는 건 알고 있어. 그래도 나는 포기할 생각이 없어. 무엇보다 마음만은 그 누구에게도 질 생각이 없어!"

"마음……이라. 확실히 그건 중요하지."

"물론 너에게 질 생각도 없어! 간다!"

그리고 단숨에 파고든 케린이 주먹을 날렸지만, 나는 그 주먹을 양손으로 막아냈다.

그 일격은 '부스트'로 신체능력을 강화했는데도 완전히 막아낼 수가 없었으며, 나는 지면에 자국을 남기며 밀려나는데도 어찌어찌 버텨냈다.

"큭?! 아직 멀었어!"

케린은 내가 공격을 막아내서 놀랐지만, 그는 주먹을 거두면서 다른 주먹을 내질렀다. 그리고 나는 그 주먹을 손바닥으로 받아냈다.

내가 두 번이나 공격을 막아낸 것을 보고 뭔가 이상하다는 걸 눈치챈 케린은 일정거리를 유지한 채 분노를 드러냈다.

"큭?! 나를 바보취급 하는 것이냐?! 가브 씨에게도 맞서 싸웠던 네가 왜 내 공격을 일부러 받아주는 거지?!"

"⋯⋯이것 밖에 안 되는 거야?"

"뭐, 뭐가 말이지?"

"에밀리아를 향한 네 마음은 이것 밖에 안 되는 거냐고 묻는 거야."

"그럴 리가 없다! 그리고 에밀리아 씨를 향한 내 마음과, 공격을 받아주는 게 무슨 상관⋯⋯."

"있어. 에밀리아를 생각하며 날린 주먹을 피하는 건 실례잖아?"

평소의 나라면 피하거나 흘려보냈겠지만, 에밀리아를 흠모하는 이 남자가 날린 주먹은 받아줘야만 한다는 생각이 들었다.

게다가 이 싸움은 실력으로 승패를 가르는 게 아니라, 에밀리아를 향한 마음을 겨루는 싸움이다.

상대가 진심이기에, 나도 진심으로 받아줘야겠다고 생각한 것이다.

"그리고 당신한테는 미안하지만, 나에게 있어서도 에밀리아는 소중한 존재거든. 그 아이의 마음과 소망에 부응하기 위해서라도 질 수는 없어."

에밀리아는 '은월의 맹세'라고 불리는 은랑족에게 있어 중요한 의식을 치렀다. 그것은 죽을 때까지 내 곁에 있겠다는 맹세다.

그런 에밀리아는 나에게 있어 귀여운 제자이자, 딸이나 다름 없는 존재지만…… 서로가 성장한 지금은 한 여성으로서 좋아하게 됐다.

그러니 나도 그에 걸맞은 각오를 에밀리아에게 보여주고 싶었다.

내 말과 기백에 동요한 케린은 에밀리아를 힐끔 쳐다보고 마음이 진정됐는지, 진지한 표정을 지으며 다시 주먹을 말아 쥐었다.

"그래. 너도 에밀리아 씨를 경애하는군. 하지만 나도 그녀를 포기할 수는 없어!"

"그래. 에밀리아를 진심으로 사랑한다면 인정사정 보지 말고 덤벼. 내 마음이 꺾일 정도의 강한 마음을 보여주지 않는다면, 에밀리아에게 닿지 않는다고."

"우오오오오오오———!"

그리고 다시 나에게 육박한 케린이 촌락 전체에 울려 퍼질 정도의 고함을 지르며 날카로운 일격을 날렸다.

나도 그 일격에 부응하기 위해 '부스트'로 신체능력을 최대한 끌어올렸지만, 이번에는 버텨내지 못하며 튕겨나고 말았다.

"큭?! 예상했던 것보다 묵직한걸."

"아직 멀었어어어어———!"

나는 공중에서 몸을 한 바퀴 회전시키면서 두 발로 착지했지만, 어느새 접근한 케린이 또 주먹을 날렸기에 나는 두 팔을 교차시켜서 방어했다.

'부스트'에 의한 강화를 방어에 대부분 돌리고 있었는데도, 그 일격은 내 팔이 저릴 정도로 강력했다. 하지만 나는 반격을 하지 않고, 고통을 견디며 케린의 맹공을 버텨냈다.

그대로 열 번이 넘는 주먹을 받아냈을 즈음, 케린은 흐트러진 호흡을 가다듬으려는 듯이 일단 거리를 벌렸다.

"하아…… 하아…… 왜…… 공격을 하지 않는 거지?"

"물론 할 거야. 하지만 이건 처음 쓰는 기술이라서 마력을 집중시키는데 시간이 걸리거든."

일방적으로 공격을 하는 걸 이해할 수 없는지, 내가 공격을 할 거라는 걸 안 케린은 호흡을 가다듬으면서 방어 자세를 취했다.

하지만 내 말이 마음에 걸린 듯한 케린은 불쾌한 듯한 표정을 지었다.

"처음……이라고? 이런 상황에서 그런 걸 쓸 생각을 용케도 하는군."

"너무 그러지 마. 이건 너희도 잘 아는 기술이라고."

방대한 마력을 집중시킨 주먹을 허리 옆에 댄 후, 하반신을 약간 낮추면서 한쪽 발을 뒤쪽으로 뺐다. 그것은 정권지르기를 날리는 자세와 비슷하며, 내 모든 것이 담긴 이 기술은…….

"그건…… 설마……?!"

"할아버지의 기술이야!"

일전에 가브가 선보였던 '실버 팽'이다.

놀란 케린과 레우스의 목소리가 울려 퍼진 순간, 나는 가브의 움직임을 모방하듯 지면을 박차면서 돌격했다.

그리고 혼신의 힘이 담긴 내 주먹이 케린의 팔에 꽂히자, 마치 눈앞에서 폭탄이 터진 것처럼 케린은 후방으로 튕겨져 날아갔다.

나무를 몇 그루나 부러뜨린 끝에 정지한 케린은 바닥에 쓰러진 채 꼼짝도 하지 못했다.

"대단해, 형님! 할아버지의 기술은 언제 터득한 거야?!"

"······아냐. 비슷하기는 하지만, 저건 내 기술과 엄연히 다른 거다."

원래 사용자인 가브가 방금 말한 것처럼, 아까 내가 날린 기술은 '실버 팽'과 약간 달랐다.

가브의 기술은 그저 자신의 힘을 상대에게 일직선으로 내리꽂는 돌격창 같은 일격이다. 하지만 내 기술은 주먹이 상대에게 닿는 순간에 '임팩트'를 발동하여 주먹과 마법을 통한 이중 충격을 동시에 가한다.

그리고 왜 이런 식으로 사용하냐면, 원래 방식은 몸에 막대한 부담을 주기 때문에 은랑족 특유의 튼튼한 육체가 없으면 주먹이 박살 나고 마는 것이다.

그래서 내 나름대로 개량을 해서 부담을 줄였으니, '실버 팽'이 아니라 '더블 팽'이라고 불러야 할지도 모른다.

"큭······ 아직······ 멀었어. 아직······."

"의식을 유지하고 있는 것만으로도 대단하지만, 이제 관두는 편이 좋을 거야."

게다가 이 기술은 방어 너머로 충격을 내부에 전달하는 '갑옷 꿰뚫기'라는 기술을 응용해서 만들었다.

즉, 상대의 팔에 날린다면 그 뒤편에 있는 가슴에 '임팩트'를 정통으로 먹일 수 있다. 그러니 케린의 명치에 강렬한 일격을 날린 거나 다름없다.

그래도 케린은 이를 악물면서 몸을 일으키려 했다.

그 근성은 대단하다고 생각하지만, 나도 포기할 수는 없기에 다시 전투태세를 취했다. 바로 그때, 의자에 앉아 있던 에밀리아가 케린을 향해 걸어가는 게 보였다.

"에밀리아…… 씨?"

"이제 그만하세요. 당신의…… 케린 씨의 마음은 충분히 저에게 전해졌어요."

"저, 정말이야?!"

"하지만…… 죄송해요. 저는 당신의 마음에 보답할 수 없어요."

아까까지만 해도 냉정했던 에밀리아가 지금은 미안해하면서 고개를 푹 숙이며 그렇게 말했다.

애초에 에밀리아가 이러는 것은 지금까지 자신에게 고백을 한 이들 중에서 이렇게 포기하지 않으며 끝까지 사랑을 고백한 이가 없었기 때문이다.

대부분은 에밀리아가 거절하면 포기하거나, 레우스가 노려보면 도망치곤 했던 것이다.

그리고 케린의 진심을 알기에, 에밀리아 또한 자신의 솔직한 마음을 털어놓았다.

"저는 시리우스 님에게 충성을 맹세한 시종이에요. 그러니, 시리우스 님 이외의 다른 남자를 마음에 둘 수는 없어요."

"시종……이라고?"

"예. 저는 시종으로서 저분을 모시겠다고 은월에 맹세했답니다."

"그래. 은월에……."

역시 은랑족에게 있어 은월의 맹세는 중요한 건지, 방금 그 말은 절대적인 효력을 지녔다.

"하지만 여성으로서의 행복은 포기한 거야? 나는 시종이 어떤 존재인지 잘 모르지만, 부부가 되는 것과 다르다는 건 알아. 자신이 낳은 아기를, 아까처럼 안아볼 수 있는 관계인 거야?"

"그건…… 몰라요. 하지만 부부가 될 수 없더라도, 시리우스 님의 곁에 있을 수 있다면 그것만으로 족해요."

아마 케린이 고백을 한 계기는 오늘 아침에 에밀리아가 아기를 안으며 지은 미소를 봤기 때문일 것이다.

하지만 에밀리아가 한 점의 후회도 어리지 않은 미소를 짓자, 케린은 자신이 절대 이길 수 없다는 걸 눈치챈 것 같았다.

"……알았어. 그 정도로 굳은 결의를 했다면, 나는 포기할게."

"죄송해요."

"에밀리아 씨가 사과할 필요는 없어. 꼭 행복해져……."

케린과 더 이야기를 나눠봤자 상대를 비참하게 할 뿐이라고 생각한 듯한 에밀리아가 아무 말 없이 나를 향해 걸어왔다.

자신의 마음을 간접적으로 나에게 들려준 에밀리아가 대답을 듣고 싶어 하는 듯한 눈빛을 보내왔지만, 나는 그저 얼버무리듯 그녀의 머리를 쓰다듬어줬다.

에밀리아는 약간 유감스러워하면서도, 기분 좋다는 듯이 평소처럼 꼬리를 흔들었다.

나는 이미 한 사람의 여성으로 여기는 에밀리아의 마음에 부응할 생각이지만, 지금은 그때가 아니다.

마음의 상처가 된 과거를 에밀리아가 극복했을 때, 나는 이 아이를 받아줄 생각이다.

나는 그때까지 마음을 숨기자고 생각하며, 에밀리아의 머리를 쓰다듬어줬다.

그때, 상반신은 일으킬 수 있을 만큼 몸이 회복된 케린에게 레우스와 가브가 다가갔다.

"케린, 괜찮으냐?"

"……예. 하지만 오늘은 꼼짝도 하고 싶지 않군요."

"그래? 그럼 오늘은 무리를 하지 말고……."

"그러지 말고 나와 승부하자!"

"갑자기 무슨 소리를 하는 거야?!"

레우스가 만신창이인 케린을 향해 느닷없이 그렇게 말하자, 리스가 허둥지둥 두 사람에게 다가갔다.

하지만 레우스는 개의치 않는다는 듯이 케린의 앞에 앉으며 평소와 마찬가지로 순진무구한 미소를 지었다.

"마음이 가라앉았을 때는 몸을 마음껏 움직여주면 개운해져. 그러니까 나와 전력을 다해 싸우자고."

상대방을 배려하지 않는 듯한 발언이지만, 맞는 말이기도 했다.

과거에 엄마를 잃었을 때, 나는 가라앉아 있는 레우스와 노엘에게 전력질주를 시켰고, 마음속의 울분을 전부 토할 때까지 고함을 지르게 했다.

하지만 케린은 방금 에밀리아에게 차였으니 레우스의 제안을 거부할 거라고 생각했지만…….

"그……래. 레우스 군의 말이 맞아. 내가 이렇게 가라앉아 있다간, 에밀리아 씨뿐만 아니라 다른 사람들에게 걱정을 끼치겠지."

아까 힘겨루기를 하며 서로를 인정했던 두 사람은 자연스럽게 친해진 것 같았다.

친구가 된 레우스의 배려를 이해한 케린은 희미한 미소를 지으며 고개를 끄덕였다. 저 긍정적인 정신적 강함 때문에 케린은 다음 촌장 후보로 거론되는 걸지도 모른다.

"하지만 지금 바로는 무리야. 몸 곳곳이 아픈데다, 두 팔이 저려서 제대로 움직일 수 없거든."

"괜찮아. 상처는 금방 나을 거야. 리스 누나, 내 말 맞지?"

"하아…… 치료해주는 건 괜찮지만, 전력을 다해 싸우지는 마."

리스는 약간 어이없어 하면서 케린의 앞에 앉더니, 마력을 집중해서 치료마법을 사용했다.

"물로 감쌀 테니까, 잠시만 참아."

"고마워. 치료해주는 것만으로도 감지덕지거든."

리스는 순식간에 치료를 마치더니, 마지막으로 케린의 팔과 가슴을 만져보며 다른 상처가 없는지 살폈다.

케린은 아까 꽤 심하게 날아갔지만, 뼈가 부러진 듯한 감촉은 느껴지지 않았다. 아마 전력으로 주먹을 날려대며 쌓인 피로와 타박상 외에는 멀쩡한 것 같았다.

그리고 내 예상이 빗나가지 않은 건지, 치료를 마친 리스는 안도의 한숨을 내쉬었다.

"이제 괜찮은 것 같은데, 혹시 아픈 곳은 없어?"

"아, 통증은 거의 사라졌어. 네 마법은 정말 대단하구나."

"고마워. 이제 푹 쉬면 나을 테니, 오늘은 무리하지 마. 다른 사람들이 걱정할 거야."

"윽?!"

리스가 마지막으로 학교에서 성녀라 불리는 계기가 되었던 그 미소를 짓자, 케린은 그대로 딱딱하게 굳어버리더니…….

"너는…… 정말 멋진 여성이구나! 상냥하기만 한 게 아냐. 타인인 나에게 자애심으로 가득 찬 따뜻한 미소를 지어주다니…….."

"……어?"

"네 이름은…… 리스 씨였지? 내 아내가 되어주지 않겠어?!"

"뭐어?!"

"잠깐만! 리스 누나를 건드리면 용서 안 할 거야!"

"아, 그녀는 레우스 군의 연인이구나? 그럼 이번에야말로……."

"아냐! 리스 누나도 형님 거야!"

"뭐?!"

……방금까지만 해도 케린에게 조금 미안했지만, 방금 대화 덕분에 그런 감정이 싹 사라졌다.

아무래도 케린은 어머니를 연상케 하는 자애에 찬 미소에 약한 것 같았다. 게다가 감정적이기도 한 것 같았다.

리스도 더는 말릴 생각이 없는지, 다시 힘겨루기를 시작한 케린과 레우스를 우리와 함께 어이없다는 눈길로 쳐다보고 있었다.

그 후…… 케린은 결국 리스도 포기했지만…….

"케린, 너에게 어울리는 여성은 금방 나타날 거야. 그러니까 기운 내……."

"루나…… 그래. 나는 바보야. 이렇게 가까운 곳에 매력적인 반려가 있다는 걸 이제야 눈치챘잖아."

케린은 자신을 위로해주는 소꿉친구 여성이 자신을 좋아한다는 걸 깨달았고, 두 사람은 곧 연인 사이가 되었다.

그리고 촌락을 출발하는 날…… 두 사람은 손을 맞잡은 채 우리를 배웅하러 왔다.

뭐랄까…… 에밀리아와 리스를 향한 케린의 마음 또한 진심이었기에, 더 어이가 없었다.

나만 괜히 두들겨 맞은 것 같지만…….

"저를 결코 넘겨주지 않으려 하시던 시리우스 님의 모습을…… 저는 평생 기억할 거예요."

에밀리아가 만족한 것 같으니…… 잘된 것으로 치기로 했다.

우리는 그런 미묘한 기분을 맛보면서, 가브와 함께 남매의 고
향으로 출발했다.

그날…… 한 촌락이 괴멸의 위기를 맞이했다.

오늘도 평화로운 나날을 보내던 은랑족 촌락을, 수많은 마물들이 습격했다.

하지만 조그만 촌락이라 전사도 적은데도 개개인의 전투력은 뛰어난데다, 은랑족은 평소 숲에서 마물들을 사냥해왔기에 마물 정도는 가볍게 격퇴……할 수 있을 줄 알았다.

"서둘러! 아이들은 대피시키는 거야!"

"알았어! 하지만 마물들이 쉴 새 없이……."

"젠장. 이쪽은 더 막을 수 없어!"

하지만 아무리 쓰러뜨려도 마물들은 쉴 새 없이 몰려왔고, 그 압도적인 물량 앞에 은랑족 전사들은 차례차례 당했다. 피로 때문에 움직임이 서서히 둔해지더니, 은랑족 전사는 한 명…… 또 한 명 목숨을 잃었다.

그런 와중에도 이 촌락의 우두머리인 페리오스는 포기하지 않으며 마물과 싸웠지만, 아이들의 호위를 맡았던 동료들에게서 잔혹하기 그지없는 보고를 받았다.

"안 돼, 페리오스! 촌락은 완전히 포위됐어!"

"사방에 마물이 있어서 동포들을 대피시킬 수가 없어."

"그럼 너희가 길을 만들어! 여기는 내가 맡겠어!"

"무슨 소리를 하는 거야! 너 혼자만 남겨둘 순……."

"잔말 말고 빨리 가! 나도 금방 따라갈게!"

촌장의, 그리고 친구의 각오를 안 동포들은 페리오스를 남겨 두고 이 자리를 벗어났다.

그렇게 홀로 남게 된 페리오스는 마물들의 주의를 끌기 위해 고함을 지르며 주먹을 휘둘러댔다.

"나는…… 죽을 수 없어. 아내와, 아이들을 두고 죽을 수는 없 단 말이야……."

소중한 에밀리아와 레우스에게, 어머니를 여의고 살아온 자신 과 같은 고통을 겪게 할 수는 없다.

그런 마음을 품고 마물과 싸우고 있을 때, 갑자기 뜻밖의 목소 리가 들려왔다.

"아빠!"

"에밀리아?! 네가 왜 여기 있는 것이니?"

고개를 돌려보니, 동료들과 함께 도망쳤던 딸…… 에밀리아가 이쪽으로 뛰어오고 있었다.

에밀리아는 동포에게서 페리오스가 혼자 남았다는 말을 듣고, 가만히 있을 수가 없어서 이곳으로 뛰어온 것이다.

원래라면 위험한 행동이지만, 이번만큼은 그 덕분에 목숨을 건졌다.

사실 마물 무리를 돌파하려던 동포들은 예상 이상으로 많은 마물들에게 습격을 당해 괴멸 상태에 처했기 때문이다.

은랑족 전사가 약해서 당한 것은 아니다.

비전투원을 지키면서 싸우기에는 전사의 숫자가 너무 적었다. 설령 페리오스가 그 자리에 있었더라도 결과는 같았을 것이다.

동료들의 상황을 알 리가 없는 페리오스는 에밀리아를 보호하기 위해 뛰어갔다. 하지만, 그와 동시에 페리오스는 자신의 등 뒤에 존재하는 마물의 기척을 포착했다.

"하앗!"

그게 평범한 마물이 아니라는 것을 기척만으로 눈치챈 페리오스는 몸을 돌리면서 아버지에게 물려받은 기술인 '실버 팽'을 펼쳤다.

그 마물은 페리오스보다 훨씬 거대했지만, 그 기술을 맞고 팅겨났다.

"와아!"

"……뭐지?"

에밀리아는 아버지의 멋진 모습을 보고 환호성을 질렀지만, 페리오스는 공격을 하면서 위화감을 느꼈다.

그 위화감을 긍정하듯 아무 일도 없었다는 듯이 몸을 일으킨 마물이 페리오스를 적으로 인식한 것처럼 포효를 터뜨렸다.

"히익?!"

"에밀리아, 물러나 있어."

자신의 아버지보다 뛰어난 감을 지닌 페리오스는 방금 그 공격이 거의 대미지를 입히지 못했다는 걸 눈치챘지만, 그래도 물러설 수는 없다.

딸을 안아 들고 도망칠 수 있는 상대도 아닌 데다, 이 마물을 다른 동포들이 있는 곳으로 데려갔다간 상황이 더 악화될 것이 뻔했다.

충격을 거의 무효화하는 이 마물, 다이나로디아는 페리오스에게 있어 최악의 적이나 다름없다.

그래도 페리오스는 용감하게 맞서 싸웠고…….

그리고…… 촌락에 일어난 참상을 뒤늦게 안 세 은랑족이 있었다.

"이게…… 대체 어떻게 된 거야?!"

세 사람 중에서 가장 나이가 많으며, 가브와 소꿉친구인 여성…… 아그네스.

"이럴 수가?! 이렇게 많은 마물이 어째서……?!"

촌장인 페리오스의 절친이자, 함께 실력을 갈고 닦아왔던 남성…… 킬트.

"아빠! 엄마! 다들!"

세 사람 중에서 가장 어리며, 전사로서 첫 걸음을 뗀 열세 살소년…… 리트.

그날, 세 사람은 전사가 된지 얼마 안 된 리트를 단련시키기 위해 평소보다 먼 곳까지 사냥을 하러 갔다.

그래서 늦게 돌아왔으며, 다른 이들이 화를 내겠다고 걱정하며 촌락이 보이는 언덕 위까지 올라간 그때…… 고향이 마물에게 습격을 당했다는 사실을 안 것이다.

요리용 불이 옮겨 붙으면서 가옥 전체를 활활 태우고 있는 불길이 됐다. 그리고 불길에 비친 촌락은 마물에게 뒤덮여 있으며, 흩어져서 저항하고 있는 은랑족 전사도 차례차례 죽어가는 광경이 눈앞에서 펼쳐지고 있었다.

세 사람은 그 믿기지 않는 광경을 망연자실하게 쳐다보고 있었지만, 곧 정신을 차린 아그네스가 고함을 질렀다.

"정신 차려! 지금은 정신이 나가 있을 때가 아냐. 살아 있는 애들을 찾는 거야!"

"그, 그래. 미처 도망 못 간 애들이 있을지도 몰라."

"하지만, 저래선……."

리트가 말한 것처럼, 촌락에는 살아 있는 은랑족이 없다고 해도 과언이 아닐 정도의 상황이었다.

"정신 차려, 리트! 페리오스가 있는데, 그렇게 간단히 당할 리가 없어!"

이 촌락 최강의 전사이자, 가브를 뛰어넘는 재능을 지닌 페리오스가 있으니 마물에게 포위당하더라도 간단히 당할 리가 없다.

페리오스가 활로를 만들어서 동포들을 대피시켰을 거라 믿으며 아그네스가 언덕에서 뛰어내리려 한 순간, 리트가 그녀의 팔을 잡았다.

"아그네스 씨! 저쪽을 봐요!"

리트가 고함을 지르며 가리킨 곳은 숲속이었으며, 그곳에서는 은랑족 소녀가 한 소년을 안아 든 채 필사적으로 뛰고 있었다.

거리가 상당히 멀었지만, 세 사람은 매일같이 봐왔던 저 아이들이 누구인지 바로 눈치챘다.

"저 애들은…… 에밀리아와 레우스잖아?!"

"살아 있었구나!"

"하지만 페리오스 씨와 레이나 씨는……."

"설마……."

가브와 같은 세대인 아그네스는 페리오스를 어릴 적부터 봐왔다.

사랑하는 남편과 아들을 한꺼번에 잃었던 아그네스는 페리오스를 아들처럼 여겼다. 그녀가 이 촌락에 있는 것도, 가브와 싸우고 헤어진 페리오스가 걱정됐기 때문이다.

페리오스에 대해 잘 아는 아그네스이기에, 그의 자식들만 저렇게 도망치고 있는 광경을 보고도 믿을 수가 없었다.

게다가 아무리 주위를 둘러봐도 페리오스뿐만 아니라 저 아이들의 어머니인 레이나의 모습도 보이지 않았다.

즉……

"그 애가…… 당할 정도의 마물이 있는 거야?"

"아그네스 씨……"

"……지금은 머뭇거릴 때가 아냐. 우리가 저 애를 지켜야 해."

"맞아. 하지만 저 많은 마물을 상대하는 건 쉽지 않겠지."

필사적으로 뛰고 있는 남매의 뒤편에는 절망적인 숫자의 마물들이 있었다.

이 촌락에서 페리오스 다음 가는 실력을 지닌 아그네스와 킬트조차도 저 많은 마물들을 막으려 했다간 죽을 수밖에 없을 것이다.

즉, 남매를 구출하러 가봤자 결국 전멸될 가능성이 훨씬 크다.

하지만…….

"무슨 소리를 하는 거야. 다들 빨리 가자."

"그래!"

"예!"

그들은 주저 없이 언덕에서 뛰어내리더니, 남매를 향해 뛰어갔다.

그것은 무모하기 그지없는 행동이며, 이 땅에 사는 은랑족의 핏줄이 끊어지게 하는 행위이기도 했다.

원래라면 무슨 수를 써서라도 살아남아서 이 참상을 다른 촌락에 알려야 할 것이다.

하지만 그들은 남매를 버리지 못했다.

동포와 가족의 유대가 깊은 은랑족에게 있어, 동포를 버리는 행위는 죽음보다 괴로운 것이다.

게다가 그들은 페리오스를 존경했고, 그의 자식인 에밀리아와 레우스를 진심으로 사랑했다.

설령 피가 이어져 있지 않을지라도…….

"마음 단단히 먹어! 우리의 희망을 죽게 내버려 둘 순 없단 말이야!"

사랑하는 손주와…….

"그래! 저 아이들을 나보다 먼저 죽게 할 수야 없지!"

친구의 아이를…….

"내가 금방 구하러 갈 테니까, 기다리고 있어!"

동생들을 지키기 위해…… 그들은 두려움을 떨쳐내며 앞으로 나아갔다.

에밀리아는 필사적으로 뛰었다.

눈앞에서 부모님을 잃은 슬픔을 떠올리지 않기 위해, 그리고 부모님이 맡긴 레우스를 지키기 위해, 에밀리아는 앞만 보며 계속 뛰었다.

하지만 아무리 신체능력이 뛰어난 은랑족일지라도, 아직 어린 애인 에밀리아의 걸음은 느렸다. 게다가 자신의 마음이 무너지는 걸 막기 위해 기절한 레우스를 안아 들고 있으니, 마물들에게 금방 따라잡히고 말 것이다.

그리고 늑대형 마물이 에밀리아를 따라잡더니, 그녀의 등에 송곳니를 꽂기 위해 입을 벌린 순간…….

""하앗!""

아그네스와 킬트가 끼어들면서 마물을 두들겨 팼다.

그와 동시에 나무 사이에서 늑대형 마물 몇 마리가 튀어나왔지만, 두 사람은 주먹으로 전부 해치웠다. 하지만 마물들은 쉴 새 없이 몰려 왔기에, 두 사람은 쉴 새 없이 뛰고 있는 에밀리아에게 다가가지 못했다.

뒤늦게 합류한 리트는 싸우고 있는 두 사람에게 말을 걸었다.

"하아…… 하아…… 에밀리아와 레우스는 어디에?"

"하앗! 저쪽이다. 무사히 도망치고 있지."

킬트가 가리킨 곳을 쳐다보니, 열심히 뛰고 있는 에밀리아의 뒷모습이 눈에 들어왔다.

하지만 에밀리아는 세 사람이 나타난 걸 모르는지 뒤도 돌아보지 않았다.

그 정도로 도망치는데 집중하고 있는 거겠지만, 리트는 다른 두 사람이 에밀리아에게 말을 걸지 않는 이유를 모르겠는지 고개를 갸웃거렸다.

"쫓아가지 않을 건가요? 말을 걸어서 저희 쪽으로……."

"그랬다간 저 아이가 걸음을 멈출 거다."

"미안하지만 우리도 힘든 상황이거든. 지금은 저 아이가 자기 발로 최대한 이곳에서 멀어지는 편이 나아."

"그럼 저희가 저 애들을 안아 들고 도망치면……."

"유감이지만 속도는 마물들이 더 빨라. 이 인원으로 저 아이들을 지키면서 도망치는 게 더 위험하다고!"

이들 중 그 누구도 남매를 안아 든 상태에서는 마물들에게 대처할 수 없을 것이다.

지금도 발이 빠른 마물들만 몰려오고 있어서 어찌어찌 둘이서 막아내고 있었다. 마물의 숫자가 더 늘어난다면, 순식간에 당하고 말 가능성이 컸다.

"아무튼 저쪽에 있는 강만 넘는다면, 마물들도 추격하지 못할 거야."

"저 아이들이 강을 건널 때까지, 우리가 마물들을 저지해야만 해!"

크고 물살이 센 강이지만, 은랑족이 통나무로 만들어둔 다리가 있으니 에밀리아도 충분히 건널 수 있을 것이다.

"하지만 다리가 남아 있으면 아무 의미가 없지 않나요?"

"그러니까 너는 저 아이들을 쫓아가!"

"우리가 마물을 막는 사이에, 리트는 저 아이들과 함께 강을 건너라. 그리고 강을 건넌 후에 다리를 부수는 거야!"

"윽?! 그랬다간……."

"괜한 소리하지 말고 빨리 가! 촌락 밖으로 나가본 적도 없는 저 아이들 둘이서 숲속에서 헤매게 할 거야?"

"너는 숲에서 살아남는 법을 배웠잖아. 그러니 빨리 가!"

"……예!"

다른 마물들이 모습을 드러내기 시작하자, 리트는 두 사람에게 등을 보이며 내달리기 시작했다.

그 뒷모습을 힐끔 쳐다본 아그네스와 킬트는 다시 주먹을 휘두르며 마물들을 두들겨 팼다.

"자아, 전사의 긍지를 보여주자!"

"그래!"

그리고 조금이라도 더 시간을 벌기 위해, 두 전사는 목숨을 걸고 마물들에게 맞서 싸웠다.

리트는 그 두 사람의 뜻에 따라 남매를 쫓아갔지만, 바로 합류하지는 못했다.

"방해……하지 마!"

왜냐면 두 사람이 미처 처리하지 못한 마물들을 상대해야 했던 것이다.

쫓아오는 마물의 숫자는 한두 마리에 불과했기에 리트가 어찌어찌 처리할 수 있었지만, 미숙한 그는 걸음을 멈추지 않고는 제대로 싸우지 못했기에 에밀리아를 따라잡을 수 없다.

서서히 초조함이 밀려올 뿐만 아니라, 저 두 사람과 다르게 마물을 간단히 해치우지 못하는 자기 자신 때문에 리트는 분통을 터뜨렸지만······.

"저 두 사람도 최선을 다하고 있잖아. 내가······ 지켜야만 해."

리트는 뒤편에서 펼쳐지고 있는 격전에 비하면 이건 아무것도 아니라고 생각하며 마음을 부여잡았다.

미처 처리하지 못한 마물도 있지만, 언덕에서 본 마물의 숫자를 생각하면 그게 당연했다. 아니, 겨우 둘이서 이 만큼이나 막아내고 있는 게 기적에 가까웠다.

리트는 세 번째 마물을 쓰러뜨렸지만, 상황은 그에게 숨을 고를 여지조차 주지 않았다.

"아차?!"

나무 사이에서 느닷없이 튀어나온 늑대형 마물이 에밀리아를 쫓아갔다.

리트는 뒤늦게 몸을 날렸지만, 피로 때문에 다리가 생각대로 움직이지 않았다.

"내······ 동생들을 건드리지 마!"

피가 이어져 있지는 않지만, 가족이나 다름없는 남매를 지키기 위해 필사적인 리트는 이를 악물며 내달렸다. 그리고 앞으로 몸을 날려 마물의 꼬리를 움켜잡는데 성공했다.

꼬리가 잡혀 화가 난 마물이 리트를 물어뜯으려 했지만, 그는 결코 꼬리를 놓지 않으며, 마물을 향해 주먹과 발차기를 날렸다.

리트는 지면을 굴러다니며 진흙탕 싸움을 펼친 끝에 승리했지만, 그 대가는 컸다.

마물에게 두 다리를 물린 탓에, 리트는 몸을 일으키는 것도 힘들어졌다.

"젠장…… 겨우 이딴 상처로……."

리트는 그런 상황에서도 바닥을 기며 앞으로 나아갔지만, 신이 그를 비웃기라도 하는 것처럼 마물들 몇 마리가 또 다가왔다.

리트는 나무에 몸을 의지하며 몸을 일으켰지만, 그는 제대로 싸울 수 있는 상태가 아니었다.

달리지도, 싸우지도 못하는 상태인 리트는 결국 마물에게 따라잡혀 공격을 당하고 말았다.

리트는 에밀리아의 뒷모습을 쳐다보는 것 이외에는 아무것도 할 수 없었기에, 그저 어금니를 깨물 수밖에 없었다.

이대로 죽을 수는 없다.

제대로 움직이지 않는 상태에서 필사적으로 머리를 굴린 리트는 아그네스와 킬트가 가르쳐줬던 것을 떠올렸다.

"아직…… 할 수 있는 게 있어!"

리트는 자신을 가족처럼 따르던 남매의 얼굴을 떠올리며 울부짖었다.

숲에서 큰 소리를 내면 약한 마물을 쫓아내거나 불러들일 수 있다고…… 오늘 아침에 그 두 사람에게 배웠다.

그리고 마물이 흉포해진 상태라는 걸 눈치챈 리트는 자신이 낸 소리에 마물들이 반응할 거라고 확신했다. 리트는 자신의 존재를 과시하려는 것처럼 계속 울부짖어서, 남매가 도망치는 방향으로 향하던 마물들을 자신 쪽으로 유인하는데 성공했다.

그렇게 되면, 마물들이 자신에게 몰려올 것이며…….

"은랑족 전사는…… 결코 포기하지 않아. 나를 간단히 잡아먹을 수 있을 거라 생각하지 말라고!"

장래에…… 여동생에서 매력적인 여성으로 성장한 에밀리아에게 프러포즈를 했을지도 모르는, 그런 젊은 은랑족 전사는…… 결코 부러지지 않는 긍지의 송곳니로 처절하게 싸워나갔다.

대체…… 얼마나 많은 마물을 쓰러뜨렸을까?

온몸이 상처 투성이인데다 출혈도 심각했지만, 본능에 따라 싸우느라 통각이 마비된 아그네스는 자신과 마찬가지로 만신창이가 된 킬트를 부축하며 숲을 달리고 있었다.

"정신 차려! 아직 죽기엔 일러."

"이제…… 됐어……. 아그네스 씨. 나는…… 이미…….

"바보 같은 소리 하지 마! 하다못해 그 아이들이 무사히 도망쳤는지 확인하지 않았다간…… 원통해서 눈을 감지 못할 거야."

마물들이 남매와 리트를 쫓아가지 못하게 하기 위해 두 사람은 필사적으로 싸웠지만, 압도적인 수적 열세 때문에 물러나고 말았다.

아니…… 이건 그야말로 패퇴나 다름없었다.

부축을 받지 않았다간 제대로 걸을 수도 없는 상태인 킬트는 마물의 송곳니와 발톱에 당한 상처 때문에 의식마저 몽롱했다.

"리트는…… 무사할까?"

"몰라. 몇 마리…… 놓쳤으니까…….

리트의 실력으로는 다수의 마물을 상대하는 건 무리다.

게다가 두 사람이 필사적으로 싸웠는데도 놓친 마물이 꽤 있었으니, 남매만이 아니라 리트의 안부도 걱정됐다.

그리고 남매의 냄새를 쫓으면서 이동하다 보니, 도중에 마물의 사체를 몇 개나 발견했다.

"이건…… 리트가 해치운 것 같네."

"실전 경험이…… 적은 데도, 잘…… 싸웠는걸."

계속 나아갈수록 마물의 사체가 늘어갔고, 도중부터 희망이 생기기 시작했다.

마물을 격퇴한 리트가 남매와 합류해서 강을 건넌 후, 다리를 파괴했을지도 모른다는 희망 말이다.

하지만, 현실은 잔혹했다.

"……아아."

"리트…….."

나무에 기댄 채 그대로 숨을 거둔 리트를 발견하고 만 것이다.

주위에는 죽은 마물들이 몇 마리나 굴러다니고 있었으며, 리트가 잡아먹히지 않은 걸 보면 불러들인 마물들을 전멸시킨 후에 숨을 거둔 것 같았다.

"멋지게…… 싸운 것 같아."

"그래. 장성했다면, 촌락 제일의 전사가 됐겠지."

남매의 오빠뻘로서, 그리고 전사로서 당당히 싸운 리트가 자랑스러웠다.

하지만…… 또 한 명의 젊은 목숨이 스러지고 말았다.

그렇기에, 더욱 기원했다…….

"무사……해야 해."

의식을 잃으려 하는 킬트를 격려한 아그네스는 지면에 핏자국을 남기며 남매를 쫓았다.

그리고 아그네스가 나무를 헤치면서 강에 도착해보니, 에밀리아는 통나무 다리를 건너며 반대편 숲으로 들어가고 있었다.

그 투박한 통나무 다리는 목책도 없기에 어린애는 무서워서 건너는 걸 주저했을지도 모르지만, 에밀리아는 레우스를 안아든 채 무사히 다리를 건넌 것 같았다.

남매의 뒷모습을 본 아그네스는 평소처럼 에밀리아의 머리를 쓰다듬으며 칭찬을 해주고 싶었지만, 아무래도 그건 힘들 것 같았다.

"장하구나. 그래…… 지금은 앞만 보며 계속 뛰렴. 우리 몫까지…… 살아야 한다."

아그네스는 마지막까지 뒤를 돌아보지 않으며 뛰어가는 에밀리아를 자애에 찬 표정으로 바라보았다.

'아아…… 이 아이들은 정말 귀엽네. 장래에는 귀엽고 멋진 아이로 성장할 거야.'

'당연하지. 나와 레이나의 자식이니까 말이야.'

'특히 에밀리아는 다른 남자들이 내버려 두지 않을 거야. 뭐, 나한테 이기지 못하는 남자 따위는 인정해주지 않을 거지만 말이야.'

'어이, 나한테 이길 수 있는 남자여야 한다고.'

'어쩔 수 없지. 우리에게 이길 수 있는 남자만 인정해주기로 할까. 그리고 레우스도 나처럼 마음이 강한 여성을 만났으면 좋겠어.'

'그래. 레이나처럼 몸도, 마음도 강하고 아름다운 여성과 맺어 졌으면 좋겠네.'

'정말, 선택을 할 사람은 에밀리아와 레우스거든요? 저희는 저 아이들을 믿으며 조용히 지켜봐 주도록 해요.'

그건 잠든 남매를 지켜보면서 두 사람의 부모인 페리오스, 레 이나와 나눴던 이야기다.

그런 행복한 시절을 떠올리면서 킬트를 지면에 내려놓은 아그 네스는 고통을 참으며 통나무 다리에 다가갔다.

"킬트, 봤어? 에밀리아와 레우스는…… 무사히 다리를 건넜어."

"아아…… 다행……이야. 뒷일을…… 부탁……해."

아그네스는 킬트의 말을 듣고 고개를 끄덕이더니, 피 때문에 새빨갛게 된 주먹으로 통나무 다리를 박살 냈다.

"어때? 이제 됐지?"

"…………."

킬트는 대답을 하지 않았다.

이렇게, 언젠가 남매와 함께 술을 마시는 날을 꿈꿨던 은랑족 전사는…… 만족스러운 표정을 지으며 눈을 감았다.

"휴우…… 정말 성급하다니깐. 아직…… 다 끝나지 않았는데 말이야."

마지막으로 남은 아그네스는 아직 움직일 수 있으니 강 건너편으로 간 후에 다리를 부쉈으면 됐겠지만, 그녀는 자신의 목숨이 얼마 남지 않았다는 걸 느끼고 있었다.

아그네스는 에밀리아에게 동포의 죽음을 더 이상 보여주고 싶지 않았으며, 아직 해야만 할 일이 남아 있었다.

"자아…… 아무래도 네가 틀림없는 것 같네."

땅을 뒤흔들며 모습을 드러낸 거대한 마물…… 다이나로디아의 모습을 본 아그네스는 확신했다.

수많은 마물의 피와 살 냄새에 섞여서, 자기 자식처럼 여기며 지켜봐 왔던 페리오스의 냄새가 느껴진 것이다.

아그네스는 지금 바로 주먹을 날리고 싶은 충동을 느꼈지만, 만신창이가 된 극한의 상태라 오히려 마음에 냉정해진 아그네스는 다이나로디아가 식욕에 따라 움직이고 있다는 걸 눈치챘다.

"그래. 아직도 배가 고픈 거야? 하지만 나를 잡아먹기 전에 좀 놀아줘야겠어."

마물의 몸집으로 볼 때, 강을 건너는 것도 충분히 가능할 것 같으며, 건너편에는 아직도 도망치고 있는 에밀리아와 레우스가 있었다.

손주처럼 귀여워하던 남매를 위해서라면, 아그네스는 목숨도 아깝지 않았다.

마지막은 가족을 지키는 전사로서…….

"덤벼! 이 강을 건너고 싶으면, 우선 나를 쓰러뜨리란 말이야!"

아그네스 필머스는 주먹을 계속 휘둘렀다.

그 후…… 무사히 마물의 추격에서 벗어난 에밀리아와 레우스는 가족과 동료를 잃고 마음에 깊은 상처를 입었으며, 게다가 노예 상인에게 잡히고 말았다.

노예가 된 남매는 괴로운 나날을 보냈지만, 그 후에 시리우스에게 구원받은 그들은 다시 웃을 수 있게 됐다.

그리고 스승인 시리우스 덕분에 강해진 에밀리아와 레우스는 고향으로 돌아갔을 뿐만 아니라, 가족과 동포의 원수인 다이나 로디아를 해치웠다.

그것은 남매가 지금까지 노력한 것도 있었지만, 목숨을 걸고 두 사람을 도망치게 한 아버지와 어머니, 그리고 남매의 등을 지켜줬던 세 은랑족 덕분이기도 했다.

하지만…… 영웅이라 불려 마지않을 세 사람의 활약은 그 누구에게도 알려지지 않았다.

촌락에 있던 이들은 전멸했고, 에밀리아 또한 필사적으로 도망치느라 뒤편을 돌아보지 못했던 것이다.

하지만 세 사람은 영웅이 되고 싶었던 것이 아니라, 그저 남매를 구하고 싶었을 뿐이다.

게다가 자신의 목숨을 던져 구한 두 생명은, 무사히 살아남았을 뿐만 아니라 동포의 원수도 갚았으니, 이제 편히 눈을 감았을 것이다.

이렇게 세 영웅의 활약은 누구의 기억에도 남지 못한 채, 그들의 목숨과 함께 스러졌다.

그리고 세월이 흘러······.

"이제······ 완성됐어요."

"응! 이제 마무리만 하면 되겠네."

다이나로디아를 해치운 다음 날, 남매는 묘비에 가족과 동포의 이름을 나이프로 새기고 있었다.

총 백 명 정도 되지만, 그들의 이름은 똑똑히 기억하고 있으니 새기는 것 자체는 문제가 되지 않았다.

하지만······ 부모님인 페리오스와 레이나의 이름을 새긴 후, 에밀리아는 손을 멈췄다.

"······누구부터 적죠?"

촌락에 살던 이들은 다들 가족이자 소중한 존재였기에, 새기는 순서로 순위를 매기는 것 같아서 무심코 손을 멈추고 만 것이다.

딱히 답은 없을 거라는 생각이 든 에밀리아가 근처에 살던 이들부터 적자고 생각한 순간, 옆에 서 있던 레우스가 손바닥을 내밀었다.

"저기, 누나. 그럼 내가 적어도 될까?"

"그렇게 해."

그리고 나이프를 넘겨받은 레우스가 새긴 이름은······.

아그네스 필머스

킬트 유리온

리트 서짓

그것은…… 남매의 등을 최후의 순간까지 지켜줬던 세 사람의
이름이었다.

"그리운 이름이네요. 할머니와 아저씨, 그리고 오빠……정말
좋은 사람들이었어요."

"오빠? 에밀리아에게 오빠가 있었어?"

"아뇨. 피가 이어져 있지는 않지만, 가족처럼 저희를 귀여
워해줬던 사람들이에요. 정말 강하고, 상냥한 사람들이에요."

"그래. 그래서 먼저 새긴 거구나."

"…………."

"레우스?"

누구의 기억에도 남지 않은 영웅들의 활약을 유일하게…… 기
억하고 있는 이가 있었다.

그때, 필사적으로 뛰는 에밀리아에게 안긴 채, 뒤편을 쳐다볼
수 있었던 유일한 인물…….

"아무것도 아냐. 왠지…… 가장 먼저 새기고 싶었어."

그때, 레우스는 완전히 정신을 차리고 있진 않았다.

의식이 몽롱한데다, 뒤편을 본 것도 한순간에 불과했다. 그래
서 자신들을 구해준 이가 누구인지 기억하지 못했다.

레우스는 그것이 꿈이나 환상일지도 모른다고 쭉 생각해왔다.

하지만 다이나로디아를 쓰러뜨려서 원수를 갚고 동포들의 이름을 떠올린 순간, 레우스의 몸이 자연스레 움직였다.

즉, 확증도 없이 그저 본능에 따라 새긴 이름이다.

하지만, 절망이라는 이름의 마물들에게 맞선 그들의…… 용감한 영웅들의 등은 틀림없이…….

"어떤 사람들이었어?"

"으음. 아무튼 엄청 멋진 사람들이었어."

레우스의 마음에 깊이 새겨져 있었다.

"흠…… 여기인 게냐."

마을에서 들은 정보에 따라, 나는 압도적인 힘으로 지면을 도려내서 만든 길을 따라 산속에 존재하는 건물로 향했다.

귀족이 살기에는 작고, 겉보기에도 꽤 낡은 저택이지만…… 시리우스가 마음이 편해진다고 말한 만큼 한적하고 좋은 장소이구나.

시리우스 일행이 나간 후, 이 저택은 비어 있다고 했지만 지금은 사람이 살고 있는 듯한 느낌이 드는걸.

그리고 저택 현관 앞까지 가자, 내 기척을 눈치챈 한 영감이 나무 손질을 멈추면서 말을 건넸다.

"음? 이런 장소에 손님이 찾아오다니, 드문 일도 다 있군요."

나보다 조금 어려 보이는 그 영감의 당당한 태도는 꽤 마음에 들었다. 무언가로 경지에 이른 자만이 뿜을 수 있는 위압감이 느껴졌다.

하지만 내가 이곳에 온 건 싸우기 위해서가 아니다. 나를 경계하고 있는 것 같으니, 우선 자초지종을 설명하도록 할까.

"분위기를 보니 도적은 아닌 것 같군요. 혹시 길을 헤매신 겁니까?"

"그대는…… 으음…… 그러고 보니 이름은 들어두지 않았구나. 아무튼 이곳에 에리나라는 여성의 무덤이 있다고 들었는데, 맞느냐?"

"……우선 서로 자기소개부터 하도록 할까요."

"그래. 그대의 이름을 들어둘 걸 그랬어. 미안하군."

상대방은 나를 의심하는 것 같았지만, 시리우스의 이름을 언급하니 바로 이해한 것처럼 미소를 지었다. 그 녀석의 이름은 여러모로 편리한걸.

"시리우스 님의 지인이라면, 당신에게서 어마어마한 박력이 느껴지는 것도 이해가 되는군요. 저는 바리오라고 합니다."

"나는 일기당천이라고 한다. 그냥 당천이라고 부르거라."

"당천 님……이시군요. 그럼 이곳을 찾은 이유를 물어봐도 되 겠습니까?"

"음. 실은 에리나라는 사람의 성묘를 하러 왔다."

"우선 안으로 드시겠습니까? 괜찮으시다면 차라도 대접하고 싶습니다."

"오오! 그럼 부탁할까. 길은 딱히 험하지 않았지만, 목이 좀 말라서 말이지."

경계심을 푼 것처럼 보이지만, 등 뒤에 있는 나를 계속 살피고 있는 게 느껴지는구나. 몸에 두른 분위기와 박력은 상당하지 만…… 근육이 적은걸. 단련을 했다면 꽤나 강한 전사가 되었을 텐데…… 아쉽군.

나는 약간 아쉬워하면서, 그가 대접해주는 차를 마시기로 했다.

"오호라. 시리우스 님 일행에게서 이야기를 듣고 에리나의 성묘를 하러 오신 겁니까……. 그녀를 위해 이렇게 찾아와주셔서 감사합니다."

나는 상대방이 준비해준 차와 과자를 먹으면서 이곳에 온 이유를 설명했다. 딱히 숨길 이유는 없으니까 말이지.

그건 그렇고, 이 남자가 만든 쿠키와 차는 맛있는걸. 예전에 시리우스나 에리나라는 사람이 만든 것보다 맛이 옅지만, 그래도 맛있군.

그건 그렇고, 나는 멋대로 성묘를 하러 온 거니 그대가 고마워할 필요는 없는데 말이야.

"뭐, 그 에리나란 사람이 없었다면 나는 시리우스와 만나지 못했을 테지. 그래서 그녀의 묘 앞에서 고맙다는 말을 하고 싶은 것뿐이다."

"당신은 정말 올곧은 분이군요. 알았습니다. 제가 안내하죠. 지금 바로 가시겠습니까?"

"그래. 나는 언제든 괜찮으니, 그대만 좋다면 바로 부탁하고 싶구나."

"맡겨만 주십시오. 금방 준비를 마치겠습니다."

정오를 약간 지났을 뿐이니, 지금부터 서두른다면 저녁때까지는 마을에 갈 수 있을 것 같았다.

나는 여러 가지 도구를 챙긴 바리오에게 안내를 받으며 에리나의 무덤으로 향했다.

나무와 잡초가 자라고 있는 산에 들어간다고 들었는데, 저택 뒤편에는 사람이 지나다닐 수 있는 길이 있었다. 언뜻 보면 짐 승길 같지만, 통행하는데 방해가 될 듯한 나무가 잘려 있는 걸 보면, 사람의 손길이 닿은 길 같았다.

"흠…… 생각했던 것보다 걷기 쉽구나."

"시리우스 님이 이 저택에 지내시던 시절에 만들어두신 길이죠. 하지만 모르는 사람은 발견하기 힘들 길입니다."

"후후후, 그 녀석다운 짓이군."

그대로 길을 따라 나아가다 보니, 꽃이 흐드러지게 피어 있는 공간이 눈앞에 펼쳐졌다.

"호오…… 장관이구나."

그리고 그 꽃밭 한 가운데에 있는 커다란 나무 밑에…… 그것 은 있었다.

"여기에 에리나가 잠들어 있습니다. 그녀에게 답례를 하고 싶 으시다고 하셨죠? 그럼 잠시만 기다려주시겠습니까? 간단히 청 소라도 하고 싶습니다."

"마음 같아서는 돕고 싶지만, 내가 나섰다 오히려 부술지도 모르겠구나. 그냥 가만히 있도록 하지."

나는 청소가 끝날 때까지 근처에 드러누워서 기다리기로 했다.

바람이 볼을 쓰다듬는 평온한 공간에서, 나는 노엘과 디라는 자에게 들었던 이야기를 떠올렸다.

그러고 보니 이 근처에서 바위처럼 딱딱한 등껍질을 가진 커 다란 거북이와 싸운 적이 있다고 했지.

시리우스가 그 거북이를 마법으로 뒤집은 후, 드러난 약점을 꼬맹이가 공격해서 이겼다고 했던가? 아직 미숙하구나.

강파일도류의 배운 자라면 그런 약은 수가 아니라 일격에 상대를 두 동강내줘야 하는데 말이다. 만약 다음에 재회했을 때 꼬맹이가 그런 얼빠진 검을 휘둘러댄다면, 그때는 내가 그 꼬맹이를 두 동강내줘야겠다.

그런데 에밀리아는 잘 지내고 있으려나?

또 그 애한테서 할아버지라 불리고 싶구나.

그렇게 꼬맹이와 에밀리아를 생각하는 사이에 청소는 끝나자, 나는 짐에서 와인을 꺼냈다.

그 녀석한테서 에리나가 와인을 좋아한다고 들어서 이걸 무덤에 바치려고 뚜껑을 연 순간, 바리오가 나를 말렸다.

"저기…… 그 와인은 뭡니까?"

"무덤에 바치려고 가지고 온 건데, 혹시 문제라도 있느냐?"

"아, 그건 괜찮습니다만…… 어디서 본 적이 있는 것 같아서 말이죠. 그 와인은 어디서 입수하셨습니까?"

"흠? 근처 마을에서 가장 비싼 걸 달라고 했더니, 이걸 주더구나. 자아, 마음껏 마셔라."

"헉?! 호, 혹시 그 와인은, 금화 열 닢이나 하는 고급…… 아 앗?!"

바리오가 반대를 하지 않기에 내가 그 와인을 무덤에 뿌리자, 그는 당황했다. 겨우 와인 하나 가지고 왜 저렇게 호들갑을 떠는 건지 모르겠구나.

그리고 와인의 마지막 한 방울까지 전부 뿌리자, 바리오는 망연자실한 표정으로 나를 쳐다보았다.

"왜 그런 표정으로 쳐다보는 거냐? 아, 혹시 부족하다면 혹시나 싶어 사온 것도······."

"괘, 괜찮습니다! 그건 당천 님께서 마시는 편이 좋지 않을까 싶습니다만······."

"그러냐? 실은 이곳에 오기 전에 마셔봤다만, 너무 고급이라 내 입에는 맞지 않더구나. 나는 됐으니 그대에게 주마."

"예?!"

내가 던져준 와인을 바리오가 받자, 나는 다시 무덤 앞에서 고개를 숙였다.

나는 그대와 한 번도 만난 적이 없지만, 시리우스의 어린애 같지 않은 면을 알면서도 애정을 쏟으며 길러온 그대의 강한 마음은 인정한다.

즉, 그대가 있었기 때문에 나는 시리우스와 만날 수 있었던 거지.

그러니 내가 그대에게 하고 싶은 말은 단 하나다.

"······고맙다."

나는 진심을 담아 감사의 인사를 한 후, 몸을 일으키며 뒤돌아섰다.

"이제 마치셨습니까?"

"음. 나 같은 타인이 오랫동안 여기 있으면서 고인을 방해하는 것도 그렇지. 고맙다는 말 한 마디로 충분하다."

"알았습니다. 그럼 돌아가시죠."

나 같은 영감이 오래 있어봤자 폐만 될 테니까 말이다.

옅은 미소를 지으며 걸음을 옮기는 바리오의 뒤를 따르며, 나는 에리나의 무덤을 떠났다.

"호오…… 지금은 그대가 저 저택의 소유자인가?"

"예. 저택을 매입한 가르간 상회가 저에게 싸게 팔아줬죠."

나와 바리오는 저 저택의 소유권에 대해 이야기를 나누며 산을 내려갔다.

원래 저 저택은 시리우스의 아버지…… 아, 본인의 말에 따르면 멍청이 귀족의 소유였다고 하는데, 재정적으로 절박한 그는 가르간 상회에 저 저택을 팔았다고 한다.

그리고 바리오는 오랫동안 모시던 그 멍청이 귀족의 집사를 때려치우고, 여생을 조용히 보내기 위해 그 저택을 가르간 상회로부터 매입한 것 같았다.

"마을에서 좀 떨어져 있습니다만, 느긋하게 지내기 좋죠. 게다가…… 저는 그녀의 무덤을 지킨다는 임무를 맡고 있으니까요."

흠…… 남이 시켜서 하는 것 같지는 않구나.

하지만 도적과 마물에게 습격을 당하면 골치가 아플 것 같지만, 본인이 원해서 하는 것이니 별말은 하지 않기로 했다.

나는 이해를 한 것처럼 고개를 끄덕이며 저택이 보이는 곳까지 갔다. 그리고 바로 그때, 나는 불온한 기척을 느끼고 바리오의 어깨를 움켜잡았다.

"······멈춰라. 저택에서 인기척이 느껴지는구나."

"이 근처에는 아무것도 없어서 모험가도 좀처럼 오지 않습니다. 혹시 도적일까요?"

"열 명이 넘는 것 같구나."

"그럼 도적일 가능성이 크겠군요. 식량을 가지고 가는 건 딱히 상관없습니다만, 깨끗하게 청소해둔 저택이 어지럽혀진다면 곤란한데 말이죠."

음, 아무래도 내가 나서야겠군.

나는 등에 맨 파트너의 감촉을 확인하면서 앞으로 나선 후, 바리오를 돌아보았다.

"안내를 해준 답례 삼아 전부 처리해주지."

"······에? 저기, 당천 님이 싸우실 필요는 없습니다. 이대로 저택을 우회해서 마을에 간 후, 모험가를 고용해서 돌아오면······."

"그러는 건 귀찮을 것 같구나. 슬슬 배도 고프니 빨리 해치워 버리는 편이 낫겠지. 뭐, 저택이 어지럽혀지지 않도록 조심할 테니 안심해라."

"당천 님?!"

나는 말리는 바리오를 무시하며 숲을 빠져나간 후, 인기척이 모여 있는 현관 앞으로 향했다.

현관 앞에는 꽤 괜찮아 보이는 무기와 방어구를 장비한 수상한 집단이 있었다.

장비의 질로 볼 때 상급 모험가 같아 보이는 집단이었는데, 수많은 도적을 해치운 내 감은 이 녀석들은 틀림없는 도적이라 말하고 있었다.

그런 녀석들 사이에 다른 이들과 생김새가 명백하게 차이나는 이가 있었다. 뚱뚱한데다 도적질을 하기에는 박력이 없는, 내가 딱 싫어하는 귀족처럼 생긴 녀석이었다.

"저 남자는 뭐지?"

"발드미르 님?"

"오오! 바리오, 어디에 갔던 것이냐."

결국 나를 쫓아온 바리오는 그 남자를 보고 놀랐다. 흠…… 아무래도 바리오의 지인 같구나.

"좀 볼일이 있어 숲에 다녀왔습니다. 그런데 무슨 일이시죠?"

"음, 실은 너에게 부탁할 게 있다. 이 저택을 이자들에게 빌려 줬으면 한다."

발드미트니 발드고기니 하는 이름을 지닌 귀족이 주위에 있는 남자들을 가리키면서 그렇게 말하자, 바리오는 고개를 저으며 딱 잘라 거절했다.

"……싫습니다. 저는 이미 당신의 시종이 아니니까요."

"뭐?! 너, 너는 우리 가문을 모셔온 시종이지 않느냐. 시종을 관뒀더라도, 예전 주인의 부탁을 들어줘야 하는 것 아니냐?!"

"제 주인은 당신의 아버님입니다. 그것보다, 이자들은 대체 누구죠?"

"말버릇이 그게 뭐냐?! 뭐, 내 이야기를 들으면 태도가 바뀌겠지. 잘 들어라. 이자들은 최근 두각을 보이고 있는 도적단이다."

"하아…… 발드미르 님은 왜 그런 자들과 함께 계신 거죠?"

"그들은 내 새로운 동료이지. 내가 이 근처를 지나가는 모험가의 정보를 알려주면, 그들이 덮치는 거다. 그리고 나는 정보료로서 돈을 받는다. 그래서 이 저택을 그들의 거점으로 삼으려는 거다."

"……그 정도로 타락한 겁니까."

바리오는 실망한 것처럼 주먹을 말아 쥐었지만, 나는 이제 슬슬 귀찮아졌다.

즉, 이 인적이 드문 저택을 거점으로 삼아서 이 근처에서 도적 행위를 하겠다는 거지?

"귀족으로서의 긍지는 이제 눈곱만큼도 남아 있지 않은 거군요."

"나는 긍지보다 돈이 더 중요하다! 이자들의 장비를 봐라. 이렇게 멋진 장비를 지닌 실력자라면 모험가 따위한테 질 리가 없어."

"확실히 장비는 좋습니다만…… 그래도 도적이지 않습니까. 아직 늦지 않았으니, 부디 생각을 바꾸시죠."

"시끄럽다! 이제 다른 방법은 없단 말이다! 여자는 도망쳤고, 아들은 집을 나갔다. 남은 건 돈 욕심만 많은 여자와, 팔리지 않는 마도구, 그리고 저택뿐이란 말이다. 게다가 너까지 떠나버렸는데, 내가 뭘 어떻게 하냔 말이냐!"

"저는 이렇게 되지 않도록 몇 번이나 충고를 했습니다만, 당신은 들은 척도 하지 않았지 않습니까. 자업자득입니다."

바리오는 고기 귀족의 옛 시종 같지만, 이렇게 독설을 퍼붓는 걸 보면 이미 그를 포기한 것 같았다.

하지만 저 고기 귀족은 그걸 인정하기 싫은지 바리오에게 계속 따졌다.

"자업자득이든 아니든 간에, 돈만 벌면 되는 것 아니냐? 이 미스릴제 무기를 지닌 녀석들이라면 웬만한 모험가나 마물은 상대도 안 될 거다. 마음껏 약탈할 수 있단 말이다!"

꽤 고급스러운 무기 같았는데…… 미스릴제 무기라고?

이렇게 실력이 어중간해 보이는 녀석들이 미스릴로 된 고급 장비를 가지고 있는 게 미심쩍지는 않은 걸까.

바리오도 나와 같은 생각인지 고기 귀족의 말을 듣고 한숨을 내쉬었다.

"설령 고가의 장비를 갖췄더라도, 본인의 실력이 모자라면 의미가 없습니다. 게다가 시리우스 님 같은 강자와 마주치면 어떻게 하려는 거죠?"

"흥. 그런 괴물이 흔할 리가 없지 않느냐."

"괴물? 시리우스 님은 당신의 아들일 텐데요?"

"아들이 아니다! 그딴 괴물…… 이제 보고 싶지도 않아!"

시리우스의 이름을 언급한 순간, 이 고기 귀족은 얼굴이 새파래지면서 부들부들 떨었다.

좀 신경 쓰이는 발언이 들렸지만, 그 전에 확인을 하고 싶은 게 있기에 나는 바리오의 어깨를 두드리며 물어보았다.

"뭐 하나만 물어보자. 이 녀석이 시리우스의 애비냐?"

"예, 그렇습니다. 절연 이야기는 들으셨죠?"

"얼추 듣기는 했지. 즉, 에리나를 괴롭힌 게 이 녀석이 맞는 게지?"

"어이, 그 영감은 뭐냐?! 네 지인이냐?"

내가 끼어들자 고기 귀족이 불쾌하다는 듯이 노려보았지만, 내가 마주 노려봐 주자 겁을 먹으며 도적의 뒤편에 숨었다.

흥. 거기서 잠시 동안 입 다물고 있어라.

"내 말이 맞느냐?"

"그렇습니다. 누구에게나 상냥했던 그녀가 유일하게 증오했던 분이죠."

"음. 그럼 봐줄 필요는 없겠구나."

애초에 나는 이런 귀족을 질색하니, 봐줄 생각이 눈곱만큼도 없지만 말이다.

"무, 무슨 소리를 하는 거냐, 바리오. 빨리 저 영감에게 물러나라고 해라! 우리 가문을 모셔온 네가 감히 나를 배신하려는 것이냐?!"

"아까도 말씀드렸습니다만, 저는 발드미르 님의 저택을 나서면서 분명 말씀드렸습니다. 저는 이제 당신을 모시는 자가 아니라고 말이죠."

"크윽…… 네놈만은 살려둘 생각이었지만, 어쩔 수 없구나. 어이, 해치워버려라!"

고기 귀족이 명령을 내리자, 도적들은 나를 향해 무기를 들었지만…… 빈틈투성이군. 보아하니 무기만 좋을 뿐, 고기 귀족이 자랑스러워할 만큼 강해 보이지는 않았다.

내가 무심코 한숨을 내쉬자, 뒤편에 있던 바리오가 주먹을 치켜들며 전투태세를 취했다.

"싸움을 잘하는 편이 아닙니다만, 저도 돕겠습니다. 한두 명 정도라면 어찌어찌……."

"필요 없다. 금방 끝날 테니 거기서 가만히 지켜보고 있어라."

나는 지면을 박차면서 앞으로 나선 후, 가장 가까운 곳에 있던 도적을 향해 파트너를 휘둘렀다.

평소 같으면 두 동강을 냈겠지만, 장소를 생각해 검의 옆면으로 두들겨 팼다.

그리고 상대의 뼈가 부러지는 감촉을 느낀 후, 하늘을 가르며 숲으로 날아가는 도적의 모습이 눈에 들어왔다.

"""…………."""

"흠, 잘 날아가는구나."

여기서 도적을 벴다간 저택 주위가 더러워질 테니까 말이다.

그래서 검으로 도적을 쳐서 날리기로 했다. 뼈를 부러뜨리며 한참 떨어진 곳까지 날려버렸으니, 살아 있을 가능성은 거의 없다.

바리오를 비롯한 여러 사람들이 어이없어 하는 가운데, 나는 손맛을 느끼며 만족스러워했다.

두 동강을 내는 것도 좋지만, 이렇게 쳐서 날려버리는 것도 나쁘지 않구나. 그러고 보니 시리우스 녀석은 이런 걸 '홈런'이라고 했지.

"하하하! 자아, 덤벼봐라! 덤비지 않는다면…… 내가 가마! 다음번에도 홈런이다!"

음, 이 말을 외치면서 치는 것도 재미있구나.

나는 차례차례 도적을 날려버렸지만, 그중에는 무기를 휘두르며 저항하는 자도 있었다.

　하지만 미스릴로 만든 거라는 무기들은 내 파트너와 부딪치더니 그대로 부러지더니, 그대로 숲 저편까지 날아가 버렸다.

　그렇게 모든 도적을 처리한 후, 나는 마지막으로 남은 고기 귀족 앞에 섰다.

　"이걸로 끝이냐? 나를 쓰러뜨리고 싶으면 하다못해…… 음, 저딴 도적이 제 아무리 몰려오든 나한테는 이길 수 없을 거다."

　"마…… 말도 안 돼! 저 녀석들은 미스릴제 무기를 가졌는데……?!"

　"흠, 이게 미스릴이라는 거냐?"

　나는 도적이 놓친 무기를 주워든 후, 다리가 풀린 고기 귀족 앞에 서서 검의 끝부분과 손잡이에 힘을 줬다.

　그러자 검은 둔탁한 소리를 내면서 부러졌고, 나는 그 부러진 검을 고기 귀족에게 던졌다.

　"이건 겉만 번지르르한 가짜다. 진짜는 나도 부러뜨릴 수 없지."

　"으…… 아…… 거짓……말……. 내 마지막 기회가…… 그딴 가짜에게……."

　즉, 아까 그 녀석들은 겉만 번지르르한 도적이며, 이 고기 귀족을 속이려 한 것이다.

　그런 가짜에게 속을 정도로, 이 고기 귀족은 궁지에 몰려 있는 것 같았다. 불쌍하기 그지없지만, 나와는 상관없는 일이다.

　"자아, 다음은 네 차례다. 팔과 다리 중 어디를 잘라줄까?"

"모, 모험가 따위가 귀족을 건드리고도 무사할 수 있을 것 같으냐?!"

"음? 아, 요즘 귀가 멀어서 말이 잘 들리지 않는 구나. 이래 봬도 나는 나이를 꽤나 먹었거든. 그건 그렇고…… 팔부터 잘라 줄까?"

"히…… 히이이익——?!"

고기 귀족은 자신이 타고 왔던 걸로 보이는 마차에 타더니, 마부에게 고함을 질러대며 그 마차를 타고 도망쳤다.

쫓아가는 것도 귀찮아서 마차가 멀어져 가는 걸 쳐다본 후, 나는 바리오를 돌아보았다.

"음, 이제 두 번 다시 이곳에 나타나지 않을 테니 이제 그만 가보도록 할까. 짧은 시간 동안이지만 신세 많이 졌다."

"저야말로 감사합니다만, 괜찮겠습니까? 상대는 일단 귀족이니, 내버려 뒀다간 지명수배를 당할지도……."

"자랑은 아니다만, 나는 귀족들에게 꽤나 마찰이 있었거든. 이 정도 일에는 이미 익숙하지."

"그러고도 용케 지금까지 무사하시군요……."

내가 박살 낸 귀족은 하나같이 멍청이였고, 가는 곳마다 도적을 박살 내고 다닌 덕분에 평판도 나쁘지 않다.

설령 나를 함정에 빠뜨리려 하는 자가 있더라도, 이 검 한 자루로 전부 해결해주면 될 뿐이다.

"그대가 신경 쓸 필요는 없다. 게다가……."

"……게다가?"

"나는…… 그 녀석을 놔줄 거라고는 한 마디도 한 적이 없지."

"흠…… 잘 잤다."

바리오와 헤어지고 며칠 후…… 나는 어느 마을의 여관에서 눈을 떴다.

자잘한 일들에 휘말리기는 했지만 목적을 달성해서 마음이 개운해진 상태에서 침대에서 일어난 나는 이 여관의 식당으로 향했다.

어젯밤에는 기분이 좋아서 과식을 한 것 같으니, 오늘은 좀 적게 먹어야겠다. 나는 그렇게 생각하며 웨이트리스를 불러 주문을 했다.

"이 메뉴에 적힌 요리를 전부 다오."

"예?"

웨이트리스는 내 주문을 듣고 놀란 것 같은데…… 그렇게 놀랄 일일까?

처음에는 말리던 웨이트리스도 내가 금화를 보여주자 요리를 준비해줬다. 그리고 차례차례 나오는 요리를 맛보면서, 나와 마찬가지로 이 여관에 묵은 모험가들한테서 이런저런 소문을 들었다.

아무래도 어느 귀족의 저택이 부서진 것 같았다.

저택이 두 동강이 났으며, 그 충격파에 의해 건물 일부가 산산조각 났다고 한다.

그 저택의 주인인 귀족도 충격파에 휘말렸지만, 어찌어찌 목숨은 건졌다고 한다.

범인은…… 아직 밝혀지지 않았다고 한다.

"쳇…… 악운이 좋은 놈이구나."

"어? 손님, 방금 뭐라고 하셨나요?"

"아무것도 아니다. 그것보다 다음 요리는 언제 나오지?"

"아, 이게 다음 요리입니다."

참고로 나는 어제 그 고기 귀족이 사는 저택 근처에서 수련을 했었다.

그리고 힘 조절을 실패한 바람에 내가 펼친 충격파가 저택을 향해 날아가기는 했지만…… 일부러 그런 것은 아니다!

그 귀족은 모험가 사이에서도 악명이 높았는지, 다들 동정은 고사하고 천벌을 받았다고 여기는 것 같았다.

분이 풀린 덕분에 고기 귀족 따위에게 더는 관심을 가지지 않게 된 나는 메뉴의 모든 요리를 한 번씩만 맛보며 아침 식사를 마친 후, 목적지인 엘리시온으로 향했다.

※ ※ ※ ※ ※

며칠 후…… 나는 엘리시온에 도착했다.

내가 이곳에 온 이유는 파트너인 대검 '홍련'을 만든 망할 영감을 만나기 위해서다.

내 파트너는 여전히 믿음직하고 튼튼하지만, 요즘 들어 좀 위화감이 느껴졌다. 10년 넘게 계속 써온 탓에 이제 상태가 좀 나빠진 걸지도 모른다.

아무튼 한 번은 전문가를 찾아가 보여줘야겠다는 생각이 들었기에, 나는 파트너를 만든 망할 영감을 찾아간 것이다.

겉모습의 특징을 통해 정보를 모아서 그 망할 영감의 가게에 가보니…… 가게 이름이 격멸이니, 금강이니 하면서 이상하게 길었다. 이름 센스가 괴멸적인 점은 변함없는 것 같았다.

하지만 가게 명칭의 가장 끝에 바보를 붙이면 딱 적당할 것 같았다. 어디, 내가 적어줄까.

"전에 느껴본 기척이다 싶더니…… 너냐, 바보 자식!"

"오오, 나왔구나. 볼일을 마치고 들어갈 테니, 안에 들어가 있어라."

내가 간판을 향해 손을 뻗었을 때, 가게에서 키가 작고 다리가 짧은 망할 영감이 튀어나왔다.

이름 센스뿐만 아니라 외모도 변함이 없었다.

"어이, 바보 자식! 우리 가게의 간판에 무슨 짓을 하려는 거냐?!"

"응? 내 호의를 무시하는 거냐? 한심한 녀석이구나."

"시끄럽다! 그것보다, 무슨 일로 온 거냐?!"

"여전히 시끄러운 녀석이구나. 자아, 내 검을 봐줬으면 해서 찾아온 거다. 일부러 찾아와줬으니 기뻐해라."

"너야말로 여전하구나! 제발 봐주십시오, 하고 말하란 말이다! 이 바보 자식아!"

"시끄럽다! 네가 만든 검이 이상해서 이렇게 찾아온 거란 말

331

이다!"

"아앙?! 너한테 맞춰서 만든 건데 이상할 리가 없지 않느냐, 이 바보 자식아! 만약 멀쩡하다면, 내 해머로 두들겨 패주마, 이 바보 자식아!"

"좋다! 할 수 있으면 어디 한 번 해봐라!"

정말 시끄러운 녀석이지만, 실력 하나만큼은…… 신뢰할 수 있는 망할 영감이다. 그래서 내 위화감을 말해주자, 불평을 늘어놓으면서도 나를 가게 안으로 불러들이더니 검을 살펴보기 시작했다.

그리고 해머로 가볍게 두들겨보거나 파트너를 만져보더니…… 망할 영감은 고개를 갸웃거리기만 했다.

"음…… 역시 내 최고 결작이구나. 좀 날이 상한 부분이 있지만, 전체적으로 휘어진 곳은 없다. 대체 뭐가 이상하다는 거냐, 이 바보 자식아!"

"검이 너무 가벼워."

"검이 가벼운 건 네 힘이 더 세졌기 때문이다, 이 바보 자식아! 네 몸은 대체 어떻게 되어먹은 거냐?!"

"음, 목표를 발견해서 말이다. 힘만이 아니라 기술도 갈고 닦는 중이지. 그러니 검의 중심이 좀 더 손잡이 쪽에 가까웠으면 한다. 지금 바로 고쳐다오."

"그게 금방 될 것 같으냐! 적어도 몇 달은 걸린단 말이다, 이 바보 자식아."

"으음…… 어쩔 수 없지."

자신의 목숨을 맡긴 파트너에 있어서만큼은 타협이라는 것을 할 수 없다.

그래서 파트너가 다시 태어나는 동안 사용할 검을 찾던 나는 불현듯 중요한 일을 떠올렸다.

"어이, 영감! 전에 시리우스라는 인간족과 은랑족 남매가 이 가게에 오지 않았느냐?"

"아앙? 아, 왔었지. 여러모로 신세를 진 남자와 건방진 꼬맹이, 그리고 귀여운 손녀 같은 애가 말이야."

"음, 역시 그랬군. 그런데 에밀리아에게는 좋은 무기를 줬겠지?"

시리우스는 이미 좋은 무기를 가지고 있으니, 에밀리아에게 좋은 무기를 주라고 편지에 써뒀다. 꼬맹이는…… 뭐, 아무래도 상관없지.

"바보 자식! 내가 만든 최고의 나이프를 은화 다섯 닢에 팔았다!"

"뭐라고?!"

나는 그 말을 듣자마자 주먹으로 책상을 내려쳤다.

그 일격에 책상이 부서졌지만, 전혀 개의치 않았다.

"왜 돈을 받은 거냐! 용돈으로 쓰라고 네가 은화를 줬어야 하는 거 아니냐?!"

"바보 자식! 나도 그렇게 말했지만, 거절당했다! 솔직하고 귀여운 여자애였지!"

"에밀리아라면 그러고도 남지! 내 손녀니까 말이다!"

"네 친손녀는 아니잖아, 이 바보 자식아!"

그 후로 나와 이 망할 영감은 주먹을 나누며 이야기를 나눴고, 에밀리아는 우리 두 사람의 손녀인 걸로 결론을 냈다.

내 감이 묘한 기척을 포착했지만, 개의치 않기로 했다.

결국 파트너를 고치는데 시간이 꽤 걸린다고 하니, 한동안은 엘리시온에 머물러야 할 것 같았다.

이 망할 영감과 계속 이야기를 나눠봤자 시간 낭비일 것 같으니, 나는 숙소 확보 및 식사를 하기 위해 마을을 산책하기로 했는데…….

"영감. 등이 허전하니까, 한동안 쓸 검을 내놔라."

"검? 이거나 매고 다녀라, 이 바보 자식아!"

영감이 넘겨준 것은 검의 형태를 한 강철 덩어리였다. 검이라 기보다 둔기에 가깝지만…… 뭐, 좋다. 내 파트너와 비슷한 무게니까 말이다.

그리고 마을 안을 돌아다니다 보니 사람들의 시선이 나에게 몰렸지만, 나는 개의치 않으면서 어떤 가게를 찾아다녔다.

"분명…… 가르뭐시기 상회였는데 말이다."

예전에 만났던 디와 노엘이 그 상회를 추천해줬다.

다양한 요리를 내놓던 그 녀석들에게 도움을 주는 상회라고 하니, 나를 놀라게 할 만한 무언가가 있을 거라는 생각이 들었다.

그렇게 찾아다니다 보니, 가르간 상회라고 적힌 간판이 걸린 가게, 그리고 주위의 건물과 분위기가 명백하게 다른 가게가 눈에 들어왔다.

"아무래도 여기 같구나. 흠…… 좋은 냄새가 나는걸."

가르간 상회라는 간판이 걸린 가게에는 손님이 많았으며, 여행 필수품이라 적힌 상품을 팔고 있었다. 하지만 나는 옆에 있는 가게가 더 신경 쓰였다.

다가가 보니, 그곳은 식사와 차를 파는 가게 같았다. 마침 배가 좀 고팠기에, 이곳에 먼저 들르기로 했다.

"어서 오십시오. 가르간 카페에 와주셔서 감사합니다. 혼자이신가요?"

케이크 발상지……라고 적힌 간판이 걸린 그 가게에 들어가자, 메이드복을 입은 웨이트리스가 나를 가게 안으로 안내해줬다.

붐빌 시간대를 피했는지 혼잡하지 않았으며, 나는 거의 바로 테이블로 안내되었다.

그리고 메뉴표를 둘러본 나는 일단 평소처럼 주문했다.

"이 메뉴에 실린 요리와 케이크라는 걸 전부 내와라. 순서 따위 개의치 말고 바로 가지고 오면 된다."

"예, 알았습니다."

"호오……."

나는 나직하게 탄사를 터뜨렸다.

지금까지 다양한 가게에서 주문을 해봤지만, 그때마다 주문을 받은 이는 제대로 주문한 건지 확인을 하거나 무리라며 말렸다.

하지만 이 가게는 바로 주문을 받아들였다. 시리우스의 지인들과 인연이 있는 곳답게 교육이 잘되어 있는 걸지도 모른다.

하지만…… 너무 익숙한 것 아닐까?

마치 이런 주문을 하는 사람이 많은 것 같은…… 그런 느낌도 들었다.

내가 고개를 갸웃거리고 있을 때, 웨이트리스가 케이크를 내 테이블에 놓기 시작했다.

"우선 저희 가게가 자랑하는 케이크 세트를 가져왔습니다. 다른 요리는 잠시만 기다려주시면 내오겠습니다."

디가 만들어준 케이크와 같은 거지만…… 좀 작구나.

시리우스나 디가 만든 케이크는 크고 동그랬으나, 이 가게에서는 조그마하게 자른 게 나왔다.

일단 케이크를 포크로 찍어서 입에 넣어보니, 꽤 맛있었다.

하지만 이 정도로는 부족하다.

"흠…… 모자라구나. 미안하지만 이걸 더 가져다주지 않겠느냐?"

내가 근처에 있던 웨이트리스에게 다시 주문한 후, 뜨거운 홍차를 단숨에 들이켰을 때…….

"정말…… 케이크는 좀 더 기품 있게 먹는 겁니다."

등 뒤의 테이블에서 들려온 그 목소리가…… 나는 귀에 거슬렸다.

그 목소리의 주인을 노려보기 위해 고개를 돌리자, 그곳에는 겉보기에도 빈약해 보이는 남자와 상당한 실력자로 보이는 남자가 앉아 있었다.

방금 그 목소리는 처음 보는 청년이 말한 것 같은데…… 잊고 싫어도 잊을 수 없는 목소리이기에 상대가 누구인지 바로 눈치 챘다.

그자는 매직 마스터라 불리는 변태 엘프 마법사가 틀림없다.

겉모습은 예전과 다르지만, 아마 마법이나 마도구로 변장을 한 것이리라. 내 눈과 감은 속일 수 없어!

"네놈, 여기서 뭘 하고 있는 거지?"

"보고도 모르겠습니까? 케이크를 즐기고 있어요. 당신과 다르게 우아하게…… 말이죠."

"우아? 마법을 멍청이처럼 쓰는 것 이외에는 재주가 없는 네놈에게 우아하다는 말을 듣게 될 줄이야."

"이거 실례했습니다. 검 휘두르는 재주밖에 없는 당신에게 우아하다는 말을 한 건 제 실수군요. 사과드리죠."

우리는 웃고 있지만, 서로가 살기를 뿜으며 노려보고 있었기에 주위의 손님들과 웨이트리스들이 허둥지둥 도망쳤다.

"사과할 거면 제대로 해라! 네놈의 마법 때문에 나는 몇 번이나 죽을 뻔했단 말이다! 전투 중에 산을 떨어뜨리지 말란 말이다, 이 멍청아!"

나는 잊지 않았다.

몇 년 전…… 모험가 길드의 의뢰로 어느 도적단을 박살 내는 일에 내가 참가했을 때의 일이다.

내가 돌격을 한 직후, 이 남자가 산만한 바위를 하늘에서 떨어뜨린 것이다.

바위의 일부를 잘라낸 덕분에 무사하기는 했지만, 까딱 잘못했으면 그대로 생매장 당할 뻔했단 말이다!

"그건 당신이 작전을 무시하며 멋대로 돌격했기 때문이잖아요? 그리고 당신이 제 마법을 벤 탓에 도적을 일망타진 못했으니, 당신이야말로 저에게 사과를 해야 하지 않을까요?"

"겨우 도적을 잡느라고 산을 떨어뜨리는 놈이야말로 정상이 아니지 않느냐! 마법 실험은 딴 데 가서 해라!"

"도적을 웃으며 베는 도적 살인마인 당신한테 그런 말을 듣고 싶지는 않군요."

"뭐라고?!"

"이참에…… 결판을 내도록 할까요?"

우리의 살기 때문에 테이블에 놓인 컵이 희미하게 떨리고 있는 가운데, 나는 파트너 대용인 강철 덩어리를 움켜쥐었다.

이 녀석은 멍청이지만, 실력 하나만큼은 진짜배기다.

그러니 이 무기로 상대하기엔 좀 벅찰지도 모르지만, 지금은 배부른 소리를 할 때가 아니다.

"자, 저기, 마그나 씨! 케이크 드시지 말고 저 사람들 좀 말려주세요!"

"무리예요. 함부로 끼어들었다간 제가 살해당할 테니까요."

내가 시끄럽게 떠들어대는 제삼자들을 무시하며 저 자식에게 이 강철 덩어리를 휘두르기 위해 한 걸음 내디딘 순간…… 한 여성이 우리 사이에 끼어들었다.

"자아, 이제 그만해. 여기는 가게 안이니까, 여기서 싸우면 두 번 다시 출입을 못하게 될 거야."

평소 같으면 그런 말은 개의치 않으며 돌격했겠지만, 방금 끼어든 여성에게서는 내가 걸음을 멈출 정도의 박력과 위엄이 느껴졌다.

왠지 흥이 가신 내가 무기에서 손을 떼자, 상대방도 전투태세를 풀며 다시 의자에 앉았다.

"응, 좋아! 싸움은 마을 밖에서 해. 아저씨는 물론이고, 당신도 어른스럽지 못하네."

"부끄러운 모습을 보였군요."

"흥, 저 아가씨의 말이 맞긴 하지."

"으으…… 저도 오래간만에 죽음을 각오했어요."

"공주…… 아니, 아가씨! 이런 짓은 자제해주십시오!"

"이 정도로 겁먹어서야 내 일을 할 수 없어. 아, 주문해도 되지? 케이크 세트 세 개 부탁해."

"아, 알았슴다……."

호오…… 멋진 아가씨군.

웬만한 이들은 우리의 살기를 느끼면 그대로 꽁지를 말고 도망칠 텐데, 이 아가씨는 전혀 개의치 않으며 의자에 앉더니 주문까지 했다.

이 아가씨에게 흥미가 생겨서 쳐다보니, 그녀는 저 멍청이 엘프에게 말을 걸었다.

"아저씨도 싸움은 그만하고 케이크를 먹어요. 모처럼 쉬는 날이잖아요."

"그래요. 그럼 마그나, 빨리 그 원홀 케이크를 넘기세요. 케이크를 독차지하지 말란 말이에요."

아무래도 이 아가씨는 저 멍청이 엘프의 지인 같았다. 하지만 우리의 살기를 두려워하지 않으며 자기 의견을 내놓는 담력…… 범상치 않군.

그런 아가씨가 행복한 표정으로 케이크를 먹자 주위 사람들도 진정하기 시작했기에, 나도 다시 테이블에 앉아서 식사를 했다.

방금 소동이 일어났는데도 금세 정신을 차린 웨이트리스가 내온 요리는 디가 만든 것만큼은 아니지만 상당히 맛있었다. 그런 요리들을 먹고 있을 때, 아까 그 아가씨가 내 맞은편에 앉았다.

근처에는 그 아가씨의 시종으로 보이는 토끼 수인, 그리고 아직 충분히 단련되지 않은 듯한 청년이 서 있었다.

"무슨 일이지? 아까 그 소동은 저 자식이 일으킨 거다."

"소동 같은 건 신경 안 써요. 그것보다 당신에게 물어볼 게 있어요."

"식사를 하면서 말해도 된다면, 답해주지."

"고마워요. 저쪽에서 케이크를 먹고 있는 분한테 들은 건데, 당신이 그 유명한 라이오르 님이신가요?"

이 아가씨가 남들에게 들리지 않을 목소리로 그렇게 묻자, 나는 고개를 끄덕였다. 저 멍청이 엘프한테 들었다니, 부정해봤자 소용없으니까 말이다.

"그렇다만, 나는 현재 일기당천이라는 이름을 쓰고 있다. 그냥 당천이라 불러주면 좋겠구나."

"그럼 당천 님…… 저는 리펠이라고 해요. 이 엘리시온을 통치하는 왕족 중 한 명이죠. 실은 당신에게 부탁드리고 싶은 게 있답니다."

"나는 왕족이나 귀족은 좋아하지 않는다."

내가 귀찮아하는 듯한 표정을 짓자, 리펠이라는 이름의 이 아가씨는 품속에서 꺼낸 벨을 흔들었다.

그러자 커다란 고기 통구이와 대형 케이크가 통째로 내 테이블에 놓였다.

"사양하지 말고 드세요. 그리고 제 이야기를 들어주시기만 해도 된답니다."

"······좋다. 이야기만이라면 들어보마."

"감사해요. 실은 왕성의 인간들에게 검술을 가르쳐주셨으면 해요. 물론 보수를 두둑하게 드리겠어요."

"역시 그거냐. 귀찮은데······."

"그럼 모의전만 해주셔도 됩니다. 병사들에게 당천 님의 실력을 체험하게 해주고 싶거든요. 경험은 매우 중요한 것이니까요."

"호오······ 뭘 좀 아는구나. 하지만 나와 모의전을 한 상대들이 박살 날 가능성도 있다만?"

"그건 이미 각오했어요. 그리고 희망자들과 싸워주기만 해도 돼요. 실은 제 옆에 있는 멜트도 당천 님과 싸워보고 싶어 하죠."

"저는 이분을 지키기 위해 강해지고 싶습니다. 당천 님, 부탁드립니다."

이 남자······ 아직 수련이 충분한 편은 아니지만 눈빛은 꽤 마음에 들었다. 목적을 위해 나조차 넘어서려 하는 그 꼬맹이와

닮았군.

"왕성에 있는 이들에게 세계제일의 강자의 힘을 알려주셨으면 해요. 성가시게 구는 귀족이 있으면 바로 저희 쪽에서 손을 쓸게요. 어떠신가요?"

"이제 세계제일은 아니다만……."

나는 시리우스에게 졌으니, 이제 세계제일은 아니다.

그리고 그 녀석이 그걸 남들에게 알리지 않으니, 세계제일은 여전히 나인 걸로 알려져 있지만…… 설명하는 게 귀찮으니 그냥 관두기로 했다.

그리고 잘 생각해보면 파트너를 다듬는데 시간이 걸린다고 했으니, 심심풀이 삼아 이 제안을 받아들이도록 할까.

"뭐…… 좋다. 그래도 책임은 못 진다."

"감사합니다. 그럼 지금 바로 앞으로의 일정에 대해 설명을……."

"리페, 관둬요. 이 남자 지능으로는 검 휘두르는 게 한계니까, 설명을 해봤자 이해 못해요. 이곳에 머무는 동안 굶주리지 않도록 먹이만 계속 제공해주면 그걸로 충분할 겁니다."

"뭐라고?! 너야말로 새로운 마법을 발견하면 눈빛이 변하지 않느냐. 나이도 먹을 만큼 먹은 놈이 주책없이 콧김을 씩씩 뿜으며 달려드는 모습은 무심코 웃음을 터뜨릴 만큼 위력적이다!"

"당신이 검을 휘두를 때 짓는 표정이야말로 정말 볼만하죠. 부디 왕성의 병사들에게 보여주고 경멸의 대상이 되세요."

"이익, 싸우자는 거냐?!"

"바라는 바입니다!"

"자아, 여기서는 싸우면 안 된다니까요."

나와 엘프가 벌떡 일어서자 그 아가씨가 말리려 했다. 하지만 우리는 싸울 생각으로 머릿속이 가득 차 있었다.

이번에는 참지 않겠다고 생각하며 등에 멘 무기를 움켜쥔 순간, 그 아가씨는 흘려들을 수 없는 말을 했다.

"세니아. 내 동생한테 에밀리아라는 친구가 있는데, 그 애한 테서 당천 님에 대한 이야기를 들은 적이 있지?"

"아, 예. 매우 강하고, 상냥한 할아버지라고 하셨는데, 설마 마을 안에서 싸움을 벌일 분일 줄은……."

"으윽?!"

"그리고 아저씨. 일전에 온 편지에 시리우스 군이 고안한 새로 운 케이크의 레시피가 적혀 있었어요. 이게 어떤 의미인지 알죠?"

"" ………… ""

나와 엘프는 아무 말 없이 악수를 했다.

확 엘프의 손을 으스러뜨릴까도 생각해봤지만, 나는 상냥한 할아버지이니 이번은 봐주기로 했다.

이렇게 내가 엘리시온의 병사들과 놀아주게 됐다.

그리고 파트너가 돌아오면, 시리우스와 에밀리아를 쫓아갈 것 이다.

시리우스가 얼마나 성장해서 강해졌는지 기대되는 데다, 에밀 리아도 귀엽게 자랐을 것이다.

꼬맹이는…… 뭐, 내 검을 받아낼 수 있을 만큼 성장했다면 새 로운 기술이라도 가르쳐줄까.

내가 마지막으로 봤을 때는 어린 꼬맹이였지만, 많이 컸을 그 아이들의 모습을 상상하니 가슴이 뛰었다.

"맞아요. 당신은 에밀리아 양을 매우 귀여워한다고 했죠? 그럼 그녀가 이 학교에서 어떻게 지냈는지 이야기해드릴까요?"

"으음…… 네놈의 이야기를 듣는 건 싫지만, 에밀리아의 이야기라면 들어주지. 빨리 말해봐라."

"왜 그렇게 으스대는 건지는 모르겠지만, 이야기해주죠. 그녀는 이 학교에서 매우 우수한 학생이었어요."

"에밀리아라면 당연히 그랬겠지!"

"그리고 시리우스 군을 위해 항상 헌신적이었으며, 그의 마법을 자기에게 맞게 어레인지해서 사용했죠. 실은 그 마법은 꽤 괜찮았기에, 저도 익혀서 사용……."

"이놈! 확 베어버리겠다!"

"이, 이유가 뭐죠?!"

"에밀리아의 마법을 네놈이 사용한다는 것만으로도 열 받는단 말이다!"

"하아……."

"오오오오…… 부럽구나! 성장한 에밀리아를 봤다니…… 역시 네놈은 내 적이다!"

"……정말 솔직한 발언이네."

"원래 이런 사람이에요."

으음…… 이야기를 들으면 들을수록 더욱 에밀리아를 만나고 싶어지는 구나!

  망할 영감! 빨리 검을 완성시켜라!

안녕하십니까, 오래간만입니다. 네코입니다.

여러분의 응원 덕분에 드디어 6권까지 올 수 있었습니다. 정말 감사합니다.

그리고 이 6권에서 엘프인 피아도 합류했으니, 이것으로 주요 캐릭터가 전부 모였습니다.

어…… 라이오르?

그는…… 언젠가…… 합류하겠죠.

그 할아버지는 시리우스 다음 가는 반칙 캐릭터니까, 화면 밖에서 난리법석을 떠는 게 더 어울려요.

시리우스 일행과 합류한다면, 그야말로 누구도 건드릴 수 없는 팀이 될 테니, 한동안은 번외편에서만 활약할 예정입니다.

처음 캐릭터 설정 때는 머릿속에 검술뿐인 할아버지였으며, 강한 상대 이외에는 흥미가 없는 사람이었습니다만…… 왜 이런 폭주 캐릭터가 된 건지는 작가도 모르겠습니다.

하지만…… 코미디를 쓰고 싶어서 마음 가는 대로 쓰다 보니 이렇게 됐다……고 말할 수밖에 없을 것 같군요.

하지만 나름 괜찮은 캐릭터로 만들어진 것 같으니, 앞으로도 이 할아버지의 활약을 기대해 주십시오.

그리고 시리우스 일행과 합류한 누님 캐릭터, 피아는 히로인인 에밀리아와 리스에게 어떤 영향을 끼칠까요?

소녀들의 관계와 레우스의 성장, 그리고 호쿠토의 충견다움을 앞으로도 지켜봐 주십시오.

마지막으로 일러스트를 그려주신 Nardack 님.

그리고 이 책의 발행에 관여하신 모든 분들에게 감사를 드리며, 이번 권을 마칠까 합니다.

다음번에도 뵐 수 있기를 빌며…… 이만 줄이겠습니다.

World Teacher 6
©2017 by Koichi Neko
First published in Japan in 2017 by OVERLAP, Inc.
Korean translation rights reserved by Somy Media, Inc.
Under the license from OVERLAP, Inc., Tokyo JAPAN

월드 티처 이세계식 교육 에이전트 **6**

2018년 1월 15일 1판 1쇄 발행
2018년 8월 1일 1판 3쇄 발행

저   자 네코 코이치
일 러 스 트 Nardack
옮 긴 이 이승원
발 행 인 유재옥
본 부 장 조병권
담당편집자 김민지
편   집 강혜린 김다솜 김민지 김혜주 박상엽 박은정 정영길 조찬희 이문영
라이츠담당 박선희 오유진
디 지 털 최민성 박지혜
발 행 처 ㈜소미미디어
등   록 제2015-000008호
주   소 서울시 마포구 토정로 222, 403호 (신수동, 한국출판콘텐츠센터)
판   매 ㈜소미미디어
마 케 팅 한민지 이모토 요코
전   화 편집부 (070)4164-3962, 3963 기획실 (02)567-3388
          판매 및 마케팅 (070)4165-6888, Fax (02)322-7665

ISBN 979-11-6190-294-4 04830
ISBN 979-11-5710-455-0 (세트)